집 보는 남자

안전가옥
오리지널
28

조경아
장편
소설

집
보는
남자

차례

1. 유치장   7

2. 진술녹화실   15

3. 요람   25

4. 차고   37

5. 옥탑방   53

6. 부동산   67

7. 녹색 대문 집   81

8. 박람회   95

9. 110동 703호   107

10. 오피스텔 1504호   135

11. 대저택   151

12. 하얀 집   165

13. 고양이 할머니네 집   187

14. 요새   211

15. 정화산업개발   225

16. 길바닥   239

17. 아지트   273

18. 실험실   297

19. 은신처   315

20. 탐정의 집   339

작가의 말   349

프로듀서의 말   353

1.
유치장

"어이, 그쪽은 무슨 일로 들어왔어?"

테오는 질문을 듣지 못했는지 자세를 고쳐 앉더니 대답 대신 무언가를 혼자 중얼거렸다. 남자는 다시 한번 물어보려다가 테오가 자신의 말을 무시했다는 생각에 아래턱을 앞으로 내밀며 기분 나쁜 감정을 바로 드러냈다. 그럼에도 테오는 아랑곳하지 않고 계속 중얼거렸다. 남자는 테오가 도대체 무슨 말을 하는지 궁금해서 귀를 쫑긋 세웠다. 테오는 남자의 그런 노력을 알아차렸는지 아까보다는 훨씬 분명해진 목소리로 하지만 느릿하게 중얼거렸다.

"유치장 안에 있는 벽시계는 현재 시각보다 17분이나 느립니다. 일부러 그렇게 만든 것 같지는 않고, 느려진 시계를 고칠 이유가 없다고 판단한 것 같습니다. 유치장 안에 갇힌 사람들에게 제대로 된 시간을 알려줄 이유는 없으니까요."

테오가 자신의 손목시계와 유치장 맞은편에 걸려 있는 벽시계를 번갈아 쳐다보며 말했다. 그제야 남자는 테오가 살짝 정신이 나간 사람이라 생각하고 노기 어린 감정을 풀 수 있었다. 남자가 테오를 무시하고 바닥에 드러누우려는데, 유치장 안의 화장실 문이 벌컥 열렸다. 그와 동시에 취객 한 명이 역한 냄새와 함께 튀어나왔다. 드러누웠던 남자가 벌떡 일어나 오바이트하듯 욕을 뱉어냈다.

"씨발, 저 새끼 도대체 뭘 처먹고 싼 거야?"

취객은 남자의 욕지거리를 분명 들었음에도 불구하고 바로 대자로 뻗어 버렸다. 테오 역시 코를 틀어막았다. 바깥에 앉아 있던 경찰관도 벌떡 일어나 벽면의 버튼 하나를 눌렀다. 그러자 비행기 소리를 내며 하나밖에 없는 환풍기 팬이 돌아갔다. 테오는 냄새보다 그 소리에 놀라 얼굴을 찡그리며 코를 막았던 손으로 귀를 막았다. 모든 자극에 민감한 테오는 유치장 안에서 시각과 후각 그리고 청각까지 손상되는 것 같았다.

"이봐요! 환풍기를 이제야 틀어 주면 어쩌라는 겁니까? 그리고 환풍기라는 게 화장실 안에 있어야지 저렇게 화장실 밖에 두면 무슨 소용이에요! 여기 들어와 앉아 있는 사람들은 기본적인 인권도 없습니까!"

남자는 쇠창살을 불끈 쥐고 경찰관에게 호기롭게 소리쳤다. 경찰관은 놀라지도 남자를 쳐다보지도 않은 채, 하던일을 하며 차분하게 말했다.

"원래 유치장 화장실은 보안상 문제로 칸막이만 있었어요. 그나마 인권 챙겨 드린다고 얼마 전에 화장실 문까지 만들어 준 건데, 역시나 고마운 줄을 모르네."

"아니, 그러니까 이왕에 화장실을 만들려면 환풍기도 제대로 만들어 줬어야지. 화장실 밖에 환풍기를 만들면 어쩌자는 거냐고요. 하여간 공무원들은 앞뒤 생각 없이 코앞의일만 해 버린다니까!"

"그러게, 그렇게 잘 아시는 분이 왜 이런 곳에 들어왔나몰라."

경찰관의 말에 남자가 벌떡 일어났다. 테오도 갑자기 자리에서 일어나 환풍기 근처로 다가갔다. 남자는 테오의 갑작스러운 움직임에 자신이 또 한번 무시당한 것 같아 기분이나빠졌다. 한마디 욕지거리라도 내뱉고 싶어서 노려보는데, 팔다리는 길지만 빈약해 보일 정도로 마른 체형의 테오가생각보다 키도 크고 멀끔해 보여서 조금 놀란 눈치였다. 검정머리에 검정 티셔츠, 검정 신발에 검은색 바지를 입고 햇빛한번 보지 못한 것 같은 말갛고 하얀 얼굴의 테오는 환풍기주변을 꽤 진지하게 쳐다봤다. 형광등 불빛 때문인지 테오의얼굴은 유난히 더 창백해 보였고, 그래서 더 신비로워 보였다. 뭐라고 딱 꼬집어 말할 수는 없지만, 테오는 이런 유치장과는 전혀 어울리지 않는 사람 같았다. 남자는 그래서 더 테오가 마음에 들지 않았다. 테오가 다시 느려 터진 말투로 무언가를 중얼거리자 남자는 더 격하게 심기가 뒤틀렸다.

"몰딩 상태를 보니 경찰관분의 말씀이 맞네요. 화장실 벽면과 천장 그리고 문이 만들어진 지 얼마 되지 않았어요. 무엇보다 이 환풍기는 화장실 밖에 있어야 하는 이유가 분명 있습니다. 건물 자체가 오래되기도 했고, 상하수도관과 함께 배기구 구조가 고정되어 있어서 환풍기를 옮기려고 배기구 구조까지 변경하기는 힘들었을 겁니다. 잘못하면 건물 전체 배관 구조를 건드릴 수 있거든요. 그렇다고 화장실 안에 환풍기를 포함시킬 만큼 크게 지을 수도 없었을 테고. 무엇보다 중요한 건 효율성인데, 화장실에서 큰 일을 보는 횟수보다 유치장 자체의 습기와 유치장 사람들에게서 뿜어 나오는 악취가 더 심한 탓에 여기 근무하는 경찰관분들도 환풍기가 화장실 바깥에 있는 게 훨씬 나았을 겁니다."

"이 새끼가 이거, 은근히 사람 무시하면서 돌려 까는 거 전문이네. 누가 그딴 거 너한테 물어봤어? 물어볼 땐 대답도 안 하다가 이제 와서 잘난 척하는 건 도대체 무슨 경우야? 그래, 입 터진 김에 한번 물어나 보자. 그렇게 잘나신 분이 왜 이런 곳에 앉아 계실까? 뭐 이런 식으로 아는 척하면서 사람들 사기라도 쳤나?"

"아뇨. 그 사람 살인 사건 용의자입니다."

어디선가 여자 형사 하나가 불쑥 나타나더니 테오의 자기소개를 대신해 주었다. 여자 형사의 말에 남자는 깜짝 놀라 바닥에 도로 앉았다. 잠자는 척하던 술 취한 남자도 일어나 앉더니 슬금슬금 뒷걸음질로 기어가다가 겁에 질린 남자와 등을 맞대고 앉았다. 잠시 싸늘한 침묵이 흘렀다. 남자는 테오에게 시비를 걸었던 자신을 원망하며 테오의 눈치를 슬금슬금 보기 시작했다. 테오는 차갑게 가라앉은 유치장 분위기와는 상관없이 해맑은 표정으로 여자 형사를 반겼다.

"오셨군요. 남제영 형사님!"

"이제 우리 얘기 좀 해 볼까요? 할 얘기가 아주 많을 거 같은데."

2.
진술녹화실

"여기가 취조실인가요?"

"영화나 드라마는 많이 보셨나 봐요. 정확한 명칭은 진술녹화실이에요."

"아, 그래서 녹음실 같은 분위기구나. 뭐, 조용해서 좋네요."

"궁금한 게 있으면 더 물어보세요. 뭐 딱히 없겠지만."

"혹시 지금도 녹음이 되는 건가요?"

"아뇨, 본론으로 들어가면 해야죠. 근데 원래 긴장 잘 안 해요? 보통 이런 데 처음 오면 엄청 긴장하던데. 오히려 좀 태평해 보이기도 하고."

"조명도 어둡고 방음도 잘되는 것 같아서 오히려 편안합니다."

제영은 여유 있어 보이는 테오가 자꾸만 거슬렸다. 처음 봤을 때도 그랬다. 하는 말이 어눌해서 정신적으로 장애가 있는 사람처럼 보였지만, 더듬더듬 내뱉는 말 대부분이 명확하고 일리가 있었다. 상대방의 눈을 제대로 쳐다보지도 못하는 것 같지만, 실은 상대방에 대해 이미 다 파악하고 있다는 것을 들키지 않으려는 것처럼 보이기도 했다. 지금도 살인 용의자로 취조를 앞두고 있었지만, 그런 상황 자체보다 낯선 공간에 대한 호기심에 빠져 있는 아이처럼 보였다. 제영은 테오가 소시오패스일지도 모른다고 잠시 생각했지만, 기존에 봐 왔던 소시오패스 범죄자들과는 결이 많이 달랐다. 어쨌든 테오는 가장 유력한 살인 용의자였다. 제영은 어렵게 주어진 이 상황을 그냥 흘려보낼 수 없었다.

"자, 그럼 이제 본격적으로 시작해 볼까요?"

"녹음도 시작하는 건가요?"

제영이 고개를 끄덕이자 테오는 약간의 긴장감을 얼굴에 드러냈다. 하지만 시선은 아까부터 진술녹화실 마이크에 꽂혀 있었다. 제영은 자꾸만 딴청을 피우는 테오가 마음에 들지 않아, 거두절미하고 단도직입적으로 물었다.

"왜 한정숙 씨를 살해한 거죠?"

초등학교에 갓 입학한 아이처럼 호기심 어린 눈망울로 진술녹화실을 살피던 테오의 얼굴이 순간 굳어졌다. 의도가 먹혔다는 생각도 잠시 제영은 섬뜩한 기분이 들었다. 방금 전까지 테오는 따뜻한 재질로 만들어진 말랑한 인형으로 보였는데, 질문 하나로 차가운 유리 조각으로 변했다. 제영은 드디어 테오가 본색을 드러냈다고 믿었다. 하지만 서늘했던 테오의 눈썹이 살짝 일그러지며 얼굴 표정에서 고통스러운 감정이 드러나자 제영은 당황했다. 설마 정숙의 죽음을 안타깝게 생각하고 있는 건가? 아니면 찰나의 연극일까? 제영은 테오의 표정 하나에 흔들리는 자신이 맘에 들지 않았다. 제영의 머릿속에는 아주 짧은 시간 동안 밑도 끝도 없는 생각의 핑퐁들이 빠르게 오고 갔다. 그러자 이번에는 테오가 불쑥 질문을 던졌다.

"형사님은 언제부터 연석동에서 살인 사건이 일어났다고 생각하세요?"

"지금은 제가 질문하는 시간입니다. 혹시 반테오 씨가 용의자라는 사실 잊었어요?"

"처음 봤을 때부터 형사님은 다른 분들과 다르다고 생각했어요. 무심하게 일어나는 사고나 사건들을 있는 그대로 보지 않고 그 뒷면을 볼 줄 아는 분 같았거든요."

"그럼 지금은 아니라고 생각한다는 건가요?"

"지금은 상황보다 선입견으로 보시는 것 같네요."

"그래서 지금 내가 반테오 씨를 선입견으로 보고 있다는 말인가요?"

"형사님은 왜 제가 범인이라고 생각하세요?"

"한정숙 씨가 살해되던 날 그 집을 방문했고, 가장 마지막으로 그 집에서 나온 사람이잖아요. 살인 현장 여기저기에 본인의 지문도 나왔고."

"명확한 증거 없이 그런 상황만으로 용의자를 특정하셨다면 제가 구속되기는 힘들 겁니다. 혹시 다른 증거가 있습니까?"

테오는 처음으로 제영의 눈을 똑바로 쳐다보면서 말했다. 이번에도 당황한 사람은 제영이었다. 평소와 다름없이 느릿하고 나긋한 말투였지만, 테오의 시선과 태도는 분명 단호하고 당돌했다. 더구나 테오는 사람들과 눈을 맞추고 이야기할 줄 모르던 사람이었다. 언제나 자신만의 세계에 빠져 멍한 상태거나, 상대방의 존재를 외면하기 위해 애써 시선을 피하기도 했다. 누군가 말이라도 걸면 난처한 표정으로 머뭇거리다가 어느 순간 마치 눈앞에 프롬프터를 켜 놓은 사람처럼 애매한 문어체로 과도한 정보를 혼자 뱉어내기도 했다. 그런데 지금의 테오는 마치 제영을 취조하는 사람처럼 분위기를 압도하고 있었다. 제영은 이대로 밀리면 안 되겠다 생각하면서도 평소와 다른 테오의 모습에 당황했다. 테오는 곧 시선을 거두더니 평소의 모습으로 돌아왔다. 제영은 놀림당하는 기분이 들었다. 테오의 말대로 결정적인 증거를 가지고 있지도 않았다.

"그런 질문에 제가 대답할 이유는 없죠."

"그러네요."

"앞으로 질문은 제가 하겠습니다. 그날 피해자 집에서 왜 동행을 먼저 집으로 보낸 거죠?"

"할머니에게 긴히 드릴 말씀이 있었어요."

"무슨 말인데요?"

"저도 굳이 말씀드릴 이유는 없을 것 같습니다."

"본인이 범인이 아니라고 주장하고 싶으면 진술을 제대로 해야 하는 거 아닌가요?"

"지금 저는 충분히 설명하고 있습니다. 그리고 조사 결과가 나오면 아시겠지만, 그 집엔 분명 저 말고도 또 다른 사람이 있었습니다."

"또 다른 사람이라면, 혹시 진범을 말하는 건가요?"

"진범인지 아닌지는 저도 모릅니다. 제 말은 그 집에서 발견된 지문을 가지고는 진범이 누구인지 알 수 없다고 말씀드리는 겁니다."

"놀랍네요. 반테오 씨가 이렇게 논리 정연하고 이성적인 사람인 줄은 미처 몰랐거든요."

"칭찬이라고 생각하겠습니다."

"좋아요. 그럼 이건 어떻게 생각하세요? 몇 년 전부터 연석동에서 연고자 없는 분들의 돌연사가 연이어 발생했어요. 대부분 지병이 있거나 고령의 분들이 많아서 처음에는 저도 우연이겠거니 생각했어요. 그래서 대부분 그냥 무연고자 사망으로 처리했죠. 그런데 올해 초에 30대 후반 일용직 노동자가 집에서 심장마비로 사망한 사건이 있었어요. 건강한 30대 남자였지만, 당뇨를 앓고 있었고 혈당 관리가 전혀 되지 않아 결국 혈당 쇼크로 사망했다고 알려졌죠. 사망 당시 사망자 집 안 여기저기에 언제 마셨는지 모를 소주병과 음료수병이 어지럽게 굴러다녔는데, 혹시나 하는 마음에 음료수병을 수거해서 성분 검사를 의뢰해 봤어요. 당뇨인 걸 알면서도 식수 대신 음료수를 마셔 왔다는 게 아무래도 이상했거든요. 조사 결과, 이온 음료에서 기존 제품보다 훨씬 많은 양의 칼륨이 발견되었어요. 의료진에게 문의해 보니 당뇨로 신장이 좋지 않은 사람이 그 정도의 칼륨을 계속 섭취했다면 칼륨 과다 섭취에 의한 심장마비일 가능성이 높다는 의견이었죠."

"그러니까 돌연사가 아니라 의도적인 살인 사건이었다?"

"명백한 살인 사건이죠. 아주 교묘한."

"그런데 그런 이야기를 왜 저한테 하시는 거죠?"

"그때부터 돌연사가 발생하면 일단 타살 가능성을 두고 조사하기 시작했어요. 그런데 돌연사로 사망한 사람들의 공통점을 찾아보다가 아주 흥미로운 사실을 하나 발견했어요."

"제가 알아야 하는 이야기인가요?"

"사망 시점에 누군가가 그분들의 집을 방문했었다는 것."

"설마, 지금 그게 증거라고 말씀하시는 건가요?"

"증거가 아니라 의심할 만한 사실이죠."

"물론 그 당시 제가 많은 집들을 보러 다니긴 했죠."

"방문했던 집들 중에 혼자 살았던 사람들은 모두 죽어 나갔어요."

"결국 형사님에겐 직접적인 증거가 아무것도 없다는 얘기로 들리네요."

"그런 단서들을 추적해 나가다 보면 분명 확실한 증거도 찾아낼 수 있겠죠."

"아무래도 형사님은 지금보다 먼 길을 돌아가야 할 것 같습니다."

이대로 테오를 그냥 풀어 줘야 할지도 모른다는 생각이 들자 제영은 비겁한 방법일지라도 테오의 약점을 어떻게든 물고 늘어져야겠다고 생각했다. 그래야 테오의 방어선에 빈틈이 생기고, 그 빈틈을 파고들 기회도 생길 것이다.

"마침 얘기가 나왔으니 대답해 보세요. 반테오 씨는 왜 그렇게 많은 집을 보러 다녔던 거죠? 이사할 마음도 없으면서."

제영의 질문에 테오는 처음으로 말문이 막혔다. 생각해 보면 지난 몇 달 동안 테오는 자신도 감당하기 힘들 정도로 급격한 변화를 겪었다. 테오도 사실 궁금했다. 무엇 때문에 남의 집을 보러 다니기 시작했던 걸까? 제영의 목소리가 점점 희미해지면서 테오의 머릿속에 지난 몇 달간의 기억이 필름처럼 펼쳐졌다.

3.
요람

테오는 지금 살고 있는 집에서 태어났다. 태어나 한 번도 집을 떠나 본 적 없는 테오에게 집은 편안한 요람이었고, 든든한 요새였다. 그래서인지 테오는 어려서부터 집에 대한 애착이 남달랐다. 마치 절대 집을 떠나지 않는 지박령처럼. 보통의 아이들이 걸음마를 떼면서부터 세상 모든 것에 관심을 가지며 집 안을 휘젓고 다닐 때, 테오는 같은 자리에 가만히 앉아서 자신의 자리를 지켰다. 전생을 기억하는 어린아이처럼 어떤 자극에도 반응하지 않고 세상 모든 것들을 관망하는 것처럼 보였다. 놀이방에 데려다 놔도 테오는 처음 앉혀둔 자리에 그대로 앉아 또래 친구들이 뛰어다니는 모습을 한심하다는 듯이 쳐다보곤 했다. 테오의 남다름을 걱정하던 테오의 어머니는 테오가 말을 해야 할 시기가 되어도 좀처럼 말을 하지 않자 결국 병원에 데려갔다.

"시각이나 청각에는 아무런 이상이 없습니다."

의사의 말에 따르면 테오는 이미 언어를 습득한 상태였고, 말할 필요성을 느끼지 못해 하지 않았던 것뿐이었다. 당시 5살이 안 되었던 테오는 영재라고 말할 수 있을 만큼 웬만한 글자와 숫자를 읽고 쓸 줄 알았지만, 이상하리만큼 외부 자극에는 무심했다. 집중력 때문인지 주변에 어떤 소란이 일어도 동요하지 않았고, 언제나 방 안에 틀어박혀 책을 읽거나 혼자서 조립 장난감을 가지고 놀았다. 동생 고희가 태어났을 때도 별다른 관심을 보이지 않았다. 동생에게 질투를 해서라기보다 동생이라는 존재를 인정하고 싶지 않은 것 같았다. 어쩔 수 없이 동생을 챙겨야 할 상황이 되면 그저 멀찌감치 떨어져 앉아 자신과 달리 온갖 세상에 관심을 보이는 고희를 아득한 표정으로 지켜볼 뿐이었다. 학교에 들어갈 나이가 돼서도 테오의 기행과도 같은 고립은 계속되었다. 때문에 단체 생활을 해야 하는 학교에 적응하는 일이 테오에겐 무엇보다 힘들었다. 수업 중에는 그나마 견딜 만했지만, 에너지가 넘쳐나는 아이들이 망둥이처럼 뛰어다니는 쉬는 시간과 점심시간이 되면 테오는 눈을 감고 엎드려 있어야 겨우 버틸 수 있었다. 그렇다고 테오가 사람들과 어울리는 방법을 몰라서 고립을 선택한 것은 아니었다. 고희가 보기에 테오는 사람들과 어울리는 일을 스스로 포기한 사람 같았다.

"앞으로 반테오 건드리면 가만 안 둔다!"

마른 체형에 햇빛 한번 보지 못한 것 같은 하얀 얼굴로 죽을 날을 받아 놓은 사람처럼 학교에 다녔던 테오는 또래 남자아이들에게 왠지 건드리고 싶은 존재였다. 덕분에 테오는 이유 없이 친구들에게 괴롭힘을 당하는 일이 많았다. 평소 말수가 거의 없었던 터라 가족들은 테오의 하얀 얼굴에 문신처럼 새겨진 멍을 보고 나서야 테오가 누군가에게 맞았다는 사실을 짐작할 수 있었다. 그렇다고 해서 테오의 부모님이 폭력을 가한 아이들을 찾아가 혼을 내는 사람들도 아니었다. 가족 중에 이런 상황을 가만두고 볼 수 없는 사람은 오로지 고희밖에 없었다. 시간이 흐를수록 테오가 맞고 들어오는 일이 잦아지자, 고희는 분을 못 이겨 테오를 때렸던 녀석들을 기어코 찾아냈다. 호리호리하고 매사에 기운이 없어 보이는 테오와 달리 고희는 어려서부터 또래보다 키도 크고 힘도 좋은 편이었다. 운동신경도 좋아서 구청 태권도 대회에 나가 메달을 따 올 정도였다. 성격까지 시원시원하게 좋아서 친구들이나 선생님들에게도 인기가 많았다. 그날도 고희는 태권도복에 자랑스러운 검은 띠를 매고 테오를 괴롭혔던 아이들 앞에 당당히 나타났다. 물론 혼자가 아니라 똑같은 태권도복을 입은 언니 오빠들과 함께. 그날 이후 테오의 또래 친구들은 더 이상 테오를 건드리지 않았다.

12살 사춘기가 되자 테오의 남다른 고립은 더욱 심화되었다. 그 무렵 테오의 아버지가 회사를 그만두고 어머니와 함께 작은 식당을 차렸는데, 부모님이 집에 머무는 시간이 적어지자 테오는 자연스럽게 학교에 가지 않는 날이 많아졌다. 얼마 뒤 담임선생님의 전화를 받고 이런 사실을 알게 된 테오의 어머니는 고심 끝에 테오를 데리고 일반 병원이 아닌 정신건강의학과를 찾았다. 테오의 어머니는 테오가 남몰래 의심해 왔던 자폐 스펙트럼 장애일 수 있다고 생각했다. 여러 가지 검사와 상담을 마치고 검사 결과를 기다리면서 테오의 어머니는 영혼이 없는 것 같은 테오를 물끄러미 바라보았다. 아무리 봐도 다른 세상에 살고 있는 아이처럼 보였다. 너는 도대체 어떤 세상에 살고 있는 거니? 테오는 어머니의 애달픈 시선에도 별 반응 없이 멍하니 창밖에 흘러가는 구름을 바라볼 뿐이었다.

"자폐 스펙트럼 장애는 아닙니다. 다만, 테오 군은 극도로 예민하고 외부 자극에 민감한 것 같네요."

"테오가 예민하다고요? 오히려 굉장히 둔감해 보였는데."

"극도로 예민하기 때문에 모든 자극을 받아들이고 소화

시키기 힘들었을 거예요. 그래서 본능적으로 자극을 회피하기 위해 느리고 둔감하게 행동했을 겁니다. 일종의 자신만의 방어기제라고 할 수 있죠."

"그럼 정확한 병명 같은 건 없는 건가요?"

"병명이 있을 수가 없죠. 남들보다 예민하다고 장애가 될 수는 없으니까요."

"그래도 저렇게 사람들과 소통을 못 하는데 괜찮을까요? 이제 사춘기가 돼서 그런지 요즘은 예전보다 훨씬 더 심해진 것 같아요. 학교도 가지 않으려고 하고."

"사실 테오 군이 받아들이는 세상이 어떤지 평범한 사람들은 이해하기 힘들 겁니다. 저도 역시 마찬가지고요. 예전에 만났던 환자분의 표현을 빌리자면, 햇살을 받고 살이 타들어 가는 뱀파이어가 된 심정이라고 하더군요. 남들에겐 그냥 일상적인 자극이 자신에겐 수십 배 수백 배의 강도로 느껴진다고. 예를 들어 어떤 꽃을 봤다고 하면 우리는 그냥 예쁘고 향기로운 꽃을 봐서 기분이 좋다고 받아들이지만, 테오 군은 꽃잎의 크기와 개수는 물론 꽃봉오리에 꽃가루가 파헤쳐져 있는 것을 보고 어딘가에 꿀벌이 숨어 있을지도 모른다고 생각하는 겁니다. 그리고 그 생각은 숨어 있는 벌에 쏘여 자신이 죽을 수 있는 확률까지 발전하게 되죠. 단순한 정보로 매번 감정적인 에너지를 소모하는 고급 정보까지 처리하게 되니까 매사가 힘들고 피로했을 겁니다. 익숙해진 공간이나 환경에서는 조금 수월하겠지만, 새로운 환경이나 사람들을 만나게 될 때마다 아주 녹초가 되죠. 그래서 항상 혼자만의 공간을 찾거나 외부 자극을 단절시키기 위해 세상 모든 걸 외면하는 것처럼 행동하는 겁니다. 둔감해 보이고 행동이 느린 것에는 이런 이유가 있었다고 생각하시면 됩니다."

"그럼, 일상생활에 불편함이 없도록 개선할 방법은 없나요?"

"질병이 아니라서 진단을 할 수도 치료 방법을 제시할 수도 없습니다. 오히려 테오 군의 성향을 꼭 나쁜 방향으로 생각하지 않으셔도 됩니다. 본인은 조금 힘들겠지만 이런 사람들은 집중력도 뛰어나고 전문 분야에서 특출한 능력을 보이는 경우가 많습니다. 다만, 능력을 발휘하기까지 자극 에너지를 효율적으로 처리하는 방법을 찾는 것이 중요합니다. 누가 가르쳐 줄 수 있는 것이 아니기 때문에 주변 사람들의 섬세한 배려와 도움이 필요합니다. 특히 감수성도 높은 편이라 자신의 예민함 때문에 다른 사람들이 피해를 본다고 생각하면 엄청난 자책을 합니다. 자신을 세상으로부터 고립시키려는 것도 그런 자책감 때문이죠. 간섭하거나 질책하지 마시고, 스스로 길을 찾을 수 있도록 공간과 시간을 배려해 주는 것이 최선입니다."

병원에 다녀온 후 테오의 가족은 테오의 남다름을 있는 그대로 받아들이기로 마음먹었다. 가족들의 태도가 변하자 테오는 학교를 그만두고 홈스쿨링을 하고 싶다는 의견을 밝혔다. 테오의 어머니는 억장이 무너지는 것 같았지만, 테오가 처음으로 자신의 의견을 냈다는 것에 고무되어 자퇴를 시키고 홈스쿨링을 할 수 있는 환경을 만들어 주었다.

테오가 살고 있는 요람 같은 집은 연석동 외곽의 작은 산등성이 밑에 지어진 오래된 양옥 주택이었다. 대문 앞에서 보면 3층집으로 보였지만 대문 오른쪽 옆에 가게를 내어도 좋을 만큼 큰 차고가 있었기 때문에 실제로는 차고 위에 지어진 2층집이나 다름없었다. 대문을 열고 들어가면 약간 부담스러울 정도로 높은 계단이 있었다. 계단을 다 오르면 오른편으로 확 트인 마당이 보였고 왼쪽으로는 집으로 들어가는 현관문이 보였다. 2층 주택이라고 해도 워낙 오래전에 지어진 집이라 실제 평수에 비해 좁고 답답한 구조였다. 다행히 차고 위에 펼쳐진 마당 덕분에 밖에서 보면 조금은 살 만한 집으로 보였다. 마당은 각종 빨래를 마음껏 널 수 있는 실용적인 공간이기도 했지만, 야외용 돌 식탁과 탐스러운 화단과 텃밭이 공존하는 낭만적인 공간이기도 했다. 계절에 민감한 나무와 꽃들이 대부분이었지만, 사실 마당의 진짜 주인공은 화단 옆 작은 텃밭에 심긴 토마토 나무였다. 아침이면 제일 먼저 마당으로 나와 토마토 나무에 물을 주는 것이 테오의 유일한 외부 일이었다. 테오는 토마토를 무척이나 좋아했다.

식탐이 별로 없었지만, 언제나 늘 토마토는 먹어야 했다. 토마토를 먹으면 마음이 편안해지고 토마토 특유의 향으로 인해 극도로 예민해진 신경이 무뎌졌다. 그렇다 보니 테오는 언제부터인가 토마토 재배를 시작했다. 하지만 토마토를 길러내는 일은 결코 만만한 일이 아니었다. 전문적인 농사를 지어 보지 않은 앞마당 농부인 테오에게 토마토는 생각보다 어려운 작물이었다. 실패에 실패를 거듭하면서도 정성과 노력으로 길러 냈지만 테오는 여전히 좀처럼 먹기 좋은 토마토를 수확하지 못했다. 좋은 거름을 주고 좋은 모종을 사다가 심어 보기도 했지만, 열매를 맺기는커녕 키만 꺽다리처럼 자라다가 말라 죽거나 지긋지긋한 진드기로 인해 병들어 죽는 일이 허다했다. 어쩌다 꽃이 피고 이슬만 한 열매가 생겼다가도 크게 자라지 못하고 파랗게 말라 죽었다. 그럼에도 토마토에 대한 테오의 집착은 멈추지 않았다.

"뱀파이어야 뭐야?"

어두운 차고에서 빨간 토마토를 먹고 있는 테오를 보고 고희가 깜짝 놀라 말할 정도였다. 투명할 정도로 하얀 얼굴로 머리부터 발끝까지 검은 옷을 입은 테오가 과즙이 풍부한 빨간 토마토를 먹고 있으면 누가 봐도 섬뜩해 보였다. 12살부터 서른이 된 지금까지 테오는 매일 비슷한 루틴으로 하루를 보내며 차고에 처박혀 살았다. 그렇다고 토마토 나무만 기르며 살았던 것은 아니었다. 테오는 어둡고 칙칙한 차고 안에 머물며 검정고시로 중고등 과정을 다 마쳤다. 심리학 전공으로 4년제 사이버 대학을 졸업하고 난 뒤에는 온라인으로 학습할 수 있는 거의 모든 종류의 자격증을 따 보기도 했다. 멀리서 보면 게으르고 한가해 보였지만, 가까이서 보면 누구보다 부지런하고 치열했다. 테오는 자신만의 동굴 속에서 나름의 성장을 하고 있었지만, 그 성장이 어떤 의미의 성장인지는 아무도 알지 못했다. 어쩌면 테오 자신조차도.

*

"저한테 공인중개사 자격증이 있습니다!"

"공인중개사 자격증이 있는 사람이 왜 공인중개사들한테 집을 보여 달라고 한 거죠?"

"그게 좀 다릅니다."

"뭐가 달라요? 그리고 그게 답변이 된다고 생각해요? 오히려 더 수상해 보이잖아요."

왜 집을 보러 다녔냐는 제영의 질문에 당황한 테오는 공인중개사 자격증이 있다는 말을 뱉어 버렸다. 사실 테오도 궁금했다. 왜 그렇게 미친 듯이 사람이 사는 집을 보러 다녔을까? 토마토를 언제부터 좋아했는지 기억나지 않는 것처럼, 언제부터 집을 보러 가는 일이 좋았는지 기억나지 않았다. 수없이 반복되던 단어들을 머릿속에 차곡차곡 쌓아 두었다가 어느 순간 말을 하게 되는 아기처럼, 꼭 배우지 않아도 저절로 깨닫게 되는 순간들이 찾아오는 걸까? 어쨌든 지금 테오는 약간 성이 나 있는 형사 앞에 앉아 있는 살인 용의자였다. 조금 더 정교하고 친절하게 자신의 결백을 증명해 내야 하는 상황인 것이다. 테오는 흐트러진 마음을 추스르며 산산이 부서진 기억의 파편들을 그럴싸한 퍼즐로 맞추기 위해 온 신경을 집중시켰다.

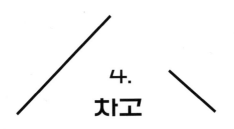

4.
차고

'문자로 전세 만기 통보를 했다고 절대 안심하시면 안 됩니다. 집주인이 사기를 치려고 마음먹었다면 사전에 이미 다른 사람의 연락처를 알려 줬을 확률이 큽니다. 반드시 전화까지 걸어서 본인인지 확인해야 합니다. 만약 연락이 되지 않거나 다른 사람이 전화를 받으면 계약자에게 내용증명서를 보내야 하는데, 그 역시 계속 반송이 된다면 법원에 공시송달 신청을 하셔야 할 겁니다. 그래야 보상을 받을 수 있거든요. 물론 그렇게까지 진행되지 않기를 바라지만, 혹시나 의심스러운 정황이 더 발견된다면 망설이지 말고 언제든 다시 문의 주시기 바랍니다. 상황에 맞는 대처 방법을 상세히 알려 드리겠습니다. 이상 '고객의 소리' 담당자였습니다!'

마지막 엔터를 치고 테오는 컴퓨터 전원을 껐다. 모니터 불이 꺼지자 차고 안은 완벽한 어둠이 지배하는 공간이 되어 버렸다. 차고는 테오가 외부 자극으로부터 자신을 보호하는 유일한 아지트였다. 이 차고에는 옆집 마당으로 난 양 손바닥만 한 창문이 있는데, 그마저도 검은 시트지를 붙여 놔서 휴대폰이나 모니터 불빛이 꺼지면 늘 암흑으로 변했다. 차고의 바닥과 천장 역시 검은색 칠이 되어 있었고, 벽면은 그냥 시멘트 자체여서 얼핏 보면 지하실 같은 느낌도 들었다. 일을 마치고 암흑 속에 숨어 버린 테오는 블랙홀에 빨려 들어갈 것처럼 푹 꺼진 소파에 몸을 맡겼다. 6시간을 꼬박 일했으니 이제 충전이 필요했다. 테오는 벌써 6년째 부동산 애플리케이션 개발 업체에서 사이버 고객 상담 일을 하고 있었다. 홈스쿨링을 하면서 사이버 대학까지 졸업했지만, 테오는 여전히 사회생활을 할 엄두가 나지 않았다. 물론 부모님은 여전히 테오를 배려해 주고 있었지만, 학교를 졸업하고 나서조차 용돈을 받을 정도로 염치가 없지는 않았다. 테오에게도 돈은 필요했다. 요즘 세상은 숨만 쉬어도 돈이 나가는 세상이었다. 기본 생활비를 제외하더라도 비대면 생활 방식을 유지하는 비용도 만만치 않았다. 어쨌든 테오는 자신의 생활 방식을 유지하기 위해 비대면으로 할 수 있는 일을 닥치는 대로 했다. 바이럴 마케팅은 물론 인터넷 서비스 게시판 운영 관리 알바까지, 하는 일의 종류는 다양했다. 그러던 어느 날 테오는 구직 사이트에서 부동산 매매 프로그램 사이버 고객센터 운영자를 뽑는다는 공고를 보게 되었다. 테오는 집과 건축에 관련된 일은 무조건 좋았다. 어쩌면 쭉 한집에 살았기 때문에 다른 집, 다른 공간에 대해 동경을 했었는지도 모르겠다. 더구나 테오는 건축 기사까지는 아니었지만 공인중개사 자격증을 아주 오래전에 취득한 상태였다. 무엇보다 사이버 고객센터 게시판 관리 일은 재택근무가 가능했기 때문에 더할 나위 없이 좋았다. 테오가 일을 한 뒤로 고객센터 게시판엔 날이 갈수록 접속자가 늘어났고, 사회관계망 서비스를 통해 전문 지식을 사심 없이 전달하는 정직한 상담원이라는 평가를 받으며 일반 대중들에게까지 입소문을 탔다. 부동산 업체에서는 테오를 정직원으로 채용하려고 했지만, 테오는 그 제안을 정중하게 거절하고 현재는 단기 계약직 게시판 운영자로 일하고 있었다. 테오의 부모님은 테오의 섬세하고 예민한 능력이 드디어 빛을 발하는 것이 아닌가 하고 기대하기도 했지만 테오는 그렇게 생각하지 않았다. 정작 자신은 달라진 것이 아무것도 없었기 때문이다. 쉽게 허물어질 것 같지 않던 테오의 철벽은 아주 어처구니없는 계기로 무너졌다. 대단해 보이는 것들은 대개 아주 작고 하찮아 보이는 것들에 의해 무너지는 경우가 많았다. 폭풍우에도 꿈쩍하지 않던 바위가 아주 작은 틈새로 스며든 습기로 인해 결국은 반으로 쪼개지듯이.

"여전하시네. 우리 집 뱀파이어!"

아무 일도 일어날 것 같지 않았던 테오의 차고에 생각지도 못한 불청객이 등장했다. 어렸을 적부터 한집에 살았지만, 테오와는 전혀 다른 삶을 살았던 동생 고희였다. 고희는 그냥 성격이 좋다고 말하기엔 뭔가 부족할 정도로 누구를 만나든 마음만 먹으면 10분 안에 막역한 사이로 만들 수 있는 사람이었다. 예민하고 까칠해서 항상 외톨이였던 테오와 확연히 비교되기도 했다. 세상 모든 사람과 친구가 될 수 있다고 생각하는 고희도 테오의 남다름을 부모님에게 듣기 전까지는 테오가 유일하게 친해질 수 없는 사람이라고 생각했다. 그 때문에 테오가 학교를 그만두고 차고 안으로 숨어 들어간 뒤로는 배려 아닌 배려로 테오를 외면하기도 했다. 부모님의 아픈 손가락이었던 테오와 달리, 고희는 부모님의 자랑이 되어 정상적인 엘리트 코스를 밟으며 성장했다. 대학을 졸업하고 취업을 하자마자 바로 독립도 했다. 고희의 독립 선언을 부모님도 기뻐했지만, 테오 역시 그 누구보다 환영했다. 고희가 나가면 집이 훨씬 더 조용하고 온전해질 거라고 믿었기 때문이다. 식당에 숙박을 할 수 있는 방이 생기면서 부모님은 점점 집보다 식당에 머무는 시간이 많아졌다. 덕분에 테오는 아무도 없는 집에서 자유로움을 만끽할 수 있었다. 테오는 혼자 사는 집이야말로 누구의 시선도 의식할 필요 없이 자신의 의지로 살아갈 수 있는 곳이라고 생각했다. 그렇지만 온전한 자유를 위해 완전히 독립할 수도 없는 처지였다. 테오는 그냥 이대로 부모님의 집에 머물며 적당한 평온과 자유를 누리면서 조용히 살고 싶었다. 그런데 독립을 했던 고희가 어느 날 갑자기 집으로 돌아왔다.

"근데 여긴 원래부터 등이 없었나? 너무 어둡다. 스탠드 조명이라도 두지."

처음엔 며칠만 머물다 갈 거라고 생각했다. 그런데 어제 고희가 집을 나갈 때보다 세 배 더 늘어난 이삿짐을 가지고 집으로 들어왔다. 좁아터진 방에 불어난 짐을 쑤셔 넣기가 버거웠는지, 고희는 갑자기 테오의 차고에 짐들을 하나씩 밀어 넣었다. 테오에게 고희는 동생이었지만, 조금 어려운 존재였다. 더 정확히 말하면 무서울 정도로 부담스럽고 버거운 존재였다. 테오가 보기에 고희는 선이 없는 사람 같았다. 그래서 테오처럼 선을 철저하게 지키는 사람에겐 존재만으로도 피곤한 사람이었다.

"이거 내가 비싸게 주고 산 건데, 둘 곳이 없어서 여기에 잠시 두는 거야. 괜찮지?"

괜찮지 않았다. 고희는 테오가 이런 식의 요구를 거절하지 못한다는 것을 너무도 잘 알고 있었다. 더구나 고희는 테오의 선을 누구보다 잘 알아서 히스테리를 부리기 직전에 영리하게 후퇴할 줄도 알았다. 지금도 고희는 테오가 눈에서 레이저가 나올 것처럼 노려보자 책상과 의자만 덜렁 놓아두고 사라졌다. 얼마 뒤에 고희는 바구니와 검은 비닐봉지 하나를 들고 오더니 봉지에 담겨 있던 잘 익은 토마토를 꺼내 바구니에 놓아두고 갔다.

시각과 후각, 청각이 주는 엄청난 정보들을 감당하기 위해 테오는 나름대로 부단한 노력을 해 왔다. 그중에서 가장 집중했던 것은 자신에게 편안함과 안정감을 주는 감각을 찾는 일이었다. 다행히 여러 시도 끝에 몇 가지 방법을 찾아냈고, 그중 하나가 바로 토마토였다. 채소라고 하기엔 과일 같고, 과일이라고 하기엔 너무도 채소 같은 토마토는 과일과 채소의 풍미를 모두 가지고 있어서 단독으로 먹을 때도 좋았지만, 어떤 음식과 만나도 잘 어울렸다. 어쩌면 테오는 특별하면서도 어디에나 잘 어울리는 토마토의 매력이 더 좋았는지도 모르겠다. 후각적으로 안정감을 주는 토마토처럼 시각적으로 안정감을 주는 색이 바로 검은색이었다. 테오가 검은 옷을 입고 검은 페인트칠이 되어 있는 차고에서 암흑과 같이 생활하는 이유도 바로 그 때문이었다. 테오는 검은색을 보면 복잡하고 자극적인 감각들이 단순화되고 정리되는 느낌을 받았다. 그에 반해 청각은 아직까지 안정감을 주는 조건을 발견하지 못해서 소란스럽고 복잡한 상황에 놓이게 되면 항상 귀마개를 쓰곤 했다. 자극과 정보를 최소화하기 위한 임시방편이었다. 그런데 오늘은 잘 익은 토마토 향을 맡았음에도 좀처럼 마음의 안정을 찾지 못했다.

"왜 돌아왔어?"

"깜짝이야! 갑자기 말을 거니까 놀랐잖아!"

"귀마개 없으니까 목소리 좀 낮춰 줘."

"근데 목소리가 생각보다 좋네? 그러고 보니까 주민등록증 나온 이후로 반테오 목소리를 제대로 들어 본 적이 없는 거 같아. 어쨌든 우리 반테오 많이 컸네. 이제 말도 곧 잘 하고!"

참고 참다가 겨우 한마디 했을 뿐인데, 열 마디를 하는 고희 때문에 테오는 금세 진이 빠졌고, 겨우 트였던 말문도 막혔다. 질문에 대한 답을 듣지 못하고 결국 테오는 쓸쓸하게 차고로 돌아왔다. 차고 전용 소파에 앉아 혼자 발성 연습도 해 보았다. 고희의 말에 테오도 자기 목소리를 들을 기회가 별로 없었다는 사실을 깨달았기 때문이다. 조금 신기했던 것은 자신의 목소리가 생각보다 큰 안정감을 주었다는 것이다. 어쨌든 고희를 다시 독립시키려는 테오의 계획은 처음부터 난항이 예상되었다. 그렇다고 포기할 수는 없었다. 어떻게든 고희가 집으로 돌아온 이유를 알아내어 고희를 다시 독립시킬 방법을 찾아야 했다.

"뭐 하는 거야?"

"이야, 이제 소리 지를 줄도 알아?"

"이게 뭐냐고!"

"이건 내 노트북이랑 스탠드. 예쁘지? 그리고 이건 제습기랑 공기청정기. 반테오는 깔끔쟁이라 곰팡이 냄새 나는 거 못 참을 텐데 그동안 여기서 어떻게 버텼어? 그래서 내가 기증해 주는 거야! 어때, 죽이지?"

"여기서 뭔가를 기어이 하겠다는 얘기군."

"눈치도 빠르네?"

"그래서 뭘 하겠다는 건데?"

"내가 직장 생활을 3년 정도 해 보니까 비전이라는 게 안 보이는 거야. 그래서 생각했지. 뭔가 비전이 있는 나만의 일을 해야겠다. 근데 아직 나만의 일이 뭔지 모르니까 일단 회사를 그만둔 거야. 그만두고 나면 시간이 많아지니까 뭔가 좋은 아이디어가 생기지 않을까 하고."

테오는 고희가 집으로 돌아온 이유를 알고 나니 더 가슴이 답답해졌다. 무엇보다 아무런 대책 없이 회사를 그만둔 무모함이 테오를 견딜 수 없게 만들었다. 어떤 면에서는 걱정 없이 사는 태평함이 부럽기도 했지만, 어디로 튈지 모르는 고희의 행동을 지켜보는 것만으로도 테오는 피곤했다. 무엇보다 고희의 행태를 보아하니 다시 독립할 의지는 조금도 없어 보였다. 이러다간 고희가 곰팡이처럼 순식간에 이 차고를 점령해 버릴 것 같았다.

"내가 딱 요만큼만 사용할게. 진짜 절대 방해도 안 하고
조용히 있을 거야. 너도 잘 알잖아. 요즘 이런 사무실 빌리려
면 돈이 얼마나 드는지. 그냥 나한테 투자한다 생각하면 편
할 거야. 혹시 알아? 내가 여기서 만들어 낸 사업 아이디어
로 대박이라도 날지. 대박 나면 내가 이 차고보다 훨씬 더 좋
은 집도 사 줄게."

고희는 자신이 테오와 아주 파격적인 협상을 하고 있다
고 생각했지만, 테오에겐 아주 절망적인 선언으로 들렸다. 테
오의 얼굴은 누구보다 평온해 보였지만, 머릿속에는 이미 빨
간불이 켜져 있었다. 이 난관을 어떻게 극복해야 할지 고민
하느라 테오의 얼굴빛은 점점 더 창백해졌다. 하지만 고희는
테오에게 별다른 반응이 없자 협상이 체결되었다고 생각했
다. 기분도 좋아졌는지 이내 콧노래까지 부르기 시작했다. 그
런 고희를 지켜보며 테오가 할 수 있는 일은 별로 없었다. 검
은 모자를 눌러쓰고 귀마개를 하고 물속에 빠지듯 소파에
온몸을 맡기는 것밖에는. 그럼에도 마음은 조금도 고요해지
지 않았고, 고희의 부산스러운 움직임이 자꾸만 귀마개 속으
로 파고들었다. 테오가 참는 데도 한계가 있다는 사실을 깨
닫는 순간, 짐 정리를 끝낸 고희가 갑자기 차고 창문을 활짝
열었다. 아마도 환기를 시키고 싶었던 모양이다. 손바닥만 한

창문이었지만 테오에겐 쏟아진 햇살이 형광등 불빛보다 더 따갑게 느껴졌다. 짜증을 부릴 기운조차 없이 테오는 그저 생각했다. 어떻게 하면 고희를 차고에서 내보낼 수 있을까? 그때 귀마개를 뚫고 누군가의 목소리가 테오의 귓가에 들어왔다.

"아파트도 좋지만 요즘 트렌드가 이렇게 마당 있는 집이잖아요. 특히 이 골목 단독주택들은 저기 다가구주택 지역처럼 소란스러울 일도 별로 없고 뒤에 산도 있어서 산책 나가기도 좋아요. 무엇보다 중요한 건 이 지역 단독주택들은 상가로 용도 변경을 해서 건물 가치를 높일 수 있다는 거죠. 단독주택이 즐비했던 홍대 앞 골목이나 연남동 일대가 상업 지구로 변모해서 건물 가치가 기하급수적으로 상승했던 사례는 이미 알고 계시죠? 만약에 그쪽으로 욕심이 있으시면 인테리어를 그럴싸하게 바꿔서 카페나 레스토랑으로 직접 운영하거나 임대를 해 보셔도 좋을 거예요. 입소문 타서 가게가 잘되면 무슨 마법이 일어나듯 골목 전체가 핫해질 수 있거든요. 제가 보기엔 이 골목이 그럴 확률이 아주 높아요. 이건 비밀인데 이 골목 입구에 있는 주택 하나를 얼마 전에 저희 회사에서도 매입했어요. 연석2동이 재개발되면 이 지역은 중심 상권으로 성장할 가능성이 아주 높을 겁니다."

손바닥만 한 창문을 넘어 공인중개사의 목소리가 들려

왔다. 옆집 마당에서 나는 소리였는데, 바로 옆에서 이야기하는 것처럼 아주 잘 들렸다. 옆집 주인 아들이 물려받은 집을 부동산에 내놓은 모양이었다. 공인중개사의 이야기를 가만히 듣고 있던 테오는 갑자기 소파에서 벌떡 일어났다. 마치 그 옛날 유레카를 외쳤던 벌거숭이 철학자처럼. 고희가 테오의 행동에 깜짝 놀라 소리를 질렀지만, 테오는 개의치 않고 바로 차고를 뛰쳐나갔다.

테오는 쓸 만한 방을 구하면 고희가 다시 독립할지도 모른다고 생각했다. 그래서 옆집에서 얘기하던 공인중개사에게 부탁을 할 심산으로 옆집 대문 앞에 서 있었다. 그런데 옆집에서 나오는 공인중개사를 보고 테오는 깜짝 놀랐다. 아는 얼굴이었다. 공인중개사도 놀란 얼굴로 멍하니 서 있는 테오의 얼굴을 빤히 쳐다보며 물었다.

"혹시, 너 테오니?"

"네."

"너무 오랜만이다. 고희는 가끔 봤는데 너는 장례식장에서 보고 처음이지? 난 또 테오가 이렇게 키가 크고 훤칠한지는 몰랐네. 암튼 반갑다. 근데 부모님은 잘 계시니?"

공인중개사는 테오 아버지의 동네 친구의 딸, 임서라였다. 테오 아버지는 동네 토박이였는데, 임서라의 아버지도 마찬가지였다. 덕분에 어렸을 적부터 집안끼리 왕래가 종종 있었다. 10년 전 임서라의 아버지와 어머니가 차례로 돌아가신 후로는 연락이 끊겼지만, 그래도 서로의 집 사정은 어느 정도 알고 있었다. 테오는 고희가 살 집을 알아봐 달라고 부탁하고 싶었지만, 집안 사정을 속속들이 알고 있는 임서라에게는 말을 할 수 없었다. 더구나 어렸을 적 임서라는 고희와 테오를 볼 때마다 무시하거나 쌀쌀맞게 굴었다. 그런데 지금은 마치 오랜 친구를 만난 것처럼 반가워하니 테오는 고희만큼 임서라가 부담스럽게 여겨졌다. 결국 테오는 아무 말도 못 하고 임서라에게 꾸벅 인사만 하고 빠른 걸음으로 집 앞을 벗어났다.

골목을 빠져나간 뒤에도 테오는 한참을 마냥 걸었다. 외출하는 것을 꺼렸지만, 오랜만에 나와 보니 생각보다 나쁘지 않았다. 어쩌면 골목에 사람이 없어서 그럴 수도 있겠지만, 오늘따라 테오는 바깥세상의 낯섦이 신선한 자극으로 다가왔다. 그렇게 한참을 걷다가 제일 먼저 보이는 공인중개사 사무소에 들어가 다짜고짜 집을 보여 달라고 말했다.

"그러니까 여동생이 살 집을 보고 싶다?"

"네."

"구체적으로 원하는 조건이 있을 것 같은데? 아니면 예산이라도."

"여자 혼자 사는 집이니까 깨끗하고 보안 장치가 제대로 된 방이 좋을 것 같습니다. 작업실 겸용으로 이용할 수 있으면 좋고 아니어도 상관은 없지만, 현재 직장이 없으니까 보증금보다 월세가 저렴한 집이면 좋겠습니다."

"그런 집이 저렴하기는 힘들지."

"최대한 부탁드립니다."

"그런데 혹시 말을 좀 빨리해 볼 생각은 없나?"

"노력해 보겠습니다."

5.
옥탑방

"아무래도 젊은 사람들은 반지하보다는 옥탑을 선호하니까."

공인중개사 허 씨는 테오를 허름한 다세대주택 옥탑방으로 데려갔다. 연수동 가장 끝자리에 있는 다가구주택의 옥탑방을 보기 위해 테오는 야외에 설치된 철제 계단을 끝도 없이 올라갔다. 계단을 오를 때마다 심장 소리가 한 단계씩 높아지는 것 같았다. 그만큼 계단은 가파르고 높았다. 어둡고 깊은 옷장 속으로 걸어 들어가 차원이 다른 세상과 맞닥뜨린 어느 판타지 소설의 주인공이 된 것처럼 느껴지기도 했다. 공인중개사 허 씨의 신발 뒤축을 따라 위험한 철제 계단을 오르다 보니 어느 순간 갑자기 탁 트인 옥상이 나타났다. 그제야 테오의 미간에 현기증이 살짝 스치고 지나갔다.

옥상 바닥의 방수액은 철 지난 옥수수잎처럼 군데군데 벗겨져 있었고, 빨래가 걸려 있지 않은 두 개의 빨랫줄에는 어린 아이들의 장난감 목걸이처럼 빨래집게들이 유치하게 걸려 있었다. 테오는 자기도 모르게 빨래집게 개수를 세다가 빨랫줄의 양쪽 매듭의 높이와 매듭 방식이 각기 다른 것을 보고 처음 옥탑에 이사 온 사람이 신혼부부가 아닐까 추측했다. 햇빛으로 누렇게 색이 바랜 평상 장판 위에는 켜켜로 내려앉은 미세먼지들이 지층처럼 쌓여 사람의 손길이 얼마나 오래 닿지 않았는지를 보여 주었다. 허 씨는 지금 이 시간에는 세입자가 없을 거라 말하며 능숙하게 비밀번호를 눌렀다. 옛날 방식의 버튼 도어록이라 숫자를 누를 때 나는 소리만으로 비밀번호까지 유추할 수 있었다. 3377. 기존의 세입자는 복이나 행운을 엄청나게 갈구하는 사람일 거라 생각하며 집 안으로 들어섰다. 집 안 공기에서 마른날 갑자기 소나기가 쏟아질 때 나는 흙먼지 냄새가 났다.

묵직한 먼지 냄새와 함께 집 안 풍경이 한눈에 들어오면서 테오는 마치 VR 헤드셋을 쓴 사람처럼 머릿속에 집 안 내부가 3D 화면으로 펼쳐지는 신기한 경험을 했다. 집의 구조는 구조라고 말할 필요도 없이 단순했지만, 집 안의 상황은 무척이나 복잡하고 난해했다. 현관문 바로 앞에 작업복으로 보이는 점퍼와 바지가 걸려 있었고, 걸레인지 발수건인지 모를 천이 화장실 문 앞에 똬리를 틀고 있었다. 허 씨는 자기가 보기에도 집이 엉망인지 괜히 헛기침을 하다가 먼지 때문에 결국은 진짜 기침을 했다. 테오는 사실 다른 것보다 허 씨의 기침 소리가 제일 거슬렸다. 집 안 방바닥도 바깥의 평상과 다름없을 정도로 먼지가 켜켜로 쌓여 있었고, 현관과 화장실 그리고 언제 깔아 놓은지도 모를 이불이 깔린 방까지 마치 먼지 길이 만들어져 있는 것처럼 보였다. 그러자 테오는 집주인의 생활 패턴이 보이는 것 같았다. 집주인은 3층 계단을 힘겹게 올라와 신발도 벗지 않고 문 앞에 있는 화장실로 직행했다가 화장실을 나서며 신발을 벗었을 것이다. 그러고는 방으로 들어가 바로 이불 위로 쓰러져 잠이 드는 일상을 반복했을 것이다. 주방과 냉장고의 상태도 마찬가지였다. 집주인이 음료 외에 집 안에서 무언가를 섭취한 흔적이 보이지 않았다. 집 안 곳곳에 이온 음료수와 소주병들이 먼지와 함께 자유롭게 굴러다니고 있었는데, 아마도 밖에서 사 온 음료수나 소주를 마시다 방 안에 아무렇지도 않게 그냥 던져 두었다가 목이 마르면 손을 뻗어 잡히는 대로 다시 주워 마셨을 것이다. 쓰레기장과 다를 바 없는 집에서 왜 비싼 월세까지 내면서 살고 있는 걸까? 이렇게 살 바엔 차라리 노숙을 하는 게 낫지 않나? 여러 가지 생각에 머릿속이 복잡해진 테오가 갑자기 뭐라 뭐라 혼잣말을 입 밖으로 여과 없이 흘려보내기 시작했다.

"신발 사이즈와 옷의 크기로 봤을 때 신장은 172~175센 티미터 사이의 남자. 혼자 살고 있지만 집에선 잠만 자는 수 준. 작업복과 집의 먼지 농도를 봐선 공사장에서 일용직으 로 일하는 것으로 보임. 바닥에 널브러진 음료수병과 화장실 변기에서 이상한 단내가 나는 것을 보아 당뇨병을 앓고 있을 확률도 높음. 달력이 아직 작년에 머물고 있는 것을 보니 늦 어도 작년 6월 이전에 이사를 온 것으로 추정됨."

"뭘 그렇게 혼자 중얼거리나?"

"월세가 얼마라고 하셨죠?"

"보증금 100에 40. 수도, 전기, 가스 본인 부담."

"40을 주고는 살기 힘들 거 같은데요."

"실은 원래 30을 받았던 방인데 집주인이 이참에 좀 올 려 달라고 부탁을 해서."

"작년에 이사를 왔던 것 같은데 왜 나가는 거죠?"

"일용직들은 대개 공사판 따라다니는 뜨내기들이 많으 니까. 어떤가? 맘에 든다고 하면 내가 집주인한테 35로 말해 볼 테니까."

"여기 옷에 묻어 있는 먼지들도 상당하지만, 이 집 자체 에서 나는 분진도 엄청난 것 같은데요. 여기서 오래 살다간 폐병으로 먼저 죽을 겁니다."

"에이, 그런 거 다 따지면 그 돈에 방 못 구한다니까."

"다른 집도 좀 보고 싶네요."

허 씨는 테오의 단호한 태도에 기분이 상했는지 온갖 불평불만을 쏟아 냈다. 하지만 테오의 귀에는 아무 소리도 들리지 않았다. 먼지와 쓰레기로 가득 찬 집을 보고 난 뒤 테오는 묘한 기분에 휩싸였다. 극도의 예민함을 이유로 스스로를 고립시켰던 자신의 선택이 무색할 만큼 테오는 오늘 남의 집에서 신기한 경험을 한 것 같았다. 시각과 후각은 물론 모든 면에서 극한으로 자극적인 상황에 놓였지만, 그 자극들이 머릿속에서 나름의 규칙으로 재배열되어 또 다른 사실을 유추할 수 있을 정도의 데이터로 변하는 과정은 오늘 처음 경험하는 것이었다. 테오가 지금까지 힘들었던 이유는 쏟아지는 자극을 어떤 식으로 받아들이고 처리해야 할지 몰라서였다. 특히 사람들이 무차별적으로 뿜어내는 에너지가 그랬다. 사람들의 말과 행동은 늘 다르게 작용하는 경향이 있기 때문에 예측할 수 없는 불규칙한 에너지로 변하기 쉬웠다. 그런 불규칙한 에너지를 뿜어내는 대상을 어떻게 대처하고 반응해야 할지 몰라 그동안은 그런 대상과 대면하지 않는 방법을 선택해 왔다. 그런데 집은 달랐다. 집의 상태와 집주인의 흔적들을 모든 감각으로 받아들여 데이터화하다 보면 집주인의 생각과 행동을 읽어 낼 수 있었다. 사람들은 타인을 대할 때 자신의 감정을 속이고 거짓말을 하거나 마음과 다른 행동을 하기 마련이지만, 집이라는 공간에서는 있는 그대로의 본성을 드러내게 된다. 그렇게 쌓인 본성들이 습관이 되고 그 습관들이 집 안에 먼지처럼 쌓여 집의 정체성, 아니 집에 사는 사람의 정체성을 드러내게 되는 것이다. 테오는 사람을 보는 것보다 그 사람의 정체성이 묻어 있는 집을 보는 것이 훨씬 더 편하고 재밌었다.

*

상철은 평소와 다름없이 막걸리와 함께 저녁 식사를 먹고 집으로 돌아왔다. 집 앞에서 옥탑으로 올라가는 계단을 한번 쳐다본 상철은 이온 음료를 한 모금 들이켰다. 피곤한 몸을 이끌고 3층 옥탑으로 향하는 계단을 밟는 지금이 하루 중 가장 고된 순간이었다.

에베레스트산에 오르는 등산가들의 결심보다 조금 못한 마음으로 상철은 한 발 한 발 계단을 올랐다. 계단을 오르는 길고 지루한 시간이 영겁의 시간처럼 느껴졌다. 겨우 3층 옥상에 올라서고 난 뒤 상철은 가쁜 숨을 몰아쉬며 음료수 한 모금을 또 마셨다. 원래 상철은 이온 음료를 별로 좋아하지 않았다. 평소 시원하고 달콤한 탄산음료를 물처럼 마시며 살다가 당뇨가 왔다는 말을 듣고 끊었다. 맹물은 도저히 마실 수가 없어서 고민하던 차에 흡수도 빠르고 맛도 괜찮은 이온 음료를 마시기 시작했다. 그날 이후 이온 음료수는 상철의 주식이 되었다. 음료수의 마지막 한 모금을 목으로 넘기

다가 상철은 방바닥에 나뒹구는 초승달처럼 생긴 손톱 조각
과 눈이 마주쳤다. 그제야 오늘 부동산에서 집을 보러 온다
고 했던 기억이 났다. 상철은 집을 너무 더럽게 써서 집값이
떨어졌다며 얼른 나가 달라는 통보를 받았었다. 아직 계약
기간이 많이 남았다고 얘기했음에도 집주인은 막무가내였
다. 다행히 상철은 믿는 구석이 있었다. 집 상태를 보면 누구
도 들어와 살 생각을 못 할 테니까. 상철은 집 안에 들어서자
마자 언제 그랬냐는 듯 마시던 음료수병을 또 아무렇지도 않
게 던져 버렸다. 습관이 무서운 이유는 생각보다 행동이 먼
저 움직이기 때문이다. 상철은 신발을 벗지 않고 바로 화장
실로 들어가 소변을 봤다. 변기 물을 내리기 위해 고개를 숙
이다가 맥주처럼 거품이 이는 소변에서 희미한 단내를 맡았
다. 그제야 당뇨 약을 깜빡했다는 사실을 깨달았다. 고개를
절레절레 저으며 화장실을 나온 상철은 또 습관처럼 신발을
벗었다. 좁은 집이었지만, 현관에서 이불 안으로 들어가는
길은 오늘도 멀게 느껴졌다. 더구나 오늘은 이상하게 한 걸음
옮길 때마다 바닥의 음료수병들이 자꾸만 상철의 발등을 건
드렸다. 아마도 집을 보러 온 사람 때문에 음료수병의 정렬이
조금씩 달라진 모양이었다. 상철은 이불 위에 쓰러지듯 누웠
다가 다시 벌떡 일어났다. 타들어 가는 것처럼 목이 말랐다.
팔을 최대한 뻗어 음료수가 들어 있는 묵직한 음료수병을 더
듬더듬 찾았다. 꽤 묵직한 음료수병이 잡히자 상철은 뚜껑을

열고 벌컥벌컥 마셨다. 이상했다. 평소보다 이온 음료가 엄청 달게 느껴졌다. 당뇨 약을 먹지 않아서 그런가? 생각할 겨를도 없이 상철은 기절하듯 고꾸라졌다. 그리고 달콤한 잠에서 영원히 깨어나지 못했다.

"당뇨병에 의한 쇼크사라고 하더라고. 당뇨 합병증으로 신부전증도 진행되고 있었고. 당뇨 판정을 받은 사람이 이렇게 엉망진창으로 살았으니 그럴 만도 하지."

"근데 그분도 연고자가 없죠?"

"또? 그래서 이번에도 연쇄 살인마가 한 짓이라고 의심하는 거야?"

재욱이 놀리자, 제영은 입을 삐죽거리며 상철 집에서 수거한 음료수병을 몰래 가슴에 품고 사무실을 빠져나왔다. 재욱은 그런 제영을 보며 고개를 절레절레 저었다. 제영은 성분 분석실에 음료수병을 가져다줄 생각이었다. 또 한 소리 듣겠지만, 분명하게 확인을 해야 직성이 풀렸다. 최근 들어 연석동을 중심으로 이런 종류의 사망 사건들이 자주 발생하고 있었다. 대부분 사망자의 오래된 지병이나 갑작스러운 심장마비가 원인이었기 때문에 의심할 만한 부분은 크게 없었다. 문제는 사망자 모두 연고자가 없거나 연고자가 있어도 아무도 반기지 않는 독거인들이라는 것이었다. 형식적인 부검을 하거나 병원 기록만을 참고해 대부분의 사망 원인을 지병에 의한 돌연사로 처리했지만 그런 일이 너무 자주 반복되자, 제영은 이상한 의심이 들었다. 누군가 이 상황을 이용하고 있는지도 모른다는 생각이었다. 사망 원인을 좀 더 명확하게 밝히기 위해 제영은 살인 사건 조사에 맞먹는 부검을 재요청하거나 평소에 먹던 약 성분을 추가로 분석해 달라는 요청을 하기 시작했다. 덕분에 동료들과 윗사람들에게 좋지 않은 소리를 듣거나 재조사 요청 자체를 거절당하는 일이 많았다. 다행히 이번 사건의 경우엔 사채를 썼다는 사망자의 과거 이력이 나와서 제영은 사망자의 집에서 수거된 음료수병에 들어 있던 음료의 성분 분석을 요청할 수 있었다. 며칠 뒤, 제영은 분석을 맡겼던 음료수 대부분에서 당뇨에 의한 신부전증 환자에게는 치명적인 수준의 칼륨이 발견되었다는 사실을 알게 되었다.

*

"그러니까 집을 보면 막 그런 게 다 보인다는 거죠?"

"막 보이는 게 아니라 여러 정보들이 취합되면서 유추가 된다는 거죠."

"그게 그거죠. 무슨 셜록 홈스도 아니고."

테오는 고개를 푹 숙이며 짧게 한숨을 쉬었다. 제영이 자신의 말을 이해할 수 없다는 사실을 테오도 알고 있었다.

"제가 괜한 이야기를 한 것 같네요."

"아뇨. 생각해 보니 지금 아주 중요한 이야기를 하신 것 같아요."

"그럼 제 말을 이해하신다는 건가요?"

"저는 지금 테오 씨가 거의 자백을 했다고 생각하는데요?"

"자백이라뇨?"

"집을 슬쩍 본 것만으로 남자의 직업과 생활 패턴 그리고 지병인 당뇨병까지 알아냈다면, 바로 그 사람이 범인 아닐까요?"

"제가 당뇨병이라도 걸리게 만들었단 말인가요?"

"단번에 당뇨병이 있다는 것을 알아낸 사람이라면 당뇨병으로 인한 신부전증에 칼륨이 치명적이라는 사실쯤은 충분히 알았을 테니까요."

"저는 그날 처음 그 집에 갔다고 분명히 말씀드렸습니다."

"한 번 가 봤으면 두 번이고 세 번이고 가 볼 수 있겠죠."

"역시나 확실한 증거는 없고 모두 형사님의 추측뿐이네요."

제영은 이번에도 자신이 추궁에 실패했다는 생각이 들었다. 테오를 유치장에 구금하고 난 뒤 제영은 테오의 집과 차고를 샅샅이 뒤져 보았지만 의심스러운 물품이나 증거를 찾을 수 없었다. 더 정확히 말하면 테오 주변에는 정말 너무

하다 싶을 정도로 아무것도 나오지 않았다. 물건도 친구도 재산도 관계도 없었다. 결론적으로 제영은 아무런 대안도 없이 심문으로만 테오의 자백을 받아야 하는 상황이었다. 처음엔 테오를 조사하다 보면 분명 증거를 찾을 수 있을 거라 생각했는데, 조사를 하면 할수록 테오가 범인이 아니라는 사실만 나오고 있었다. 제영은 자신이 분명 무언가를 놓치고 있다고 생각했다. 놓친 게 무엇인지 찾기 위해서라도 제영은 어떻게든 테오를 자극해야 했다.

6.
부동산

남의 집을 처음 보았던 그날, 테오는 한숨도 자지 못했다. 눈을 감기만 하면 낮에 봤던 집이 3D 형태로 되살아나 머릿속을 떠돌아다녔다. 어쩌면 테오는 밤새도록 그 집에 대한 꿈을 꾸었는지도 모르겠다. 어쨌든 그날 이후 테오의 관심사는 다른 사람이 살고 있는 집이 되었다. 덕분에 공인중개사 허 씨는 새로운 집을 보여 달라는 테오의 밑도 끝도 없는 요구에 매일 시달려야 했다. 며칠 지나지 않아 허 씨는 더 이상 집을 보여 줄 수 없다고 선언했다. 어쩔 수 없이 테오는 부동산 앱으로 보고 싶은 집을 직접 찾기로 했다.

　　"이 사진과 이 집은 전혀 다른 집입니다."
　　"그래요? 앱에 사진을 잘못 올렸나 보네."

무심한 담당자의 답변에 테오는 가슴이 답답해졌다. 이제야 고객센터에 글을 올리던 고객들의 심정을 알 것 같았다. 부동산 앱에 올라오는 사진들은 실제 매물과 완전히 다른 집처럼 보이는 경우가 많았다. 광고를 해야 하니 어쩔 수 없는 일이라고 해도 어떤 집들은 다른 매물 사진을 그냥 올려놓는 경우도 있었다. 물론 테오는 사진만 대충 봐도 실제 매물인지 아닌지 구분할 수 있었다. 그런 집들 중에 간혹 테오의 호기심을 자극하는 집들이 있었다. 더 정확히 말하면 호기심이라기보단 허위 매물을 올린 집들을 찾아가 잘못된 부분을 바로잡으려는 마음에서였다. 덕분에 테오는 고희의 집을 구해 주겠다는 원래 목적을 잠시 잊고, 그냥 집 자체를 보러 다니는 일이 더 많아졌다. 테오도 그 사실을 인지하고 있었지만, 무언가에 홀린 것처럼 집을 보러 다니는 일을 멈출 수가 없었다. 수많은 데이터들이 한꺼번에 머릿속에 들어와 나름의 알고리즘을 만들며 또 다른 사실을 유추해 나가는 과정이 테오는 무엇과도 비교할 수 없이 짜릿했다. 이런 과정을 반복적으로 경험하다 보니 이제 집을 보면 그 집에 어떤 사람이 사는지 파악할 수 있었다. 사람을 대면하는 일이 누구보다 힘들었던 테오에게 집을 통해 간접적이나마 사람을 파악하는 일은 끊어 내기 힘든 유혹이었다.

"그거 알아? 너 요즘 하루도 빠지지 않고 외출하고 있는 거."

"안 되는 이유라도 있나?"

"이봐, 이젠 이렇게 말도 잘 받아치고."

"하고 싶은 말이 뭔데?"

"요즘 너 집 보러 다닌다고 동네에서 말이 많던데, 정말
이야?"

"응."

"설마 독립하려고?"

"아니, 너."

"나? 아하! 나를 여기서 내보내고 싶어서 집을 보러 다닌
다? 근데 왜 내 취향은 한 번도 안 물어봐?"

고희는 익살스러운 표정으로 자신이 원하는 작업실용
방에 대해 열심히 설명했다. 덕분에 두 사람은 태어나 처음
으로 긴 대화를 나눌 수 있었다. 이야기를 다 듣고 난 뒤 테
오는 역시나 시간 낭비를 했다고 생각했지만, 잠시 잊었던 고
희 집 찾기에 다시 한번 전의를 불태우게 되었다. 물론 테오
앞에는 너무 많은 난관이 있었다. 우선 이상한 집들이 자꾸
만 눈에 밟혔다. 분명 고희가 보면 질색할 집들인데도 테오
는 그런 집들을 보는 게 너무 즐거웠다. 특히 월세가 싼 집들
은 대부분 아주 결정적인 단점을 가지고 있었는데, 그런 단
점들이 테오를 이상하게 설레게 했다. 현관문을 열고 들어가
자마자 오른편에 변기가 있고 왼편에 세면대가 있어 집 전체

가 화장실처럼 느껴지는 집부터, 천장이 낮아 키가 170 이상인 사람은 허리도 못 펴는 집, 구조상 절대 침대를 놓을 수 없도록 만들어 놓은 원룸까지. 집주인들이 과연 이 집을 정말로 세놓고 싶어 하는지 의심스러울 정도로 구조가 특이하고 이상한 집들이 많았다. 그중 가장 흥미로웠던 집은 창문이 전혀 없는 방을 품고 있는 집이었다. 창문이 없는 방을 둘러 'ㅁ'자형 복도가 있었고, 복도를 따라 왼쪽에는 창문, 오른쪽에는 싱크대와 냉장고, 식탁, 세면대, 그리고 화장실 겸용 샤워실까지 차례대로 위치해 있었다. 방 안에는 오로지 침대만 놓여 있어서, 문을 닫으면 완벽한 암실이 되었다. 어둠을 사랑하는 테오로서는 꿈꾸던 방을 실제로 보게 된 셈이었다. 집을 둘러보며 가장 궁금했던 것은 이런 이상한 구조의 방을 만든 이유였다. 아마도 사진작가가 암실로 사용하려고 만들었다가 집주인이 바뀌면서 방을 개조해 월세를 놓다 보니 이런 이상한 구조가 된 거라고 추측할 뿐이었다. 구조가 아니라 집에 살고 있는 사람이 미스터리한 경우도 있었다. 분명 누군가 거주하고 있는 원룸 오피스텔이었는데, 집안에 사람이 사는 흔적이 전혀 없었다. 그렇다고 모델하우스처럼 깔끔한 분위기도 아니었다. 많은 사람들이 머물렀지만, 매일 일정한 시각에 청소를 하고 사람의 흔적을 지우는 오래된 리조트에 더 가까웠다. 테오는 궁금함을 참을 수 없어 어떻게든 사람의 흔적을 찾기 위해 고군분투했다. 그러다 화장실 하수구 구멍에 남아 있던 한 가닥의 머리카락을 발견하곤 집주인이 결벽증이 심한 사람이었으리라고 결론 내렸다.

"등기부등본 확인하면서 집주인 신분 확인도 할 수 있을까요?"

"집주인이 바빠서 내가 대리 계약 하는 거라니까."

"요즘에 하도 전세 사기가 많아서 반드시 확인해야 한다고 들었습니다."

"지금 나를 못 믿겠다는 거야? 내가 이 바닥에서 몇 년을 했는데 이러시나?"

"몇 년을 일했는지는 모르겠지만, 혹시 공인중개사 자격증은 가지고 계신지 궁금하네요."

"아니, 뭐 이딴 자식이 다 있어?"

그다음으로 테오가 극복해야 했던 난관은 집을 보여 주는 공인중개사들과의 갈등이었다. 테오가 수많은 고객과의 상담을 잘할 수 있었던 것은 실제로 공인중개사 자격증을 가지고 있었기 때문이었다. 때문에 전세 사기를 당하거나 그럴 조짐이 보이는 고객들의 상황을 누구보다 잘 알고 있었고, 그에 따른 대처 방안 또한 잘 알았다. 직접 집을 구하러 다니면서 테오는 자신이 수많은 고객에게 경고하고 충고했던 사례들을 실제로 경험하게 되었다. 특히 다가구주택의 경우엔 말로만 듣던 전세 사기 유형을 다양하게 경험할 수 있었다. 그중에는 대출을 받아 임대 사업을 하는 전문 사기꾼들과 결탁하거나 전세 사기를 알면서도 방조하는 공인중개사들도 많았다. 특히 그런 공인중개사들 중에는 자격증도 없이 일하는 사람도 많았는데, 바로 눈앞에서 그런 경우를 보게 되자 테오는 도저히 참을 수가 없었다(실제 고객 상담에 올라왔던 업체와 공인중개사를 직접 만난 경우도 있었다). 남의 일인 줄 알았던 조직적인 사기 행각이 자신에게도 일어날 수 있다는 사실을 자각하자, 테오는 또 다른 피해자가 없도록 어떤 조치를 취해야겠다고 생각했다. 하지만, 임대업자와 결탁한 공인중개사들과 직접 싸울 만큼의 에너지까지는 없었던 관계로 나름의 방식으로 문제를 해결해 나가기 시작했다. 전세 사기범들을 사기죄로 신고하는 데서 끝내지 않고 전적이 있는 사기범들의 리스트와 함께 사기에 가담한 공인중개사들의 신상까지 찾아볼 수 있는 검색 서비스를 주택도시보증공사에 직접 제보했다. 한 번으로는 될 것 같지 않아 고희를 시켜서 여러 번 민원을 제기하고 실제 프로세스를 기획한 문서까지 전달했다. 더불어 테오가 운영하고 있는 사이버 고객센터의 전세 사기를 당한 고객들의 사례를 일반 이용자들까지 열람할 수 있도록 기획하여 실제 서비스에 적용시키기도 했다. 덕분에 테오는 얼마 되지 않아 그 지역 공인중개사들에게 요주의 인물로 낙인찍혀 버렸다.

"다른 공인중개사에게 가 보세요."

집을 보고 싶은 욕구는 점점 더 강해지는데, 공인중개사들에게 찍힌 덕분에 테오는 이제 아무 집도 볼 수 없는 신세가 되어 버렸다. 그럼에도 자신의 행동을 후회하지 않았다. 어쩔 수 없이 테오는 처음 집을 보여 줬던 공인중개사 허 씨를 다시 찾아갔다.

"아이고, 그새 아주 유명 인사가 되셨던데?"

"집 좀 보여 주세요."

"그건 우리도 좀 곤란해서."

"이번엔 정말 집을 구할 예정입니다. 동생의 동의도 구했거든요."

"그러지 말고 그냥 우리 부동산에서 알바를 해 보는 건 어때? 얘기 들어 보니까 이쪽 바닥에 대해서 잘 안다고 하던데."

"정말 집을 구하고 싶습니다. 가격은 싸지만 좋은 집으로."

"좋은데 싼 집이 어디 있나? 그런 집 있으면 내가 가서 살지!"

"그럼 혹시 좀 특이한 집은 없을까요? 왠지 팔릴 것 같지 않은 집도 괜찮고."

"이봐, 이거 다른 속셈이 있다니까. 근데 또 이 시점에 신경 쓰이는 집이 하나 있긴 한데."

"어딘데요?"

"내가 또 그쪽 못지않게 정의로운 면이 있는 편이라. 어쨌든 소문에 의하면 그 집 주인이 쫄딱 망해서 집도 경매로 넘어가게 생긴 걸로 알고 있는데, 갑자기 창고로 쓰던 자기네 지하 방을 세놓겠다고 하네? 월세도 아니고 전세로. 나야 아무래도 집주인이 전세금 떼어먹고 도망가려고 그러는 거 같아서 아무도 소개를 안 시켜 주고 있었는데, 분명 수임료 먹으려고 소개시켜 주는 놈들이 있을 것 같단 말이지."

"그 집이 어디예요? 지금 바로 가 볼 수 있을까요?"

"이렇게 갑자기? 그 집은 여동생이 살 만한 집도 아닌데."

"어디냐고요?"

"저기 삼거리 슈퍼 윗동네에 있는 녹색 대문 집!"

*

폭탄 머리 남자가 화장실 샤워 부스 안에 제법 단단해 보이는 종이 상자를 가져다 놓았다. 종이 상자는 제법 커서 선물 상자라기보다 무언가 보관해 두는 용도의 상자 같았다. 상자 안에는 아무것도 들어 있지 않았는데, 한쪽 면에 작고 동그란 구멍이 뚫려 있었다. 화장실 밖에서는 꽤 시끄러운 EDM 음악이 쉬지 않고 흘러 들어오고 있었다. 폭탄 머리 남자는 음악에 취해 박자와 맞지 않는 몸놀림으로 자꾸만 흐느적거렸다. 화장실엔 수건 하나 걸려 있지 않았다. 안쪽 타일 여기저기에 금이 가거나 깨진 부분이 많았고, 한쪽 구석에는 그을린 자국도 있었다. 바닥에는 각종 약품과 실험 도구들이 여기저기 굴러다녔다. 수상한 화장실에 수상한 상자를 두고 잠시 어디론가 사라졌던 남자는 작은 향초 하나와 방수 스프레이 한 통을 들고 다시 나타났다. 남자의 표정은 도대체 무슨 생각을 하는지 알 수 없을 정도로 시시각각 변하고 있었다. 남자는 마치 어떤 의도를 가지고 아주 흥미로운 일을 하기 직전의 어린아이의 얼굴로 향초와 스프레이를 바닥에 놓고 주머니에서 라이터를 꺼냈다. 두 번의 시도 끝에 라이터에 불을 붙였다. 불이 제법 커다랗게 올라오자 만족스러운 표정을 지으며 향초에 불을 붙이려고 했다.

"앗, 뜨거!"

남자는 라이터 불에 폭탄 머리 앞부분을 살짝 그을렸다. 물론 그렇다고 해서 남자가 지금 하고 있는 행위를 멈출 것 같지는 않았다. 남자는 기어코 향초에 불을 붙였지만, 그것만으로 화장실 분위기가 좋아질 것 같지는 않았다. 폭탄 머리 남자는 머리카락 타는 냄새가 나는지 코를 킁킁거리다가 조심스럽게 종이 상자 뚜껑을 열었다. 그리고 향초를 종이 상자 안에 집어넣었다. 이번에는 절대 앞머리를 태우지 않겠다는 의지를 가지고. 향초가 종이 상자 안에 무사히 안착하자, 남자는 향초가 꺼지지 않도록 조심스럽게 종이 상자의 뚜껑을 닫았다. 혹시나 종이 상자 뚜껑이 타거나 향초가 꺼질까 봐 걱정이 되는지 작은 구멍에 눈을 가져다 대고 상자 안쪽을 살폈다. 향초의 불꽃이 무사한 것을 확인한 남자는 방수 스프레이를 손에 쥐며 말했다.

"자, 이제 한번 시작해 볼까?"

남자는 호기심 가득한 얼굴로 방수 스프레이 분사구를 종이 상자의 작은 구멍에 가져다 대고 분사시켰다. 그렇게 몇 번 스프레이를 분사하고 난 뒤, 남자는 조용히 숫자를 세었다. 하나, 둘, 셋, 넷, 다섯, 여섯, 일곱, 여덟, 아홉.

"펑!"

깜짝 놀랄 만한 소리와 함께 종이 상자가 터졌다. 남자는 놀라지도 않고 오히려 환호성을 질렀다. 종이 상자가 터지면서 고약한 냄새와 함께 종이 상자의 파편이 욕실을 엉망으로 만들어 놓았지만, 남자는 오히려 신이 나는지 춤을 추며 환풍기를 틀었다.

"이게 또 되네."

엉망진창이 되어 버린 욕실을 샤워기 물로 대충 쓸어 내면서도 남자는 연신 웃었다. 소리는 내지 않았지만, 남자의 웃음은 진심이었다. 그때 누군가 현관문을 쿵쾅쿵쾅 두드렸다. 남자의 얼굴에서 웃음기가 사라졌다. 남자는 굳은 얼굴로 조용히 샤워기를 잠그고 재바르게 화장실 문을 닫더니 욕실 바닥에 웅크리고 앉았다. 마치 처음부터 이곳에 존재하지 않았던 사람처럼 조용히.

7.
녹색
대문
집

놀랍게도 녹색 대문 집의 대문은 녹색이 아니었다. 철제 대문에 녹이 많이 슬어 거의 붉은 대문처럼 보였다. 그래서인지 대문을 열기 전부터 녹색 대문 집은 음산한 기운을 뿜어냈다. 공인중개사 허 씨는 대문 옆에 겨우 매달려 있는 것 같은 허름한 벨을 조심스럽게 눌렀다. 버튼이 눌리기는 했지만, 먹통이었다. 하는 수 없이 허 씨는 집주인에게 전화를 걸었다.

"전화를 계속 안 받네. 이 사람 벌써 전세금 가지고 도망간 거 아냐?"

허 씨의 투덜거림에도 아랑곳하지 않던 테오는 대문을 노려보다가 슬그머니 문을 밀어 보았다. 그러자 대문이 어이없이 열렸다. 허 씨가 깜짝 놀라는 사이, 테오는 망설이지 않고 대문 안으로 들어갔다.

"주인도 없는데 그냥 들어가도 되나?"

허 씨는 테오를 만류하면서도 계속 전화를 걸었고, 테오는 이미 마당 안으로 들어가 집을 스캔하고 있었다. 녹색 대문 집 앞마당에 버티고 서 있는 낡은 집은 오래전부터 사람이 살고 있지 않은 폐가로 보였다. 주택에서도 요즘은 별로 볼 수 없는 오래된 기왓장이 지붕을 메우고 있었고, 아무렇게나 자란 나무들이 지붕 대부분을 가리고 있었다. 곰팡이 같은 이끼들이 기왓장마다 가득했다. 처마 밑은 물론 사각지대 곳곳에 거미줄이 보였고, 한낮임에도 불구하고 우거진 잡풀과 제멋대로 자란 나무 때문에 집 안팎은 동굴처럼 어두컴컴했다. 지붕에 있던 이끼들은 그늘이 진 마당 구석구석에도 버짐처럼 피어 있었다. 오래된 왕들의 무덤인 피라미드에 처음 들어선 고고학자도 이런 기분이었을까? 이런 곳에서 숨을 크게 들이마시면 수천 년 묵은 바이러스들이 입과 코를 통해 폐로 파고들어 격렬한 번식을 할 것 같은 느낌도 들었다. 허 씨는 집의 상태를 보고 이런 집을 내어놓았냐며 방은 볼 필요도 없을 거라고 볼멘소리를 해 댔다. 그에 반해 테오는 호기심 가득한 얼굴로 여기저기 둘러보더니 세를 놓은 방이 저기 지하 방이냐고 물었다. 허 씨가 고개를 끄덕이자 테오는 바로 계단 몇 개를 뛰어 내려가 지하 방 현관문 손잡이를 잡았다. 안타깝게도 지하 방 현관문은 열리지 않았다.

디지털 도어록은 고사하고 고물상에서도 보기 힘든 아주 튼튼한 자물쇠가 현관문을 굳건히 지키고 있었다.

"거봐요, 그럴 줄 알았다니까."

"집은 못 보더라도 집주인은 꼭 만나 보고 싶었는데."

"집주인은 왜?"

"경매로 넘어갈 상황인데 왜 집을 내어놓았냐고 물어봐야죠."

"집주인이 퍽이나 제대로 대답해 주겠어."

"혹시, 집주인이 집 안에 숨어 있는 건 아닐까요?"

테오는 허 씨가 만류할 틈도 없이 곧장 계단을 뛰어올라 1층 현관으로 돌진했다. 놀랍게도 현관문은 잠겨 있지 않았다. 테오가 현관문을 열고 집 안으로 들어가려고 하자 허 씨가 깜짝 놀라면서도 반사적으로 소리쳤다.

"계세요? 해피 부동산에서 왔습니다."

집 안으로 들어서자 어디서도 맡아 보지 못했던 냄새가 후각을 덮쳤다. 테오는 잠시 걸음을 멈추고 코를 틀어막았다. 어디서도 맡아 본 적 없는 고약한 냄새였다. 허 씨는 아무 생각 없이 테오를 따라 들어왔다가 냄새에 놀라 다시 뒷걸음질 쳤다.

"아이코! 이게 무슨 냄새야? 집에 똥이라도 싸고 도망친 건가?"

"그건 아닌 것 같아요!"

"아니면 동네 노숙자들이 몰래 들어와 똥이라도 쌌나?"

"집 안 상태를 보면 얼마 전까지 누군가 살았던 것 같아요. 현관 앞 장바구니 안에 있는 대파를 보니 약 3일 정도 되어 보이네요. 아마도 사 오자마자 현관 앞에 두고 급한 볼일을 봤던 것 같아요. 식탁 위의 약을 먹은 흔적을 보면 약 시간을 놓쳐서 급하게 먹느라 그랬던 것 같기도 하고요. 어쨌든 경매로 넘어갈 위기에 처해 있어도 세를 놓을 정도로 강단 있는 사람이었는데, 도주할 작정이었다면 장을 보지도 않았을 거고 약통을 그대로 두고 가지도 않았겠죠."

"그럼 어디를 간 거지?"

"분명 집 어딘가에 있을 거예요."

테오는 얼굴을 찌푸리면서도 강아지처럼 킁킁거리며 냄새가 나는 방향을 찾았다. 테오가 멈춘 곳은 화장실 앞이었다. 망설임 없이 문을 열어젖히자 또 다른 강도의 냄새가 튀어나왔다. 테오는 깜짝 놀라 코와 입을 동시에 틀어막았고 허 씨는 그 자리에서 엉덩방아를 찧으며 주저앉았다. 화장실 문 바로 앞에 냄새보다 더 끔찍한 시체가 덩그러니 놓여 있었다.

"찾았네요. 집주인!"

테오는 입을 틀어막으면서도 구더기가 기어다니는 시체에서 눈을 떼지 못했다. 시체를 처음 보기도 했지만, 옷을 다

입은 채로 화장실 문 바로 앞에 누워 있는 시체가 아무래도 이상해 보였다. 외관상으로 누군가의 공격을 받거나 상처가 있는 것도 아니었다. 그렇다고 화장실에서 갑자기 넘어져 사망한 것 같지도 않았다. 시체는 마치 누군가 들어다가 곱게 눌혀 놓은 것처럼 보였다. 테오가 시체를 살피는 사이 허 씨는 소리를 지르며 현관문을 열고 밖으로 나가 경찰에 전화했다. 테오는 시간이 가는 줄도 모르고 시체와 화장실의 상태를 살피다가 경찰들이 들이닥친 후에야 화장실에서 끌려나왔다.

*

구급대원과 함께 현장에 도착한 제영은 테오의 움직임이 처음부터 눈에 거슬렸다. 시체를 보고 얼이 빠진 건지 겁이 난 건지는 모르겠지만, 테오는 계속해서 집 안 여기저기를 혼자 중얼거리며 돌아다녔다. 경황이 없는 상황이라 구급대원과 경찰들은 그런 테오를 특별히 제지하지도 않았다. 허씨는 지독한 시체 냄새 때문에 마당에 주저앉아 있었는데, 테오가 시체가 놓여 있던 화장실을 다시 기웃거리자 제영이 결국 발끈했다.

"저기요! 방해하지 말고 제발 밖으로 나가 주세요!"

테오는 말간 눈으로 제영을 한번 쳐다보더니 느릿느릿

뒷걸음질 쳤다. 제영은 테오의 행동이 아무래도 이상했다. 이런 상황에서 보통은 허 씨처럼 놀라 자빠지거나 회피하기 마련인데, 테오는 실험실에 견학 온 아이처럼 집 안 곳곳을 누비고 다니면서 시체를 살피는 일도 마다하지 않았다.

"놀라셨겠지만, 아까 상황을 좀 더 구체적으로 말씀해 주시겠어요?"

"아휴, 속이 다 메스껍고 미치겠습니다."

"오늘 지하에 세놓은 방을 보러 저분과 함께 오셨다고 했죠?"

"네, 한 일주일 전에 죽은 양반이 세입자를 구해 달라고 전화를 했어요."

"그럼 오늘 방문은 미리 약속이 되었던 건가요?"

"아니 그게, 계속 전화를 했는데 안 받더라고요."

"그럼 집에는 어떻게 들어가셨어요?"

"그게 그러니까……"

"대문이 열려 있었습니다. 물론 현관문도."

옆에서 가만히 듣고 있던 테오가 허 씨 대신 대답했다. 제영은 이때다 싶어 테오를 노려봤다. 하지만 테오는 제영의 시선을 알아채지 못했다. 언제나처럼 테오의 시선은 다른 곳을 향하고 있었다.

"집 안에 들어갔을 때 상황을 좀 더 자세히 설명해 주시겠어요?"

"문을 열자마자 냄새가, 그런 냄새는 생전 처음 맡아 봤어요. 그 냄새 때문에 정신이 하나도 없었는데, 이 친구가 화장실 문을 열고 시체를 발견한 거죠."

"반테오 씨라고 하셨죠? 화장실 문은 어쩌다가 열어 보게 된 거죠?"

"냄새가 그쪽에서부터 퍼져 나오고 있었습니다."

"그걸 어떻게 알았죠?"

"그냥 알게 됐습니다."

"좋아요. 그렇다고 치고, 아까는 뭘 그렇게 찾았던 거죠?"

"찾았던 게 아니라, 본 겁니다. 냄새는 지독하게 났지만, 누군가 집 안에 침입한 흔적은 없어 보였습니다. 50대 남자가 혼자 사는 집이라 곰팡이와 이끼로 도배될 정도로 엉망진창이었지만, 집 안엔 나름의 룰이 있었고, 정리 정돈이 잘된 편이었습니다. 먼지 상태로 추측해 봐도 물건들을 항상 제자리에 두는 사람 같았는데, 장을 봐 온 장바구니가 현관문 앞에 그대로 놓여 있는 게 이상했어요. 아마도 장을 보고 들어오자마자 급하게 약을 먹었다가 변을 당한 것 같습니다. 특이한 점은 약을 처방받은 날부터 사망한 날까지 고혈압 약을 먹은 흔적이 없었다는 겁니다. 저기 쌓여 있는 영수증을 보면 한 달에 한 번꼴로 약을 처방받았던 것 같은데 이번 달에는 한 달 치 분량이 그대로 남아 있는 걸 알 수 있거든요. 물론 정확한 사인을 알아보기 위해서는 부검이 필요하겠지만, 사망자가 처방받은 약을 먹지 않아서 발생한 사고일 수도 있습니다. 물론 그게 자의였는지 타의였는지에 따라 타살 가능성도 배제할 순 없겠지만. 대문이나 현관문이 모두 고장이 난 상태였기 때문에 외부 침입자가 없었다고 장담할 수도 없을 겁니다."

"그건 경찰들이 알아서 할 테니까 자꾸 추측하지 마시고 본 것에 대해서만 말씀해 주시죠!"

제영이 발끈해서 노려보자 테오는 입을 닫은 채 왼편 바닥 어딘가를 처연하게 쳐다봤다. 제영은 그런 테오의 모습이 이상하게 소름 끼쳤다. 사건 현장에서 호기심 가득한 시선으로 집 안을 누비고 다니던 모습과 이상하게 대비되면서 마치 영혼이 없는 사람처럼 느껴졌다. 결국 제영은 테오를 먼저 집으로 보내고, 허 씨에게 넌지시 물었다.

"저 사람 뭐 하는 사람이에요? 정말 집 보러 갔던 거 맞아요?"

"집을 보러 간 건 맞는데, 저 사람 완전 돌아이예요. 정신적으로 문제가 있는 것도 같고."

"무슨 문제요?"

"어느 날 갑자기 사무실로 찾아와서 동생이 살 집을 구해 달라고 하더니, 하루가 멀다 하고 집을 보러 가자고 조르는 겁니다. 보아하니 집을 구할 마음도 없이 그냥 집을 보러 다니는 것 같아서 더 이상 못 하겠다고 손을 뗐는데, 그 이후로 연석동 공인중개사마다 찾아가서 집을 보는데, 이건 뭐 진상도 그런 진상이 없어요. 아까도 보셨지만 혼자 미친 사람처럼 뭔가를 중얼중얼하잖아요. 한동안 안 와서 잘되었다 싶었는데, 오늘 갑자기 찾아와 집을 보여 달라고 떼를 써서 이렇게 왔다가 이 사달이 난 거죠. 암튼 저 사람, 정상은 아니에요."

이미 테오의 눈빛에서 어떤 광기를 보았던 제영은 허 씨의 말이 어느 정도 신빙성이 있다고 생각했다. 지난번 칼륨 과다 복용으로 심장마비가 왔던 피해자에 이어서 이번 사건도 돌연사를 가장한 살인 사건일 확률이 높다고 판단한 제영은 테오의 이상행동이 그냥 넘겨지지 않았다.

*

"기억해요? 녹색 대문 집 사건."

"그럼요. 그날은 저한테도 잊을 수 없는 날이죠."

"왜 잊을 수 없는 날이죠?"

"시체를 처음 본 날이니까요. 물론 형사님도."

"처음 본 사람이 마치 검시관처럼 그렇게 침착하게 시체를 볼 수 있나요?"

"처음이니까 가능했죠. 호기심은 늘 두려움을 이기는 법이죠."

"어쨌든 반테오 씨가 방문했던 집마다 시체가 나왔어요."

"결과적으론 그렇게 되었네요."

"우연이라는 게 반복되면 필연이 될 수도 있는 거죠."

"그렇다고 필연이 증거가 될 수는 없죠."

당당하게 말했지만, 테오는 악몽과도 같았던 그날이 다시 떠올라 머리가 지끈거렸다. 사실 그날 테오는 녹색 대문 집 마당에 들어섰을 때부터 이상한 냄새를 맡았다. 처음엔 그저 오래된 집에서 나는 고약한 냄새일 거라고만 생각했다가 지독한 냄새가 사람의 시체에서 나는 냄새라는 것을 깨닫게 된 뒤론 사실 쇼크 상태였다. 남들이 보기에는 무심해 보였지만 충격적인 경험을 하게 될 때면 테오는 늘 중요한 감각을 제외한 모든 감각들이 마비되어 무덤덤한 상태로 변해 버렸다. 그날도 마찬가지였다. 시체가 발견되자 테오의 감각기관들은 시각을 제외하고 모두 마비가 되어 버렸다. 어쩌면 테오의 민감한 뇌가 복잡하고 충격적인 정보들로부터 스스로를 방어하기 위한 자구책이었을지도 모르겠다. 공황에 빠진 사람처럼 테오는 시각에만 의존해 집 곳곳을 영혼 없이 돌아다녔다. 그렇게 접수한 시각 정보들을 가지고 그 상황을 이해해 보려고 노력했다. 하지만 그런 과정들이 다른 사람들에게는 정상적으로 보이진 않았던 거다.

8.
박람회

"이거 뭐지? 뭐가 이렇게 섬세하고 스마트하냐고!"

테오가 차고를 비우고 잠시 외출한 사이, 고희는 테오가 관리하던 '고객의 소리' 게시판을 몰래 보았다. 사실 고희는 테오가 이렇게 박식하고 섬세한 사람인지 전혀 몰랐다. 그저 자기만의 세계에 빠져 사는 히키코모리로만 생각하고 있었다. 테오의 답변에는 전문 지식은 물론 나름의 깊은 철학까지 엿보였다. 무엇보다 곤경에 빠진 고객에게는 더욱 진심을 다해 답변을 해 주고 해결책을 제시하려고 노력했다. 고희는 테오의 지나친 예민함이 엄청난 장점이 될 수도 있다는 사실을 그제야 깨달았다. 사실 고희는 어제저녁 테오의 집 구하기가 잘되고 있는지 궁금해서 임서라를 찾아갔다. 임서라를 본 지 오래되었지만, 특유의 친밀감으로 다가가 혹시 테오가 찾아오지 않았냐고 물었다.

"얼마 전에 집 앞에서 만나긴 했어."

"그 숙맥이 언니한텐 또 못 갔나 보네."

"근데 테오 요즘 엄청 유명해졌던데? 소문이 자자해."

고희는 깜짝 놀랐다. 이유를 들어 보니, 테오가 집을 보러 다니며 전세 사기범을 잡거나 그에 동조한 공인중개사들을 저격하는 바람에 이 지역 공인중개사들이 잔뜩 긴장했다는 이야기였다. 테오의 놀라운 능력에 대해서도 전해 들었다. 더구나 어제는 테오의 타고난 감각 덕에 녹색 대문 집 주인의 시신을 발견했고, 마치 탐정처럼 현장을 누비고 다녀서 형사조차 정체를 궁금해했다고 했다. 미친 사람처럼 집을 보러 다니더니 테오가 드디어 자신만의 비상한 능력을 발견한 거라고 생각한 고희는 갑자기 기분이 들떴다. 그때 막 머릿속에 아주 좋은 사업 아이디어가 떠올랐기 때문이다.

"나랑 내일 어디 좀 가자!"

"싫어."

"어딘지 물어보지도 않고 거절하기 있냐?"

"어딘데?"

"구청에서 청년 주택 지원 사업 관련 박람회가 있어. 거기 가면 나 같은 사람한테 전세 자금 대출도 해 주고, 좋은 집도 추천해 준대."

"몇 시?"

"오후에 가야 주요 행사가 많을 거야."

"사람 많은 거 부담스러운데."

"뭐 요즘 혼자서 잘만 돌아다니면서. 그렇게 신경 쓰이면 모자 쓰고, 선글라스 끼고, 귀마개까지 하면 되잖아!"

다음 날 오후 고희는 테오와의 첫 외출을 시도했다. 물론 외출 준비를 하면서도 나무늘보처럼 느릿느릿 행동하는 테오를 보며 속이 터질 것 같았지만, 이 또한 겪어야 할 과정이라고 생각했다. 결국 고희는 테오를 완전무장 시키고 박람회장에 도착하는 데 성공했다. 안 그래도 눈에 띄는 하얀 얼굴로 까만 모자에 선글라스에 마스크까지 쓰고 박람회장을 돌아다니자, 어디선가 연예인 아니냐는 소리가 흘러나왔고 누가 먼저랄 것도 없이 사람들이 몰리면서 테오가 사람들에게 둘러싸여 어쩔 줄 모르는 상황이 발생했다. 순간, 보디가드처럼 고희가 나서더니 상황을 정리하고 테오를 화장실로 대피시켰다. 상황이 진정되자 고희는 테오의 선글라스와 마스크를 벗기고 모자만 씌워서 돌아다니도록 했다. 테오는 제일 먼저 대출 부스로 가서 청년 대출 자격 요건을 살펴보았지만, 고희는 자격에 부합하지 않았다. 테오는 금세 풀이 죽어 집으로 돌아가려 했다. 사실 고희는 테오가 박람회 주택 모형들을 둘러보며 능력을 조금이라도 보여 주길 바랐다. 하지만 테오는 모델하우스에는 전혀 관심이 없었다. 박람회 컨 벤션 센터 규모에 압도당해 구석에 있는 간이의자에 앉아 높 은 천장만 멍하게 바라볼 뿐이었다. 그때, 박람회 중앙 광장 에서 웅성거리는 소리가 나더니 사람들이 하나둘 몰리기 시 작했다. 곧 부동산 전문가의 강연이 있다는 안내 방송이 들 리더니, 어느새 강단 아래로 강연자가 들어오는 것이 보였다.

"어? 서라 언니다!"

멍하니 앉아 있던 테오가 갑자기 자리에서 일어섰다. 그 런 테오를 보고 고희가 말했다.

"서라 언니한테 집 좀 알아봐 달라고 하지 그랬어. 보니 까 엄청 잘나가는 것 같던데. 우리도 강연 한번 들어 볼래?"

테오는 대답 없이 강연장으로 걸어갔다. 고희는 이게 웬 일인가 싶어 테오를 따라갔다. 강연장에는 '좋은 집을 구하 는 방법'이라는 타이틀이 적힌 플래카드가 걸려 있었고, 강 연자 이름에는 '정화산업개발 임서라 대표'라고 적혀 있었다. 강연을 시작하며 사회자가 임서라를 소개했는데, 마치 대통 령 선거에 나온 후보를 소개하는 멘트와 비슷해 고희는 피 식 웃었다. 소개를 요약해 보자면 임서라는 '정화산업개발'이 라는 일종의 부동산 투자 회사를 운영하고 있으며, 지역 발 전을 위해 기부금 행사는 물론 소외된 지역 주민들을 위해 봉사 활동도 마다하지 않는 훌륭한 사람이었다. 한 올의 머 리카락도 용납하지 않겠다는 의지를 보이며 머리를 올백으로 깔끔하게 묶은 임서라는 얇은 금테 안경을 쓰고 강단에 올라섰다. 행사에 참석한 사람들보다 뒤에 서 있던 스태프들이 더 크게 손뼉을 쳤다. 임서라 뒤에는 젊은 남자 비서가 그림자처럼 따라다녔는데, 하얀 투피스를 입은 임서라가 단상 위에 서기도 전에 주변을 물티슈로 빠르게 닦고 내려왔다. 그제야 임서라는 환하게 웃으며 단상에 올라 마이크를 잡았다. 임서라의 손에는 중세 귀족 아가씨들이 즐겨 썼을 법한 얇은 망사 장갑이 끼워져 있었다. 고희는 이번에도 혼자 피식 웃었다. 테오가 입을 벌린 채 임서라에게서 눈을 떼지 못하고 있었기 때문이다.

"만나 뵙게 돼서 반갑습니다. '정화산업개발'의 대표 일꾼 임서라입니다."

외형에서 느껴지는 깔끔하고 철벽 칠 것 같은 이미지는 온데간데없이 사라지고 입을 열자마자 옆집 아주머니의 수더분한 말투로 좌중을 사로잡는 임서라 대표에게 대중들은 금세 매료되었다. 본격적인 강연이 시작되자 임서라의 오지랖 넓어 보이는 말투는 더욱 흥미로워졌다. 전문적인 이야기임에도 불구하고 적절한 에피소드를 섞어 가며 쉽고 재미있게 이야기를 이끌어 가는 터라 객석에선 연신 웃음이 터져 나왔다. 마치 스탠딩 개그 쇼를 보는 기분이었다. 고희 역시 흥미를 가지고 지켜보고 있는데 테오 혼자 연신 눈을 찌푸리며 임서라를 노려봤다.

"언니 완전 변했다. 그지? 예전엔 정말 얼음 공주처럼 깍쟁이 같았는데."

고희가 옆에서 계속 말을 거는데도 테오는 입을 꼭 다문 채 아무런 대꾸도 하지 않았다. 질의응답 시간이 되자 초조한 듯 다리를 떨며 안절부절못하는 것 같기도 했다. 임서라는 질문에 대한 답변 또한 재치 있게 받아치며 끝까지 분위기를 압도했다. 드디어 강연이 모두 끝나고 사람들이 흩어지기 시작할 무렵, 테오가 강연장 밖으로 나가려는 임서라에게 성큼성큼 걸어갔다. 고희가 깜짝 놀라 테오를 잡으려고 했지만, 테오는 평소와 다르게 무척 빠르게 움직였다. 테오가 가까이 가자, 임서라 뒤에 서 있던 남자가 튀어나와 테오의 어깨를 잡았다. 테오 역시 물러서지 않고 남자의 손을 떨쳐 냈다. 고희는 테오를 말릴 여유가 없었다. 처음 보는 테오의 모습에 그저 놀라고 있었다. 위험한 상황이 연출되려는 찰나, 임서라가 남자를 제지하며 끼어들었다.

"고 비서님 잠깐만요. 아는 사람이에요."

그제야 고 비서라고 불린 남자가 뒤로 물러섰다. 고 비서와 대치할 용기는 있지만 임서라와 마주할 용기는 없는지 테오는 어느새 바닥에 시선을 고정한 채 서 있었다.

"테오야! 이게 무슨 일이야? 안 그래도 한 번 더 보고 싶었는데."

"명함 좀……."

기어들어 가는 목소리로 테오가 말했다. 임서라는 테오에게 혹시 자신의 팬이었냐는 농담을 던졌다. 임서라가 눈짓을 보내자 고 비서가 품에서 명함집을 꺼내 테오에게 명함 한 장을 건넸다. 테오는 고맙다는 말도 없이 명함을 받아 뚫어져라 쳐다보며 가만히 서 있었다. 임서라는 사무실로 꼭 찾아오라는 말을 남기며 행사장을 먼저 빠져나갔다. 행사장에 모여든 사람들이 반쯤 빠져나가고 난 뒤에야 테오는 크게 한숨을 쉬었다. 고희는 테오를 가만히 지켜보기만 했다. 테오를 너무 쉽게 이해하려 했다고 자책하면서.

*

다음 날 테오는 검은 모자와 검은 선글라스를 쓰고 '정화산업개발' 1층 입구에 서 있었다. 1층에서는 일반 공인중개사 업무를 하고 있었는데, 사무실 직원들은 현관문 앞에 서 있는 테오를 발견하고 부산하게 수군거렸다. 한참을 그렇게 서 있던 테오는 결심을 한 듯 주먹을 불끈 쥐더니 문을 열고 사무실 안으로 들어갔다. 사무실에 들어서자마자 테오는 실내의 공기를 마시며 공기의 흐름을 느꼈다. 테오가 낯선 공간에 들어설 때 이런 행동을 하는 이유는 그 공간만이 가지고 있는 공기의 흐름을 느끼기 위해서였다. 모든 감각이 발달한 테오에게 공기의 질과 흐름은 공간의 특성을 가장 빠르게 파악할 수 있는 단서였다. '정화산업개발' 1층 사무실은 공기가 무거워서 공기의 흐름이 거의 느껴지지 않는 답답한 공간이었다. 대용량 공기청정기가 두 대나 있었지만, 천장이 낮고 사람 수만큼 놓여 있는 컴퓨터에서 나오는 팬의 열기가 모든 것을 무겁게 가라앉혔다. 테오가 공기의 흐름을 읽는 사이 호기심이 많아 보이는 직원 하나가 테오에게 조심스럽게 다가와 물었다.

"어떻게 오셨습니까?"

"집을 보러 왔습니다. 사업 구상 중인 28세 여자가 스타트업 사무실로 겸용할 수 있는 안전하고 청결하며 싼 집을 찾고 있습니다."

"죄송하지만, 저희는 그런 매물은 취급하지 않습니다."

"그럼 연식이 좀 있어도 단지 내 수목이 우거지고 이웃 간의 정이 느껴지는 아파트 매물을 볼 수 있을까요? 저희 아버지가 주택에서만 평생을 살아오시다가 이번에 아파트로 이사를 가 볼까 하시는데 되도록 이질감이 덜 느껴지는 아파트를 보고 싶어 하십니다."

"죄송합니다. 다른 공인중개사에게 가 보세요."

실랑이가 계속되는 사이, 하얀색 세단 하나가 건물 앞에 멈춰 섰다. 단정하지만 부담스러운 하얀 투피스를 입고 하얀 스타킹을 신은 임서라가 하얀 차에서 내렸다. 그림자 같은 고 비서의 에스코트를 받으며 건물로 들어서다가 1층 유리

창 너머로 보이는 테오를 발견하곤 잠시 걸음을 멈췄다. 고 비서가 귓속말로 속삭이자, 임서라는 손을 들어 고 비서를 제지하더니 성큼성큼 사무실로 들어섰다. 임서라가 등장하자 사무실 공기의 흐름이 갑자기 요동치며 어딘가 모르게 뜨거워졌다.

"어머, 테오야! 이렇게 빨리 찾아올 줄은 몰랐는데, 너무 반갑다."

임서라는 웃으면서 말했지만, 뜨거워졌던 사무실 공기는 일시에 얼어붙었다. 사실 사무실 직원들은 테오가 전세 사기를 치던 임대업자와 공인중개사를 직접 경찰에 신고했던 사람이라는 것과 집을 구하기보다 구경할 목적으로 보러 다니는 사람이라는 것을 알고 있었다. 하지만 임서라 대표와 친분이 있을 줄은 아무도 몰랐다. 어떤 직원도 차마 입을 열지 못하고 있자, 뒤에 있던 고 비서가 임서라에게 테오에 대한 정보를 간략하게 알려 주었다. 임서라는 이미 알고 있었다는 듯이 고개를 까닥이더니 미소를 지으며 테오에게 다가왔다. 임서라의 손에는 역시나 하얀 레이스 장갑이 끼워져 있었다. 테오는 임서라가 아니라 임서라의 장갑을 쳐다보기 위해 고개를 숙였다.

"손님 대접을 이렇게 해서는 안 되는데. 일단 이리 와서 앉아."

임서라의 안내를 받으며 테오가 사무실 소파에 앉자, 눈치 빠른 직원이 차를 대접했고, 다른 직원은 테오가 사무실로 들어서서 했던 말을 임서라에게 전했다. 아무래도 직원들은 임서라가 이 골치 아픈 고객을 최대한 빨리 물리쳐 주기를 바라는 것 같았다.

"어머, 그랬구나! 우리 직원들이 너무 바빠서 응대를 제대로 못 한 모양이네. 마침, 내가 적당한 아파트 매물을 알고 있는데, 지금 당장 가 볼래?"

테오와 실랑이를 벌였던 직원은 물론 모든 직원들의 입이 떡 하고 벌어졌다. 저런 사람한테 왜 임서라가 직접 집을 소개해 주려는 건지 도통 이해할 수 없는 눈치였다. 테오는 그 사실을 아는지 모르는지 가볍게 고개를 끄덕였다.

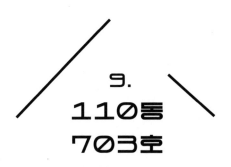

9.
110동
703호

자세히 들여다보면 무척 재미있는 그림이었다. 온통 검은 옷을 입고 있는 테오가 온통 하얀 옷을 입은 임서라와 함께 하얀 세단을 타고 이동했다. 백설기처럼 하얀 세단은 인프라가 잘 발달한 사무실 근처의 아파트 단지로 들어섰다. 테오가 말했던 대로 연식이 조금 된 아파트라 정원 내 수목도 울창했고 지상 주차장과 지하 주차장이 공존하는 대규모 단지였다. 자동차가 멈춘 곳은 110동 앞이었다. 테오와 고 비서가 차에서 내리자 임서라 역시 자동차 문을 열고 나오려 했다. 고 비서가 깜짝 놀라 임서라의 차 문을 열어 주었다.

"오늘은 내가 직접 가 볼 테니까 고 비서는 차에서 기다려요."

임서라는 웃으면서 이야기했지만, 고 비서는 멈칫하며 잠시 고민하는 기색이었다. 임서라의 말에는 늘 친절함이 묻어 있었지만, 이상하게 상대방을 긴장시키는 힘이 있었다. 말의 뉘앙스가 애매해서 있는 그대로 받아들여야 하는지, 다시 생각해야 하는지 헷갈리기도 했다. 고 비서에게도 임서라의 애매한 말은 늘 아리송한 해석이 달린 번역서 같았다.

703호 현관문은 좀처럼 열리지 않았다. 임서라는 차를 타고 오면서 집주인에게 미리 전화를 걸어 오늘 집을 보러 가도 되겠냐고 물어보고 허락까지 받은 상황이었다. 참을성 있게 세 번째 벨을 누르자 그제야 경쾌한 소리를 내며 도어록이 열렸다. 집주인은 30대 후반의 신경질적인 얼굴의 여자였다. 임서라를 보고 가식적인 미소를 살짝 지어 보였지만, 테오를 보자 어디서 이런 게 집을 보러 왔냐는 얼굴이었다. 다행히 테오는 그 순간에 집주인 여자의 얼굴을 보고 있지 않았다.

"갑자기 전화 드려서 너무 죄송해요."

"아니에요. 들어오세요."

집주인은 그렇게 말만 하고 먼저 집 안으로 들어가 버렸다. 스르르 닫히는 문을 임서라가 잡았고, 테오 먼저 집 안으로 들어갔다. 현관문을 닫자 금세 주변이 어두워졌다. 보통의 집이라면 켜졌을 텐데 아무래도 센서 등이 고장이 난 모양이었다. 테오는 집주인 여자가 살림에 무관심하거나 집을 팔 마음이 없는 사람이라고 생각했다. 임서라가 먼저 신발을 벗고 현관에 올라설 때까지 잠시 기다렸다가 테오는 현관에 있는 신발장 문을 하나씩 열어 보았다.

"역시 집 볼 줄 아네."

임서라의 말에도 테오는 동요하지 않고 하던 일을 계속했다. 집을 보러 들어갈 때면 공기의 흐름과 함께 제일 먼저 신발장을 열어 보는 버릇이 생겼다. 신발장을 보면 그 집에 사는 사람의 수는 물론 그 집에서 가장 중요한 사람이 누구인지도 파악할 수 있었다. 혼자 사는 사람의 집이라도 신발장을 보면 사회적 지위나 성격, 취향까지 알 수 있었다. 703호에는 모두 4명의 식구가 살고 있었다. 집주인 여자와 남편으로 보이는 40대 남자, 그리고 나이 차이가 거의 나지 않는 여자아이 두 명이었다. 어린 여자아이의 것으로 보이는 운동화와 샌들은 모두 같은 모양이었는데, 자세히 보니 신발의 크기와 신발을 신는 습관이 달랐다. 조금 큰 신발은 오른쪽 발꿈치가 닳아 있었고, 치수가 작은 신발은 왼쪽 발꿈치가 닳아 있었다. 분홍색 샌들은 아이들이 무척 아끼는 신발인지 신은 흔적이 별로 없었다. 얼핏 보면 평범한 중산층 4인 가정의 모습이었지만, 703호 식구들의 관계는 무척 특이했다. 아이가 있는 집이라면 대개 모든 부분이 아이들에게 맞춰져 있는 경우가 많은데, 703호는 대부분 집주인 여자 위주로 돌아가는 것처럼 보였다. 일단 작지 않은 신발장에서 집주인 여자의 신발 지분이 무려 80퍼센트였다. 상대적으로 남편의 신발로 추정되는 것은 두세 켤레밖에 되지 않았고, 아이들의 신발 역시 운동화와 샌들 한 켤레씩밖에 없었다. 더 놀라운 것은 집주인 여자의 것으로 보이는 신발들은 대부분 고급스럽고 명품처럼 보였지만, 나머지 가족들의 신발은 그렇지 않았다는 것이다. 한마디로 집주인 여자가 703호를 완전히 지배하고 있었다.

신발을 벗고 현관에 올라선 테오는 눈을 감고 집 안의 공기 흐름을 감지해 보았다. 강바닥에 내려앉은 진흙처럼 축축하고 무거웠다. 지하실에서 나는 습한 기운과는 또 다른 느낌이었다. 습한 기운의 실체를 확인하고 싶어 거실로 들어서는데, 베란다에서 한 아이가 불쑥 고개를 내밀었다가 다시 사라졌다. 아마도 아이는 베란다에 숨어 있었던 것 같았다. 테오는 거실을 보는 척하면서 베란다로 갔다. 집주인 여자가 한눈을 파는 사이 베란다 문을 열고 아이가 사라진 쪽으로 몸을 틀었다. 머리를 산발한 여자아이가 만지면 아스러질 것 같은 낡은 인형을 안고 멍하니 서 있었다. 아이의 눈은 분명 테오를 바라보고 있었지만, 아이의 눈동자 속엔 테오가 없는 것처럼 보였다. 부모한테 꾸지람을 들은 아이들에겐 특유의 억울함과 분노가 스며 있기 마련인데 아이의 눈에서는 절망과 공허만이 느껴졌다. 테오는 아이의 눈빛이 낯설지 않았다. 오래전의 잊고 싶은 누군가의 눈빛과 너무 닮아 있었다. 물론 테오는 아이들을 좋아하지 않았지만, 이 아이를 모른 척할 수 없었다. 금방이라도 부서질 것처럼 아슬아슬하게 서 있는 아이를 두고 그냥 돌아설 엄두가 나지 않았다.

"저기요, 지금 거기서 뭐 하시는 거예요?"

집주인 여자의 날카로운 목소리가 들렸다. 당황한 임서라가 테오를 잡아끌며 대신 사과를 했다. 테오는 왜 사과해야 하는지 모르겠다는 얼굴로 임서라를 쳐다봤다. 임서라가 잠자코 집이나 보라는 눈빛을 보내자, 테오는 하던 대로 집을 보기로 했다. 하지만 아이의 시선이 자꾸만 뒷덜미를 낚아채는 기분이 들었다. 예고편과도 같았던 신발장처럼, 703호의 모든 것들이 이상하게 뒤틀려 있었다. 쉽게 말하면 집 안 전체가 모두 집주인 여자를 위해서만 존재하는 것 같았다. 아이들의 방으로 보이는 작은 방에는 아이들 것으로 추정되는 2층 침대 말고는 아무것도 없었다. 벽장이 있기는 했지만, 흔히 아이들이 있는 집에 가면 볼 수 있는 동화책 전집이나 장난감들이 전혀 보이지 않았다. 정말 아이들이 살고 있는 걸까 의문이 들 정도로 방엔 아무것도 없었다. 그에 반해 집주인 여자가 이용하는 것으로 보이는 안방과 드레스룸에는 여자의 물건들이 가득했다. 화장대에는 고가의 화장품이 빼곡했고, 드레스룸에는 옷과 장신구들이 넘쳐 났다. 드레스룸 구석에 아이들의 것으로 보이는 유치원 가방 두 개와

겨울 파카가 쓰레기처럼 굴러다녔다. 남자의 물건도 마찬가지였다. 더구나 남자는 집에 머무는 시간이 극히 적어 보였다. 4인 가족을 위한 집이 아니라 그냥 여자 혼자 사는 집으로 보였다. 아이들 방 다음으로 빈약한 곳은 주방이었다. 냉장고는 엄청나게 큰 편이었지만, 주방에서 요리를 했던 흔적은 없었다. 다용도실에는 신상으로 보이는 세탁기와 건조기가 있었지만 앞에 배달 음식 쓰레기들이 쌓여 있어 접근조차 힘들었다. 다용도실을 살피고 나오는데 바로 옆에 방문이 또 하나 보였다. 구조를 보아하니 다용도실 안쪽에 있던 창문과 연결된 골방이었다. 골방 문 손잡이 근처에 각기 다른 모양의 스크래치가 보였다. 모두 손으로는 만들어 낼 수 없는 과격한 흔적들이었다. 테오는 이상한 기분이 들어 다용도실로 다시 들어가 창문 안쪽을 들여다보려 했다. 그냥 불이 꺼진 줄 알았는데, 자세히 보니 안쪽에 검은 시트지가 붙어 있었다. 테오는 갑자기 여자아이가 떠올랐다. 분명 이 집에 살고 있는 아이는 두 명이었다. 왜 한 아이가 보이지 않는 걸까? 테오는 스크래치 자국이 선명한 방 문고리를 잡고 힘차게 돌렸다. 아직 만나 보지 못한 여자아이가 방 안에 있기를 기대하면서. 하지만 문고리도 문도 꿈쩍하지 않았다. 마치 누군가 방문에 못질을 해 놓은 것처럼. 혹시나 하는 마음에 문에 바짝 귀를 대어 보니, 냉장고 돌아가는 소리가 얼핏 들렸다. 혹시나 부엌 냉장고 소리일지도 모른다고 생각했지만, 아니었다. 분명 골방 안에서 나는 냉장고 모터 소리였다. 다시 문을 열어 보려는 순간, 여자의 소름 끼치는 목소리가 테오의 뒤통수를 내리쳤다.

"거기서 뭐 하세요!"

"골방 크기가 얼마나 되나 보고 싶어서요."

"그냥 창고 방이니까 열어 볼 필요 없어요."

"그래도."

"안방 화장실만 한 크기예요. 됐죠?"

"다용도실 안쪽 방이라 채광이 어떤지도 보고 싶네요."

"채광 안 좋아요. 그러니 남의 사생활 침해 그만하고 이제 그만 나가 주세요!"

여자의 언성이 높아지자 테오는 움찔 눈을 감았다. 하지만 문고리는 놓지 않고 여전히 집주인 여자와 대치하고 있었다. 테오가 문고리에 기대서 있는 모양새였지만, 테오는 여자의 강압적인 시선을 피해 문고리를 어떻게든 열어 보겠다는 심산이었다. 본의 아니게 테오와 집주인 여자가 대치하게 되자, 이번에도 임서라가 나서서 상황을 해결해 주었다. 물론 공정하고 합리적인 해결 방법은 아니었다. 임서라는 여자에게 사과하며 강압적으로 테오를 끌고 나왔다.

"집 보러 와서 집주인이랑 싸우면 누가 집을 보여 주겠니?"

"왜 저 골방을 보여 주지 않는 걸까요?"

"지저분한 거 보여 주기 싫은가 보지."

"이상해요."

"이상하면 뭐 어쩌겠어. 집주인이 싫다는데."

베란다에서 보았던 여자아이의 시점으로 보면 703호는 이상한 집이라기보다 무서운 집이었다. 테오는 골방 안을 보지 못한 것이 무엇보다 원통했다. 왜 집주인 여자는 보여 주지 않으려고 했던 걸까? 머릿속에 온통 자신밖에 없는 여자로 보였는데, 도대체 무엇을 감추려고 했던 걸까?

"그 집을 다시 보고 싶다고 하면 허락 안 해 주겠죠?"

"왜 그렇게 저 집에 집착해? 설마 마음에 들어?"

"네, 무척 마음에 들어서 부모님과 함께 와 보고 싶을 정도예요."

임서라가 걸음을 멈추고 테오의 얼굴을 빤히 쳐다봤다. 테오는 당황했는지 이번에도 시선을 피했다. 임서라의 시선은 테오의 속마음을 읽고 싶어 하는 것 같았다. 테오는 임서라가 화를 내도 어쩔 수 없다고 생각했다. 그저 오늘 보지 못한 골방에 무엇이 있는지 궁금할 뿐이었다. 임서라가 화를 내며 거절한다고 해도 테오는 다른 공인중개사를 찾아가 저 이상한 집을 보여 달라고 할 작정이었다.

"근데 테오야! 이사 갈 마음도 없으면서 왜 남의 집을 보러 다니는 거니?"

임서라는 다정하게 웃으며 테오에게 물었지만, 분명 그 말투 어딘가에는 다시는 집을 보여 달라고 찾아오지 말라는 서늘한 경고가 포함되어 있었다. 테오가 대답 없이 왼쪽 하늘 어딘가를 멍하니 쳐다보고만 있자, 임서라는 테오가 대답을 회피하는 거라고 생각하고 테오를 아파트 현관에 혼자 남겨 둔 채 그냥 가 버렸다. 테오는 마치 타락한 루시퍼처럼 혼자 남아 110동 현관 앞에 주저앉았다. 그냥 가 버린 임서라 때문이 아니라 703호 베란다에 있던 여자아이가 자신의 뒷덜미를 여전히 잡고 있는 것 같았기 때문이었다.

*

유괴된 8살 여아, 왼쪽 신발 발견!

자극적인 헤드라인과 함께 아스팔트 위에 남겨진 여자아이의 샌들 한 짝이 주요 매체의 메인 뉴스로 올라왔다. 여느 때와 다름없이 인터넷으로 뉴스 기사를 검색하던 테오는 샌들 사진을 발견하고 심장이 멎는 기분이었다. 사진 속 샌들이 얼마 전 임서라와 갔었던 703호 여자아이들의 샌들과 똑같았기 때문이다.

손 양 유괴범 5억 요구!

아파트 후문 산책로 입구에서 손 양 샌들 발견!

경찰, 손 양 실종 신고에도 늦장 대응 문제

손 양 어머니와 여동생 사진 유출에 경찰 골머리

손 양, 결국 살해된 것인가?

손 양, 골든타임 지났다!

경찰, 산책로 주변 집중 수색!

수사 방향도 확정 못 한 경찰 어쩌나!

테오는 하얗게 질려서 기사를 읽고 또 읽었다. 기사로는 확인할 수 없는 부분이 생기자 곧바로 임서라에게 전화를 걸어 703호에 대해 다짜고짜 물었다. 임서라는 다행히 테오의 전화를 친절하게 받아 주었다.

"뉴스 보고 나도 깜짝 놀랐잖아."

"납치되었다는 아이가 그 집 첫째 맞죠? 제가 그날 갔을 때 봤던 아이는 6~7살 정도로 보였으니 둘째인 것 같고."

"맞을 거야. 납치된 아이가 8살이라고 들었으니까. 평소에 몸이 약해서 학교도 못 보내고 집에 있었다는데, 어쩌다가 유괴가 되었는지 모르겠네."

"8살인데 학교도 안 다녔다고요?"

"뭘 그렇게 놀라? 너도 학교 안 다녔잖아. 그리고 요즘은 일부러 늦게 보내는 사람들도 있어."

테오는 그날 베란다에서 본 아이가 무사해서 다행이라는 생각과 동시에 죄책감이 들었다. 그날 골방 문을 열어 봤더라면 아이의 언니도 무사했을 거란 생각이 들었기 때문이다. 사실 테오는 유괴된 아이가 이미 사망했을 거라 추측했다. 그런 생각을 하자 갑자기 바늘에 찔린 것처럼 온몸이 아프기 시작했다. 처음에는 고희의 집을 구한다는 분명한 목적이 있었지만, 어느 순간부터 자신을 고립시켰던 예민함을 컨트롤할 수 있다는 사실에 고무되어 그 사실을 증명하고만 싶었는지도 몰랐다. 새로운 자극들이 쓸모 있는 데이터로 변환되는 과정이 더 이상 어렵지 않게 되자, 어쩌면 이런 과정을 통해서 자신도 쓸모 있는 인간이 될 수 있지 않을까 기대를 하기도 했다. 그런데 그런 과정들이 거듭될수록 테오는 집이 아닌 사람들과 엮이면서 또 다른 벽에 다시 부딪치게 되었다. 원칙에서 어긋난 부분을 바로잡고 싶었을 뿐이었는데, 사람들은 테오를 여전히 불편하고 꺼려지는 사람으로 여겼다. 누군가는 상종하지 못할 사람이라 비난하며 대놓고 손가락질하기도 했다. 때문에 테오는 가끔 차고 속으로 다시 기어들어 가고 싶은 마음도 들었다. 어쩌면 그래서 703호의 수상한 골방도 확인하지 않고 그냥 넘어갔는지도 몰랐다. 사람들과 부딪치지 않고 평탄하게 살아갈 수 있는 방법을 찾지 못한 테오에게 외면과 무시는 가장 쉬운 해결책이었으니까. 그런데 그런 외면과 무시로 한 아이의 생명을 구하지 못했다는 생각이 들자, 테오는 견딜 수가 없었다. 703호에 갔을 때 테오는 여러 가지 데이터를 통해 집주인 여자가 아이들을 학대하고 있음을 알았다. 데이터가 아니더라도, 그 집을 조금만 신경 쓰고 살펴봤다면 누구나 알아차릴 수 있었다. 더구나 감금되어 학대받았을 것이 분명한 큰아이가 보이지 않는 상황에서 집주인 여자는 작은 골방 문을 절대 사수하고 있었다. 그럼에도 테오는 골방을 끝내 확인하지 않았고, 결국 방에 갇혀 있던 아이는 며칠 뒤 유괴되었다. 임서라가 말렸다고 해도 마음만 먹었다면 분명 골방 문을 열어 볼 수 있었다. 때문에 테오는 지금 누구보다 자기 자신을 원망할 수밖에 없었다.

자책감에 빠져 테오는 무작정 걸었다. 정신을 차려 보니 어느새 그 여자의 집인 진주 아파트 110동 앞에 와 있었다. 테오는 하루 종일 110동 입구에 서서 이웃 주민들의 동태를 살폈다. 7층에서 엘리베이터를 타고 내려온 아주머니가 아파트를 빠져나가자 테오는 뒤를 따라 걸었다. 7층 아주머니는 마트에 가더니 문화센터 아주머니들을 만나 수다 삼매경에 빠졌다. 테오는 등을 돌린 채 이야기를 조용히 훔쳐 들었다. 그 순간 테오는 처음으로 자신의 예민한 청력에 감사함을 느꼈다.

"어디 가서 이런 말 하기도 좀 그런데, 나 너무 찜찜해."

"수빈 엄마 앞집 때문에? 그 집이랑 많이 친했어?"

"친하긴 개뿔. 뭔가 좀 많이 이상해서."

"뭐가?"

"첨에 아이가 실종되었다고 경찰들이 들락거릴 때, 그 여자랑 피부과에서 마주친 적이 있어."

"에이, 설마."

"진짜야. 그리고 평소에 애들이 맨날 그 여자한테 혼나고 쥐어 터졌었다니까."

"그걸 어떻게 알아?"

"왜 몰라 옆집인데, 엘리베이터 타려고 나오면 그 여자가 맨날 아이들한테 소리 지르고 물건 던지는 거 다 들렸어. 더구나 실종된 아이는 우리 수빈이랑 동갑이었는데 학교도 안 보냈다니까."

"어머, 그 집 여자 계모라는 소문 있던데 진짜였나 보네."

7층 아주머니조차 703호 여자를 의심하고 있었다. 하지만 이런 상황에서도 테오가 할 수 있는 일은 없었다. 왜 여기까지 따라와서 이런 이야기를 듣고 있는지 자신도 이해할 수 없었다. 자괴감에 빠져 걸음을 옮기다 보니 다시 110동 앞에 와 있었다. 어느새 어둑어둑 해가 지고 있었다. 해는 졌지만 아직 밤의 여왕이 마법의 가루를 뿌리기 직전의, 그 희미하고 어렴풋한 시간을 테오는 무척 좋아했다. 하지만 지금 그런 감성에 젖어 있을 겨를이 없었다. 무시하고 싶지만 무시할 수 없는 무언가가 자꾸만 발목을 잡고 있었다. 그때 한 아이가 현관문을 나오더니 또르르 현관 옆에 있는 재활용 쓰레기 수거함 쪽으로 걸어갔다. 종이봉투에 담긴 폐지를 던지던 아이가 테오를 발견하고 소스라치게 놀랐다. 어둠 속에 서 있던 테오가 저승사자처럼 성큼성큼 다가오고 있었기 때문이다. 아이는 금방이라도 울 것 같은 얼굴로 뒷걸음쳤지만 소용없었다. 테오는 어둠처럼 밀려와 아이를 스쳐 지나가더니 재활용 박스에서 구겨져 있던 낡은 인형 하나를 들어 올렸다. 아이는 가슴을 쓸어내리며 현관으로 곧장 뛰어 들어갔다. 테오는 세상 모든 것을 잃은 사람처럼 그 자리에 주저앉았다. 재활용 박스 안에서 테오가 들어 올린 인형은 바로 703호의 둘째 여자아이가 목숨처럼 쥐고 있던 낡은 인형이었다. 망연자실하던 테오는 누군가 현관문 앞에 서 있는 것을 확인하고 그림자처럼 따라붙었다. 703호에 어떻게든 들어가 볼 작정이었다.

*

"어? 당신 그때 녹색 대문 집에 있던 사람 아냐? 여긴 또 왜 왔어?"

"집을 보러 왔습니다."

"무슨 소리야? 이 저녁에, 그리고 뉴스도 안 봤어?"

"지난주에 이 집을 보러 왔을 때, 보지 못한 방이 하나 있습니다."

"그때도 좀 이상하다 싶었는데, 오늘 보니까 더 수상하네. 일단 서로 같이 갑시다."

아이가 유괴되었다는 뉴스가 나간 뒤, 피해자 가족 보호 차원에서 제영의 파트너인 재욱이 보호 경찰관 한 명을 데리고 703호에 와 있던 참이었다. 뇌신경 하나가 핑 소리를 내며 끊어진 채 703호 문 앞까지 찾아갔던 테오는 재욱에게 완전히 진압되고서야 제정신이 들었다. 테오는 큰 저항 한번 안 하고 재욱과 함께 경찰서에 도착했다. 재욱은 제영에게 테오를 인계하며 귓속말로 말했다. 분명 들리지 않았는데도 테오는 그 말이 무슨 말인지 알 것 같았다. 끌려온 상황이 굴욕적이긴 했지만, 테오에게 이 상황 자체가 크게 문제가 되진 않았다. 오히려 703호에서 소란을 피우기보다 이곳에 끌려와 다행이었다. 직접 703호로 쳐들어가는 것보다 경찰을 움직이는 것이 훨씬 효율적인 방법이니까.

"우리, 자주 보는 것 같네요?"

"유괴 사건이 아닙니다."

"네?"

"703호 다용도실 옆에 골방이 하나 있습니다. 아마도 아이는 그곳에서 계모에게 학대를 당하다가 죽었을 겁니다. 골방에서 냉장고 소리가 들렸던 거로 봐서는 아마도 시신을 냉장고에 넣어 두었을 겁니다."

"도대체 무슨 소리를 하는 건지 모르겠네요. 아니, 그보다 그 집엔 왜 갔던 거죠?"

"집을 보러 갔다고 말씀드렸습니다."

"그러니까 이 상황에서 왜 집을 보러 갔냐고요?"

"다시 말씀드리지만, 이번 사건은 아동 학대 살인 사건입니다. 유괴 사건이 아니라."

"도대체 당신이 뭔데 그런 말을 하냐고!"

제영은 자신이 소리를 질렀다는 사실에 조금 놀랐다. 지난번 사건 때부터 테오의 행동이 수상하다고 생각했는데 뜬금없이 나타나 다짜고짜 이번 사건이 유괴 사건이 아니라 아동 학대 살인 사건이라고 주장하니 화가 났다.

"자꾸 이런 식으로 나오면 당신을 범인으로 오해할 수밖에 없어요."

"지금은 둘째 아이까지 위험한 상황입니다. 인형이 없으면 큰일 날 것 같았던 아이였는데, 계모가 그것까지 빼앗아 쓰레기장에 버렸어요. 분명 둘째 아이도 골방에 갇혀 있을 겁니다."

"그걸 당신이 어떻게 알아요?"

"그 집을 자세히 들여다보면 저절로 알게 됩니다."

"조사해 보니까 당신, 집을 구할 생각도 없어 보이던데 왜 살인 사건이 일어난 집마다 나타나는 거죠?"

"지금 이럴 시간이 없습니다."

"거기다 703호 여자가 계모라는 건 또 어떻게 알았죠? 혹시 그 여자랑 무슨 관계라도 있나요?"

"저는 그냥 집을 보러 갔던 것뿐입니다."

"좋아요. 그럼 그걸 증명할 수 있나요?"

시선을 바닥으로 고정한 채 한마디도 꿀리지 않고 대답하고 있었지만, 테오는 마지막 질문에는 말문이 막혔다. 임서라와 함께 집을 보러 갔었다고 말하면 간단한 일이었지만, 경찰들이 임서라에게 연락해 테오에 대해 물어보면 분명 좋은 대답이 나올 것 같지 않았다. 하지만 그렇다고 이렇게 꼼짝없이 납치범으로 오해를 받을 수도 없었다. 어차피 똑같이 난처한 상황이라면 자신이 그 집을 보러 갔었다는 상황만이라도 증명하는 것이 나았다. 테오는 어쩔 수 없이 임서라의 명함을 꺼내 경찰에게 건넸다.

"그냥 전화로 확인해 주셔도 되는데, 괜히 여기까지 오시게 만든 것 같네요."

"아뇨. 얘기 들어 보니 심각한 상황인 거 같아서요."

"그럼 그날 이분과 집을 보러 갔던 게 사실이군요?"

"네, 테오는 개인적으로 잘 아는 사이니까 신분은 제가 보증할 수 있어요. 의심하시는 일은 절대 아닐 겁니다. 사실 저도 집주인 여자가 의심스럽기는 했거든요. 처음에 집을 빨리 팔아 달라고 부탁하셔서 저희가 집을 깔끔하게 수리하면 더 잘 팔릴 거라고, 그 골방을 드레스룸으로 수리해 보자고 제안드렸었거든요. 근데 정색을 하더라고요. 그날도 테오가 그 방을 보고 싶다고 해서 웬만하면 열어 주겠지 했는데 결국 저희가 쫓겨났어요."

"대표님도 의심스러운 부분이 있었다는 건가요?"

"네, 근데 제 입장에서는 또 고객을 함부로 의심할 수도 없고 해서 이제야 말씀드리네요. 죄송합니다."

테오는 덤덤한 표정이었지만, 사실 어안이 벙벙했다. 임서라는 자신이 이사할 마음도 없이 집을 보러 다니며 공인중개사들을 곤란하게 만들고 있다는 사실을 누구보다 잘 알고 있었다. 그런데도 전화 한 통에 여기까지 달려와 자신의 변호를 해 주고 있었다. 임서라 자신도 703호 여자가 의심스러웠지만, 고객이라 외면할 수밖에 없었다는 사과까지 하면서 말이다. 테오는 자신이 처한 상황보다 그런 임서라의 태도에 더 당황스러웠다.

"근데 왜 저를 도와주신 거죠?"

"어머, 우리 사이에 그게 무슨 말이야. 당연히 할 일을 한 거지. 그리고 어제 고희가 찾아와서 이런저런 부탁을 하더라고. 테오가 이상하게 굴더라도 이해해 달라고."

"근데 703호 여자가 이상한 거 다 알았으면서 그날 왜 저를 말렸던 거죠?"

환하게 웃던 임서라의 표정이 살짝 일그러졌다. 임서라의 시선이 왼쪽 위로 향하는 것을 보니 적당한 답을 생각하는 것처럼 보였다. 테오는 대답을 듣고 싶어서 질문했던 것이 아니었기 때문에 임서라에게 꾸벅 인사를 하고 버스 정류장 쪽으로 혼자 걸어갔다. 임서라는 고 비서가 기다리고 있는 주차장으로 가려다가 그런 테오를 따라갔다. 테오는 걸음을 빨리 걸었지만, 씩씩한 임서라에게 금세 따라잡혔다.

"테오야, 그러지 말고 나랑 재밌는 일을 좀 해 보는 건 어때?"

"재밌는 일이요?"

"집 보러 다니는 거 좋아하지? 이 일을 테오가 잘해 주면 내가 집은 실컷 보러 다니게 해 줄 수 있어."

"왜 갑자기 저한테."

"그날 보니까 테오 너, 집에 관해서는 모르는 게 없더라? 고희가 해 준 말도 있고. 마침 너 같은 사람이 꼭 필요했거든."

테오는 경계심이 고조된 얼굴로 임서라의 하얀 구두를 뚫어지게 쳐다보고 있었지만, 임서라는 개의치 않고 테오를 어떻게든 설득하려고 노력했다. 사업을 하다 보면 영향력 있는 임대사업자들이나 관련 업계 투자자들이 요구하는 사사로운 일들이 종종 발생하는데, 그런 일들을 테오가 대신 처리해 주었으면 좋겠다는 얘기였다. 테오는 여전히 임서라의 신발만 뚫어져라 쳐다보며 아무 말도 하지 않았지만 임서라는 무어라 채근도 하지 않고 인내심 있게 대답을 기다렸다. 고희를 통해 테오의 성향을 어느 정도 파악했기 때문이다.

"그러니까 그런 일을 왜 저한테."

"내가 보기엔 아무리 봐도 테오 네가 적임자 같거든."

"집과 관련된 일이 확실한가요? 사람과 관련된 일은 아니죠?"

"물론 집과 관련된 일이지. 그 집에 사람이 살기는 하겠지만."

"그럼 한번 해 보겠습니다."

테오는 무심하게 인사를 꾸벅하고 총총걸음을 옮겼다. 임서라는 테오를 지켜보다가 어딘가로 전화를 걸었다. 테오는 임서라의 목소리가 들리지 않을 만큼 멀어진 후에야 크게 한숨을 내뱉었다.

*

테오가 임서라와 함께 경찰서를 나선 후, 제영은 재욱과 함께 진주 아파트로 향했다. 사실 제영 역시 703호 여자를 의심하고 있었다. 703호 여자의 이름은 정애현. 32세. 처음부터 정애현의 진술은 일관성이 없었고, 앞뒤가 맞지 않았다. 더구나 그녀는 아이가 다시 돌아올 것이라는 확신이 전혀 없어 보였다. 때문에 제영은 재욱에게 사건 조사를 맡기고 자신은 비밀리에 정애현을 조사하고 있었다. 정애현은 2년 전지금의 남편과 결혼했는데, 남편 김경식은 전처와의 사이에서 두 명의 연년생 여자아이를 두고 있었다. 결혼을 하고 얼마 지나지 않아 김경식이 부산으로 발령이 났고, 그때부터 정애현이 아이들을 도맡아 키우게 되었다. 주변 사람들과 이웃들을 탐문하며 의심 정황을 하나하나 모으던 제영은 확실한 증거를 잡기 위해 703호를 수색하려던 참이었다. 그런데 갑자기 테오가 경찰서에 나타나 의심스러운 이야기를 늘어놓았다. 제영 역시 단순한 유괴 사건이 아니라는 것을 짐작하고 있었지만, 수상한 테오의 의견에 마냥 동의할 수는 없었다.

"형사님들이 무슨 일이세요?"
"잠시 드릴 말씀이 있어서요."
제영은 대답보다 빠르게 703호 문을 밀고 집 안으로 들어갔다. 집 안 구석구석을 찾아봤지만, 둘째 여자아이는 보이지 않았다. 제영은 바로 골방으로 달려갔다. 역시나 문은 잠겨 있었다. 정애현이 사납게 저항했지만, 제영은 아랑곳하지 않았다. 제영과 정애현이 몸싸움을 벌이는 사이 재욱이 필사적으로 골방 문을 부수기 시작했다.

"열렸다!"

재욱의 탄식과 같은 말에 제영은 정애현을 뿌리치고 곧장 골방으로 뛰어 들어갔다. 테오의 말대로 다용도실 창문에는 까만 시트지가 붙어 있었고 오래된 김치냉장고 옆에 한 아이가 쓰러져 있었다. 제영은 제일 먼저 여자아이가 숨을 쉬는지부터 확인했다. 다행히 아이의 숨이 희미하게 붙어 있었다. 재욱은 아이를 안고 바로 병원으로 달려갔다. 제영은 바닥에 엎드려 씩씩대고 있는 정애현에게 수갑을 채웠다. 제영은 여전히 욕지거리를 내뱉고 있는 정애현을 바닥에 내버려 두고 일어섰다. 두 눈을 질끈 감고 김치냉장고 문을 열자 대용량 쓰레기봉투가 보였다. 믿을 수 없었지만, 쓰레기봉투 안에는 얼어붙은 여자아이의 시신이 담겨 있었다. 현장에서 증거를 확보하고, 둘째 아이를 살려 내면서 범인까지 체포했지만, 제영은 기분이 영 개운하지 않았다. 모든 상황이 테오의 말과 다르지 않았기 때문이다.

*

"형사님의 추측에서 완전히 어긋났던 집도 있었어요."

"설마 703호 사건 말하는 건가요?"

"네, 오히려 제 덕에 진짜 범인도 잡고 아이도 구할 수 있었죠."

"이제 와 말하는 거지만, 그때 경찰 측에서도 703호 여자를 조사하고 있었어요."

"그런데 왜 제 말을 믿지 않았죠?"

"아직 조사 중이었고, 무엇보다 그때 테오 씨는 그 집에 무단으로 들어가려다가 잡혀 오지 않았나요?"

"둘째 아이만큼은 구해 내야 했어요."

테오는 제영을 말갛게 쳐다봤다. 테오는 누구보다 먼저 무연고자들의 죽음을 의심했다는 점에서 제영을 인정하고 있었다. 하지만 확실한 증거 없이 자신을 잡아들여 일방적으로 몰아붙이려는 제영의 모습에는 실망했다. 이제 테오는 제영을 어떻게 설득해야 할지보다 어디까지 설득해야 할지 고민할 때가 되었음을 깨달았다.

*

짧은 커트 머리를 한 고희가 칫솔질을 하며 차고로 들어왔다. 테오는 그런 고희의 행동이 눈에 거슬렸지만, 언제나처럼 아무 말을 하지 않았다. 테오는 소파에 폭 박힌 채 TV 뉴스를 영혼 없이 보고 있었다. 원래 차고에는 TV가 없었지만 고희가 들어오면서 생색을 내느라 자신이 쓰던 TV를 차고에 가져다 놓았다. TV에 관심이 없는 줄 알았는데 테오가 하루 종일 TV를 보고 있자, 고희는 왠지 모르게 뿌듯했다. 테오의 사회화 속도가 점점 빨라지고 있는 것 같았기 때문이다.

"어? 저 사건 정말 그 여자가 범인이었네?"

뉴스에선 정애현이 마스크를 쓴 채로 어디론가 끌려가는 모습이 나오고 있었다. 얼핏 제영의 모습도 스쳐 지나갔다. 얼마 전까지 테오가 혼자 중얼거리며 안절부절못했던 모습을 봐 와서인지 고희는 뉴스를 보며 깜짝 놀랄 수밖에 없었다. 더구나 모든 것이 테오의 추측대로였다. 그때 갑자기 생방송 뉴스 화면이 어지러워졌다. 현장 검증을 하러 집 안으로 들어가던 정애현이 가슴을 움켜쥐고 쓰러졌기 때문이다. 화면이 다시 스튜디오를 비추자 앵커는 동요하지 않고 다른 뉴스를 전하기 시작했다. 그리고 얼마 뒤, 뉴스 특보가 자막 한 줄로 올라왔다.

아동 살해범 정애현 현장 검증 도중 심장마비로 사망

"우와, 저 여자 진짜 벌받았나 봐. 어떻게 현장 검증을 가서 갑자기 심장마비가 오지?"

"죽는 건 벌이 아니지."

"근데, 사건을 해결한 기분은 어때?"

"내가 해결한 거 아닌데."

"겸손하기까지. 근데 어디 가?"

"일하러."

"장하다. 반테오! 고마운 서라 언니 말 잘 듣고! 알았지?"

테오는 아무 말도 듣지 못한 사람처럼 주섬주섬 검은 모자를 눌러쓰고 검은 신발을 질질 끌며 차고를 나섰다. 대답을 듣지 못했지만 누가 봐도 쉬는 날 직장으로 끌려 나가는 근로자의 뒷모습이었다. 고희는 일하러 나가는 테오를 보고 한 단계 더 고무되었다. 고희는 테오의 집 보는 능력을 활용할 수 있는 사업을 구상하고 있었는데, 의외의 조력자로 임서라가 나타났다. 어디다 내놓기 부끄러운 테오의 황당한 요구를 받아 주는 것도 고마운데, 저렇게 일까지 만들어 주다니! 덕분에 고희는 자신의 사업에 더 확고한 자신감을 얻을 수 있었다. 더구나 임서라는 고희의 사업 계획을 듣고 자신의 영향력 안에서 적극적으로 도움을 주겠다고도 했다. 들뜬 마음으로 고희가 컴퓨터 앞에 앉으려는데, 탁자 위에 올려 둔 테오의 빨간 토마토가 탁자 아래로 툭 떨어졌다. 검은 바닥에 빨간 토마토가 처참하게 터져 버렸다. 테오였다면 터진 토마토를 보고 불길한 예감이 들었을 텐데, 천성이 낙천적인 고희는 잘 익은 토마토처럼 자신의 사업도 터질 거라고만 생각했다. 고희는 살해 현장의 처참한 핏자국처럼 보이는 토마토의 잔해를 치우면서 연신 콧노래를 흥얼거렸다.

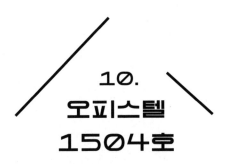

10.
오피스텔
1504호

"이 빌딩 건물주가 정말 중요한 고객인데, 요즘 오피스텔 입주자들의 민원에 시달리고 있어. 내 생각엔 테오가 그 민원을 잘 해결할 수 있을 것 같아."

"제가요?"

"일단 사정을 한번 들어 봐. 한 세입자가 6개월 전에 오피스텔 로열층에 입주를 했는데, 그때부터 오피스텔에 전에 없던 황당한 일들이 일어나기 시작했어. 저녁마다 들려오는 시끄러운 음악 소리는 귀여운 수준이고, 새벽 내내 수돗물 소리가 나고 세제 냄새가 진동을 해서 어떤 주민들은 혹시 그 집에 흉측한 연쇄 살인범이 살고 있는 게 아니냐는 소리까지 했대. 요즘은 간간이 폭발음이 들리기도 하고 고약한 화학 약품 냄새까지 진동해서 더 큰 문제가 되고 있나 봐. 그렇다고 경찰을 불러서 해결할 문제도 아니고. 건물주 입장에서 직접 경고를 주려고 해도 세입자가 절대 집 밖으로 나오질 않으니 만나기도 어려운 상황인가 봐."

"얘기만 들어도 그 집에 무슨 일이 일어나고 있는지 궁금하긴 하네요."

"그렇지? 테오는 집에 대해 궁금한 건 절대 못 참는 사람이니까 분명 그 집에 들어가는 방법도, 집주인의 정체에 대해서도 알아낼 수 있을 거야."

테오는 잠시 생각에 잠겼다. 자신이 이 일을 할 수 있을지 고민하는 것이 아니라 이미 그 집에 들어갈 방법을 생각하고 있었다. 임서라는 인내심 있게 테오의 대답을 기다렸다. 한참 뒤 테오는 목덜미를 한번 잡더니 이틀 뒤에 다시 오겠다는 말을 남기고 사라졌다.

이틀 뒤 테오는 고희와 함께 임서라의 고객이 운영하는 오피스텔에 도착했다. 검은 마스크를 하고 검은 모자를 깊게 눌러쓴 테오의 두 손에는 꽤나 큰 무선 스피커가 들려 있었고, 고희는 방역할 때 사용하는 휴대용 연막 소독기를 들고 있었다. 미리 얘기가 되어 있는지 오피스텔 관리 직원들이 두 사람을 호위하듯 따라붙었다. 민원이 계속되던 1504호에 도착한 테오는 스피커를 휴대폰에 연결하더니 플레이 버튼을 눌렀다. 그러자 오피스텔 15층 복도가 마치 재래시장이 된 것처럼 시끌벅적해졌다. 갑자기 물건을 흥정하는 소리가 들렸고, 싸움을 하는 소리도 들렸다. 급기야 쌍욕을 하는 아주머니들의 목소리가 텅 빈 복도를 타고 증폭되어 쩌렁쩌렁 오피스텔 전체에 울려 퍼졌다. 평소처럼 귀마개를 하고 있는데도 테오는 자꾸만 두 손이 귀로 올라갔다. 그러다 테오가 손으로 신호를 보내자 고희가 휴대용 연막 소독기를 작동시켰다. 연막 소독기에서 나오는 하얀 연기가 금세 15층 복도를 가득 채웠다. 테오는 마스크를 하고도 콜록콜록 기침을 했지만, 고희는 얼굴 한번 찡그리지 않고 1504호 문틈 가까이에 연막 소독기 주둥이를 가져다 대어 연기가 집 안으로 들어가게 했다. 테오와 고희가 그런 짓을 벌이고 있었지만 오피스텔 관리인들은 그저 구경만 하고 있었다. 테오가 계획하고 벌인 일이었지만, 사실 지금의 상황에선 테오가 제일 괴롭기도 했다. 테오가 더 이상 못 버티겠다고 생각하는 순간, 1504호의 디지털 도어록이 '또르릉' 소리를 내며 열렸다. 테오는 그 순간만을 기다린 사람처럼 1504호의 문을 활짝 열어젖혔다.

"뭐, 뭐야?"

1504호 세입자로 추정되는 폭탄 머리 남자가 깜짝 놀라 소리쳤다. 테오는 세입자가 놀란 틈을 타 마치 자신의 차고에 들어서는 것처럼 자연스럽게 오피스텔 안으로 들어갔다. 집 안으로 들어서자마자 테오는 루틴대로 집을 살피기 시작했다. 우선 1504호는 신발장 안보다 현관 바닥에 놓인 신발이 훨씬 더 많아 보였다. 신발 바닥에 먼지나 흙이 묻은 흔적이 없는 것으로 봐서 세입자는 신발을 실내화로 쓰고 있는 것 같았다. 원룸이라 하기엔 컸고 투룸이라고 하기엔 작은 구조의 오피스텔이었는데, 아마도 집이 아니라 스튜디오로 쓰고 있는 것처럼 보였다. 대부분의 물건들은 있어야 할 곳에 없었고, 없어야 할 곳에 있었다. 무엇보다 헤어드라이어를 포함한 여러 욕실 용품들이 주방 싱크대 위에 놓여 있었는데, 욕실을 들여다보니 금세 이해가 되었다. 욕실이 아니라 미치광이 과학자의 실험실 같기도 했다. 보도 듣도 못 한 이상한 장비와 화학 약품들이 즐비했고, 타일 여기저기에 그을리고 파손된 흔적도 보였다. 침실에는 침대가 있었지만 누워서 잔 흔적은 보이지 않았고, 각종 장비와 책이 대신 드러누워 있었다.

"뭐 하는 거지? 지금 남의 집에 들어와서."

"동영상 크리에이터시군요. 채널 이름이 뭐죠?"

"〈호기심 지옥〉!"

"혹시 장르 드라마나 영화에 나오는 사건 장면들을 보고 직접 실험해 보는 건가요?"

"맞아요. 혹시 구독자신가요?"

"아니요."

"근데 어떻게 알았어요?"

테오가 말을 하려다가 말고 갑자기 입을 다물었다. 세입자가 너무 적극적으로 테오를 쳐다보기도 했지만, 여기저기 놓여 있는 카메라에 빨간 불이 들어와 있는 것을 봤기 때문이다. 세입자는 테오가 입을 다물자 메인 카메라를 다른 방향으로 획 돌리더니 바로 경청의 자세를 취했다. 그제야 테오는 바닥에 놓인 어지러운 줄을 살피며 다시 중얼거리기 시작했다.

"집 전체가 스튜디오처럼 보일 정도로 이 집은 방송을 위해서만 존재하는 집 같아요. 하지만 이 채널의 구독자 수는 많지 않을 것 같습니다. 돈을 벌거나 유명해지고 싶어서 방송을 하는 게 아니라 본인이 재밌어서 하는 방송 같거든요. 그러니 이런 걸 굳이 찾아와서 보는 구독자들도 분명 소수의 비주류 성향을 가진 사람들이겠죠. 하지만 충성도가 높은 구독자들이기도 할 겁니다. 그런 분들은 대개 한번 마음을 주면 쉽게 변하지 않고 주류가 되지 않는 한 계속 찾아오는 분들이니까요. 세입자분은 얼핏 보면 그냥 살아 있으니까 대충 사는 사람 같은데, 자세히 살펴보면 나름의 규칙과 질서가 있고 파이팅이 넘치는 분 같습니다. 털털하고 아무 생각 없어 보이지만, 실은 강박증을 가지고 있을 만큼 까다로운 사람이기도 하죠. 그래서 그런 강박에서 자유롭고 싶어서 일부러 아무렇게나 살려고 노력했던 게 아닐까 싶어요. 이 집처럼. 지능이 높고 재주도 많지만, 누군가 자신을 알아

주지 않는다고 생각하면 금세 흥미를 잃어버리고 다른 일을 찾아 헤매는 것 같기도 하고……."

남자가 입을 벌리고 이야기를 듣고 있는데 테오가 갑자기 말을 멈췄다. 그러고는 테이블 위에 놓인 액자를 노려봤다. 액자 속에는 세입자의 어머니로 보이는 중년 여성과 세입자가 함께 찍은 가족사진이 보였다. 그사이 복도에서 대기하고 있던 오피스텔 관리 직원들이 오피스텔 안으로 들어와 집안 상황을 점검하며 사진을 찍기 시작했다.

"세입자분은 집을 한 번도 편안하게 느낀 적이 없는 사람 같네요."

"제가요?"

"혹시 자신의 불행이 모두 아버지 때문이라고 생각하시나요?"

남자가 말문이 막힌 것처럼 입을 벌리고 테오를 쳐다봤다. 그때 오피스텔 관리 직원 중 하나가 남자에게 다가와 그동안 접수된 민원에 대해 일목요연하게 설명했다. 남자는 들은 체도 하지 않고 테오만 빤히 쳐다보고 있었다. 관리 직원은 이 기회를 놓칠세라 남자의 잘못으로 집이 훼손된 부분을 열거하며 지금이라도 당장 집을 비워 주면 손해 배상 청구 소송을 취하할 거라는 협박을 하기 시작했다. 어떻게든 세입자를 내쫓으려고 하는 관리 직원의 말에 현실을 직시한 건 남자가 아니라 테오였다. 테오는 미안한 마음이 들었는지 조용히 뒷걸음질 치며 1504호를 빠져나왔다. 복도에는 아무도 없었다. 억지로 끌고 왔던 고희는 문이 열리는 순간 스피커와 방역 소독기를 챙겨 먼저 집으로 돌아간 모양이었다. 테오 역시 서둘러 오피스텔을 나서려는데, 남자가 쫓아 나와 테오의 앞을 막아섰다.

"좀 아까 했던 말 다시 해 줄 수 있어요? 좀 더 상세하게."

"죄송합니다."

"아니, 그게 아니라 진짜 궁금해서 그래요."

"보통의 사람들은 집을 어지르더라도 대부분 자주 머무는 공간은 가장 편안한 곳으로 만들어 놓는데, 이 집에선 그런 게 전혀 느껴지지 않았어요. 마치 자기 자신을 학대하는 사람처럼 집 안 전체를 아주 불편하고 가혹하게 만들어 놓고 있었죠. 물론 본인은 알아차리지 못했을 수도 있어요. 집안을 그렇게 해 놓는 건 어떤 의식을 가지고 하는 행동이 아닐 테니까."

"아버지 얘기는?"

"독립을 한 성인 남자가 부모님과 살갑게 연락하고 지내는 경우는 별로 없죠. 그런데 가장 중요한 공간에 어머니와 찍은 사진을 두었다는 건, 어머니와 좀처럼 만날 수 없는 상황이거나 몹시 그리워할 수밖에 없는 상황이라고 짐작했어요. 그런데 자세히 보니 사진 오른편이 잘려 나가 있는 게 보였어요. 분명 오른편에 아버지가 있어야 할 사진 구도였는데 말이죠. 그래서 어머니를 만날 수 없는 상황으로 내몬 사람이 아버지일 수도 있겠구나 싶었죠."

"저는 김명석이라고 해요. 그쪽 이름은 뭐죠? 어떻게 집만 보고 나에 대해서 그렇게 척척 알아맞힐 수 있어요?"

"죄, 죄송합니다. 제가 오늘은 아주 많이 주제넘은 것 같네요."

"아니, 사과를 받자는 게 아니라 진짜 궁금해서 그래요."

남자가 자꾸만 다가서자 테오는 뒷걸음질을 치다가 재바르게 도망쳤다. 남자는 진심으로 궁금해서 물어본 것이었지만, 테오는 쥐구멍이라도 찾고 싶은 심정이었다. 1504호 집을 보고 싶다는 욕심에 임서라의 제안을 그대로 받아들였지만, 막상 하고 나서 보니 양심에 걸리는 부분이 많아 마음이 불편해졌다. 다행히 남자는 뒤따라 나온 오피스텔 관리 직원들에게 붙잡혀 더 이상 테오를 따라오지 못했지만, 테오는 어디론가 더 멀리 도망치고 싶은 심정이었다.

*

심연처럼 푹 꺼진 낡은 소파에 몸을 숨기고 있었지만, 테오는 여전히 마음이 편치 않았다. 벌써 토마토를 3개째 먹고 있었지만, 역시 소용없었다. 무엇이 마음을 불편하게 만들었을까? 북북. 조용하던 테오의 휴대폰에 문자가 도착했다. 잠금 화면에 뜬 메시지를 보니 입금 확인 문자였다. 테오는 모자를 더 깊게 눌러썼다. 모든 게 귀찮고 소란스럽게 여겨졌다. 휴대폰 화면이 다시 꺼지기도 전에 또 다른 문자가 도착했다.

의뢰자분이 수고했다고 사례금을 넉넉히 보내 주셨네. 확인해 보고 앞으로 보고 싶은 집이 있으면 언제라도 연락해!

임서라의 문자였다. 테오는 문자를 받고 마음이 더 심란해졌다. 왠지 모르게 불법적인 일을 저지른 사람처럼 옥죄는 기분도 들었다. 테오는 문득 궁금했다. 왜 나는 타인의 집을 보고 싶어 하는 걸까? 통제할 수 없었던 수많은 자극들이 내 안에 들어와 나름의 알고리즘을 가지고 재배치되는 순간들이 좋았던 것은 사실 처음 몇 번이 다였다. 그런 일이 반복될수록 테오는 집을 보며 감추고 싶었던 누군가의 비밀스러운 공간을 나름의 추리로 해석해 내는 과정이 짜릿하고 즐거웠다. 아니, 어쩌면 알게 된 정보들을 누군가에게 자랑하고 싶었는지도 모르겠다. 그래서 오늘도 명석에게 자신이 파악한 정보들을 자랑하듯 쏟아 냈던 것이다. 테오는 자신의 잘난척이 타인에게 상처를 줄 수도 있다는 사실을 간과했던 게 너무도 한심하고 부끄러웠다.

"쾅쾅쾅! 계세요?"

테오가 자아 성찰을 하며 괴로워하고 있는 사이, 사실 아까부터 테오네 집 벨은 요란하게 울리고 있었다. 부모님은 식당에 계시고 고희는 외출한 상태라 테오 말고는 집에 아무도 없었다. 테오가 차고 안에 있었지만, 귀마개를 한 채로 자괴감에 빠져 있었기 때문에 벨 소리를 전혀 듣지 못했다. 벨을 누르고 한참을 기다렸던 누군가는 절박한 심정으로 이제 대문까지 두드리며 열어 달라고 호소하고 있었다. 테오는 귀마개를 뚫고 들려오는 누군가의 절박한 두드림을 뒤늦게 눈치챘지만, 애써 무시하고 싶었다. 하지만 끝까지 외면할 순 없었다. 목소리가 낯설지 않았기 때문이다.

"반테오 씨 맞으시죠?"

"네."

"다행이다. 이름도 예사롭지가 않으시네. 암튼 맘에 들어요!"

"아까 그 오피스텔?"

"네, 근데 오피스텔 아니고 김명석입니다. 보시다시피 덕분에 이렇게 쫓겨났어요. 그러니까 책임을 지셔야죠!"

"네?"

"일단 제가 여기 어떻게 찾아왔는지 한번 맞혀 보실래요? 아까처럼."

"목소리를 조금만 낮춰 주세요. 늦은 시간이라."

"아, 그래요? 그럼 일단 짐들을 안으로 옮겨 놓고 얘기할까요?"

"네?"

"문을 빨리 안 열어 주셔가지고 용달 아저씨들이 짐만 내려놓고 그냥 가셨거든요. 일단 여기 차고 문 좀 빨리 열어 주세요. 이러다 또 주민들 항의 들어오겠어요."

명석이 앞으로 다가오는데 향수처럼 이상한 화학약품 냄새가 풍겼다. 테오는 정신이 아찔해져 얼떨결에 명석의 짐들을 일단 차고로 옮기기 시작했다. 짐을 옮기면서도 명석은 쉴 새 없이 떠들었다. 테오는 귀마개를 하고 있었지만, 명석의 목소리는 귀마개를 뚫고 테오의 달팽이관을 계속 자극했다. 명석은 당장 전세 계약을 파기하고 집을 비워 주는 대신, 테오의 이름과 연락처를 알려 달라고 고집을 부렸다고 했다. 테오는 그제야 의뢰인이 사례금을 넉넉히 챙겨 준 이유를 깨달았다. 테오가 묻지도 않았는데, 명석은 자신이 어렸을 때 잠시 해커로 활동한 적이 있을 정도로 명민한 사람이기 때문에 이름과 전화번호만 알면 어디에 사는지 바로 알아낼 수 있다고 자랑스럽게 말했다. 테오는 그건 불법이고 범죄가 될 수 있다고 말하고 싶었지만, 그 말을 명석이 귀담아들어 줄 것 같지 않아서 바로 포기했다. 짐을 옮기는 일이 힘든 것이 아니라, 지금 이 상황이 전혀 짐작되지 않아 힘들었다. 짐을 다 옮긴 명석이 테오의 전용 소파에 아무렇지도 않게 널브러져 있는 것을 보고 나서야 테오는 지금이 아주 난감한 상황이라는 것을 깨달았다. 엎친 데 덮친 격으로 외출했던 고희도 집으로 돌아왔다.

"어? 아까 그 오피스텔?"

"안녕하세요, 김명석이라고 합니다."

"반가워요. 저는 이 인간의 누나 같은 동생 반고희라고 해요. 근데 여긴 무슨 일로?"

"아시다시피 이분 덕분에 쫓겨난 상태라."

"엄밀히 말하면 그쪽이 잘못했죠. 이웃 주민들한테 피해 주면서."

"아 뭐, 그렇긴 하죠. 그래서 정중하게 사과도 하고 나왔습니다."

"그래서 갈 곳이 없어서 여기로 왔다?"

"네, 그냥 동생처럼 편하게 대해 주시면 됩니다!"

"반테오! 왜 가만히 있어? 내가 여기 쓴다고 할 때랑 지금 태도가 너무 다르잖아!"

테오는 귀마개를 하고 헤드셋까지 쓴 채로 열심히 짐을 정리하고 있었다. 이미 차고는 더 이상 테오만의 공간이 아니었고, 명석에게 미안한 마음도 있어서 단호하게 내칠 수도 없었다. 시원한 성격의 고희가 해결해 줄 거라 믿었는데, 대화를 나누는 것을 보니 두 사람은 오히려 서로 잘 맞는 부분이 있어 보였다. 테오는 자포자기 상태에서 명석의 짐들로 가득 찬 지금 이 상황만이라도 정리되기를 바랐다. 예상대로 고희와 명석은 10분도 되지 않아 마치 십년지기 친구처럼 쉴 새 없이 티격태격하며 서로가 잘 지낼 방법을 모색하고 있었다. 고희는 자신은 차고로 들어오기 위해 제습기와 공기청정기, 그리고 TV까지 설치했다며, 차고 옆에 있지만 고장이 나 사용할 수 없었던 작은 화장실을 명석이 수리하는 걸로 차고 입주 협상을 마무리했다. 결국 테오 혼자만의 아지트였던 차고는 세 사람의 작은 공유 오피스가 되어 버렸다. 짐이 많은 명석이 가장 큰 면적을 차지했지만, 테오 역시 존재감을 증명하기 위해 자신의 소파가 있는 공간에 병풍처럼 생긴 가드를 세우고 커다란 천으로 지붕까지 만들어 독립적인 공간을 확보했다. 덕분에 소파와 컴퓨터만 덜렁 놓여 있던 테오의 차고는 이제 아주 기이하고 복잡한 세 사람의 공간이 되어 버렸다.

11.
대저택

테오는 오전 내내 소파에 파묻혀 있었고, 명석은 분주하게 무언가를 하면서도 계속해서 테오의 눈치를 보고 있었다. 고희는 그런 명석의 행태를 가만히 지켜보며 이상한 생각이 들었다. 오피스텔에 입주할 정도의 돈을 가지고 있던 명석이 왜 좁아터진 차고에 들어와 있는지 문득 궁금했다. 인터넷 방송을 한다고는 하지만 들여놓은 짐들만 봐도 이상하고 기괴한 장비들이 너무 많았다. 그때 죽은 듯이 누워 있던 테오가 갑자기 소파에서 벌떡 일어났다.

"왜? 또 일 들어왔어? 아님 집 보러 가려고?"

모자를 쓰고 외출 준비를 하는 테오에게 고희가 관심을 보였지만, 테오는 대꾸도 하지 않은 채 피곤함을 뚝뚝 흘리며 차고를 나섰다. 그 광경을 조용히 지켜보던 명석은 테오가 차고 밖으로 나가자마자 아쉬운 표정을 지으며 한숨을 쉬었다. 고희는 그런 명석을 가만히 지켜보다가 벌떡 일어나 명석이 앉아 있는 쪽으로 다가갔다.

"지금 테오를 찍고 있었죠?"

"아니, 그게 그러니까."

"엥? 이건 또 뭐야? 설마 지금 라이브 방송 중이에요?"

명석은 그제야 벌떡 일어나 방송을 끄고 숨겨진 카메라도 꺼 버렸다. 명석은 덥수룩한 곱슬머리를 긁적이더니 냅다 무릎을 꿇었다. 한 번만 봐 달라고 사정하는 명석을 바라보며 고희는 장난기 어린 웃음을 지었다.

"처음부터 이러려고 들어왔구나?"

"아니요. 꼭 그런 건 아닌데."

"근데 테오를 찍을 게 뭐 있다고?"

고희의 질문에 명석은 잠시 망설이다가 그간의 상황에 대해 설명했다. 그날 테오가 1504호에 왔을 때도 명석은 라이브 방송 중이었기 때문에 구독자들은 불쑥 들어온 테오에게 관심을 보일 수밖에 없는 상황이었다. 까만 모자에 까만 옷을 입고 들어온 테오의 모습이 구독자들에게는 연예인의 사복 차림처럼 수려해 보였고, 집을 둘러보자마자 늘어놓는 테오의 느릿한 말들이 모두 일리 있게 들렸다. 더구나 구독자들의 성향과 구독자 수까지 추리해 낸 것을 보고 채팅

창은 폭발했다. 실제로 그날 방송으로 명석의 채널 구독자 수가 꽤 많이 늘었다. 명석도 테오의 남다름에 놀라 자신의 채널에 출연시키고 싶었지만, 테오의 성향상 아무래도 거절할 거 같아 소파에 누워 있는 테오의 실루엣만 몰래 찍어서 올리곤 했다. 그런데 그런 영상마저도 반응이 좋아서 명석은 테오의 영상을 제대로 찍어 보기 위해 라이브 카메라를 켰던 것이다.

"실은 나도 요즘 테오를 보면서 기가 막힌 사업을 하나 구상하고 있었는데."

"무슨 사업인데요?"

"요즘 사설탐정이 합법화된 건 알고 있죠?"

"그럼요. 구독자분들 중에도 관심 있는 분들이 많아서 알고는 있어요."

"테오가 과도하게 예민해서 좀 이상한 면이 없진 않지만, 아시다시피 집에 대해선 모르는 게 없고 추리 능력도 뛰어난 편이에요. 사실 그 유별난 점 때문에 항상 집에만 틀어박혀 지내다가 얼마 전부터 집을 보러 다니기 시작했는데 그때 처음으로 자신의 재능을 깨달은 것 같아요. 그래서 지금은 서라 언니, 아니 임서라 대표한테까지 능력을 인정받아 나름대로 일도 하고 있는 거고."

"그렇죠. 그래서 저도 여기에 오게 된 거고."

"그래서 나는 그런 재능을 가지고 부동산 전문 사설탐정하우스를 차려 보면 어떨까 해요."

"우와, 그거 재밌겠는데요?"

"그렇죠? 요즘 부동산 관련 사건 사고들이 또 엄청나게 많으니까. 근데 아직 테오는 몰라요. 좀 더 준비가 되면 말해 주려고. 성향상 미리 말했다가 겁먹고 달아날지도 모르니까."

"그렇겠네요. 그럼 제 채널과 연계해 보는 건 어떨까요?"

"나쁠 건 없죠. 근데 당신을 아직 믿을 수가 없어서."

"아, 믿음, 소망, 사랑 중에 믿음을 제일 중하게 여기시는 분이구나. 난 좀 더 실리적인 분인 줄 알았는데."

"아, 뭐 꼭 그런 건 아니지만."

"콜라보 한번 해 보죠. 재밌을 것 같은데."

"구체적으로 생각한 연계 방식이 있어요?"

"일단, 저는 좀 더 재밌는 콘텐츠를 만들고 싶어요. 그래야 이게 화제성도 올라가고 나중에 탐정 사업을 할 때도 홍보 효과가 날 테니까요."

"그렇죠. 그렇게 되려면 일단 우리 테오가 좀 더 캐릭터를 강화해야 할 것 같은데."

"근데 본인이 이런 걸 엄청 싫어하는 것 같아서."

"그러니까 일단은 모르게 해야죠. 영상도 대놓고 찍는 것보다 몰래카메라처럼 찍어서 올리는 게 더 좋고요. 근데 지금처럼 이렇게 가만히 있는 걸 찍으면 안 되고, 테오가 일하거나 집 보러 갈 때 따라붙어서 몰래 찍어 보는 건 어 떨까요?"

　　고희와 명석이 의기투합하는 사이 테오는 무거운 발걸음 으로 임서라를 만나러 가고 있었다. 오늘은 얼마 전에 리모 델링을 마친 주택에서 만나기로 했는데, 사실 테오는 이렇게 리모델링을 하거나 부자들이 사는 고급스러운 주택에는 별 로 관심이 없었다. 인테리어 잡지에나 나오는 화려하고 세련 된 집일수록 그 집에 사는 사람들의 흔적을 찾기 어려웠다. 더구나 리모델링이 된 집은 거의 새 집이나 다름없었다. 부 자들이 사는 고급 주택의 경우도 대부분 집주인이 청소나 집 안일을 하지 않고 누군가를 고용해서 깔끔하게 정리 정돈을 시키기 때문에 호텔이나 리조트를 보는 것과 다르지 않았다. 안타깝게도 임서라가 추천한 집들은 대부분 그런 집들이었 다. 그래서인지 테오는 점점 집 보는 일에 흥미를 잃어 가고 있었다. 엊그제도 테오는 임서라와 함께 돌아가신 아버지로 부터 엄청난 유산과 함께 대저택을 물려받은 사람을 만났다. 살면서 테오가 봤던 집 중에서 가장 으리으리하고 고급스러 운 집이었다. 때문에 테오는 그 집을 보는 일에 흥미가 별로 없었다. 집이 넓어 둘러볼 곳은 많겠지만, 돌아가신 분이 주 로 머물렀던 공간인 침실과 서재 말고는 대부분의 공간이 하 나의 거대한 박물관처럼 보였다. 대충 집을 돌아보고 난 뒤,

테오는 의뢰인이자 대저택의 주인이 된 남자를 만났다. 그리고 아주 재미있는 이야기를 들었다. 돌아가신 의뢰인 아버지의 유서에 대저택 어딘가에 값진 보물이 있으니 절대 남에게 집을 팔지 말아 달라는 당부가 있었다는 것이다. 처음에는 아버지의 유지에 따라 집을 팔 생각이 없었는데, 임서라의 소개로 마침 대저택을 사겠다는 사람이 나타났다. 의뢰인은 집 말고도 다른 재산을 많이 물려받았지만, 당장 어마어마한 상속세를 내야 하는 형편이라 대저택을 팔아 현금 유동성을 높이는 것도 좋은 방법이라고 생각했다. 하지만 대저택에 보물이 숨겨져 있다는 말을 들은 이상 아무런 조치 없이 집을 매도할 수는 없었다. 대저택의 거래를 맡은 임서라 입장에서도 거래를 깔끔하게 성사시키기 위해 숨겨진 보물을 찾는 일이 무척 중요했다. 때문에 임서라는 테오에게 일을 맡기기로 했다. 테오는 대저택이라는 말에 시큰둥했다가 의뢰인의 말을 듣고 사뭇 달라진 태도로 의뢰인의 아버지에 대해 상세히 묻기 시작했다. 아들과의 관계는 물론 가족들과의 관계 역시 중요한 정보가 되기 때문이다.

"평소에 아버님과 사이가 좋으셨습니까?"
의뢰인은 잠시 생각에 잠기더니, 쓸쓸한 얼굴로 잘 모르겠다고 대답했다. 테오는 고개를 끄덕였다. 아버지와의 관계를 좋고 나쁨으로 표현했던 자신이 어리석었음을 깨달았다.

테오는 의뢰인의 허락을 받고 다시 한번 집을 둘러보기로 했다. 집을 제대로 보기 위해 집 밖으로 나갔다가 다시 들어오는 수고도 마다하지 않았다. 덕분에 아까와는 달리 대문에서 현관까지 들어오는 시간도 꽤 많이 걸렸다. 워낙에 정원이 넓었고, 마음가짐을 달리하고 보니 안 보이던 것들도 눈에 들어왔다. 문득 테오는 어린 시절 흥미롭게 읽었던 《보물섬》이라는 소설이 떠올랐다. 보물섬을 찾아 모험을 떠난 소년 짐처럼 망망대해와도 같은 넓은 대저택을 돌아보는 일이 무척 흥미진진했다. 정원을 어느 정도 둘러보고 난 뒤 현관부터 집 안 구석구석을 살폈다. 사람 냄새가 나지 않아 그냥 지나친 내부 공간들도 왠지 모르게 새롭게 다가왔다. 찬찬히 집을 둘러보고 난 뒤, 테오는 마지막으로 의뢰인의 아버지가 대부분의 시간을 보냈다는 오래된 서재로 갔다.

"이 집은 여러 번 증축이 된 것 같은데, 맞나요?"

"네, 맞습니다. 제가 태어났을 땐 서재와 침실을 포함한 정도의 크기였는데, 제가 자라면서 조금씩 집을 증축해서 공간을 늘렸죠. 감쪽같이 증축을 했다고 생각했는데 그걸 알아보시네요."

"그럼 혹시 아버님이 가톨릭 신자셨나요?"

"아뇨, 무신론자셨어요."

"여기 서재 창문 하나만 스테인드글라스로 되어 있어

서요."

"아, 어린 시절에 제가 셀로판지로 뭐든 만들어서 노는
걸 좋아했는데, 어느 날 아버지가 이렇게 스테인드글라스로
창문을 만들어 주셨죠. 그 후 몇 번 문양이 바뀌긴 했는데,
이 문양은 저도 처음 보네요."

테오는 처음 이 집에 들어왔을 때부터 서재 한쪽 창문만
화려한 스테인드글라스로 되어 있는 것이 무척 흥미로웠다.
대저택의 전체적인 인테리어 방향과도 맞지 않았고, 그나마
집주인의 취향이 가장 많이 드러난 서재와도 전혀 어울리지
않았다. 더구나 스테인드글라스 문양 역시 독특했다. 성당에
서 볼 수 있는 성스러운 그림 문양도 아니었고, 우리가 인테
리어로 흔히 볼 수 있는 문양이나 색상도 아니었다. 보통은
색이 들어간 유리를 정성스러운 납땜으로 이어 만드는데, 여
기 스테인드글라스에는 그 사이사이에 펜던트 모양의 작은
유리알들이 박혀 있었다.

"저기 펜던트 모양의 조각들은 마치 보석처럼 빛이 나
네요."

"그럼 혹시 저 스테인드글라스가 보물일까요?"

"아뇨. 그런 것 같지는 않습니다."

테오는 스테인드글라스 맞은편에 있는 책장을 물끄러미
쳐다봤다. 책장은 꽤나 넓어서 거의 하루 종일 스테인드글
라스를 통과한 알록달록한 빛들이 책장 어딘가에 머무는 것

같았다. 테오는 그 부분이 이상하다고 생각했다. 보통의 경우 스테인드글라스의 영롱한 빛을 감상하고자 맞은편 벽은 깨끗하게 비워 두는 것이 일반적이었다. 그래야 투영된 스테인드글라스의 빛을 제대로 감상할 수 있기 때문이다. 그런데 이 넓은 서재엔 유독 스테인드글라스가 비추는 곳에만 커다란 책장이 놓여 있었다. 테오는 조심스럽게 책장 앞으로 다가갔다. 책장의 앞뒤를 살피던 테오가 갑자기 책장 왼편을 세게 밀었다. 놀랍게도 책장이 스르르 움직였다. 책장 바닥에 슬라이딩 도어가 설치되어 있었던 것이다. 의뢰인은 자신도 몰랐던 것을 테오가 발견하자 깜짝 놀랐다. 그러면서 아주 잠시 책장 도어 뒤에 어떤 보물이 있을지 기대했다. 하지만, 커다란 책장 뒤에는 누런 벽지만이 적나라하게 드러났다. 서재의 벽지와는 전혀 다른 오래된 벽지였다. 그리고 그 낡은 벽지에는 아이의 키를 잰 자국이 불규칙한 간격을 두고 선명하게 표시되어 있었다.

"아무래도 아버님이 말씀하신 보물은 이 집 자체인 것 같습니다."

의뢰인의 아버지는 아들이 태어났고, 아들이 성장해 가는 과정을 함께 지켜봐 준 이 집이 가장 소중한 보물이었던 것이다. 아들의 성장과 함께 집도 커지고 재산도 늘어나 부자가 되었지만, 노년에는 낡은 서재에 홀로 앉아 어린 아들이 좋아했던 스테인드글라스의 영롱한 빛과 성장의 흔적들을 지켜보며 여생을 보냈던 아버지의 모습이 떠올랐는지 의뢰인은 보석 같은 눈물을 뚝뚝 흘렸다. 테오 덕분에 아버지의 진심을 알게 된 의뢰인은 감사의 인사를 여러 번 전하며 당분간은 이 저택을 팔지 않겠다고 선언했다. 임서라는 애써 웃으며 의뢰인에게 보물을 찾으셔서 다행이라는 말을 남겼지만, 돌아오는 길 내내 표정이 굳어 있었다. 평소와 다르게 테오에게 한마디의 말도 건네지 않았다. 대저택의 가격이 얼마인지 정확히 모르지만, 거래 수수료가 얼마인지 알고 있던 테오는 그런 임서라의 태도가 무척 흥미로웠다. 늘 남들에게 좋은 모습을 보이고 싶어 했던 임서라가 처음으로 진심을 드러낸 순간이었기 때문이다. 숨 막히는 침묵이 이어지다가 집에 거의 도착할 무렵, 임서라가 무심하게 물었다.

"요즘 집을 보는 일에 흥미가 별로 없어 보이던데, 이유가 뭘까?"

"사실 부자들 집엔 별로 흥미가 없습니다."

"그럼, 봉사 활동 같은 걸 해 보는 건 어때?"

"봉사 활동이요?"

"연석2동에 혼자 외롭게 살아가시는 분들이 많은 건 알지? 나도 요즘 사회복지사들과 함께 일주일에 한 번씩 그런 분들 집으로 찾아가 도움을 드리고 있거든."

"집으로 직접 찾아간다고요?"

"응, 좋은 일도 하고 집 구경도 할 수 있으니까, 테오 너한테는 일석이조 아닌가?"

테오는 고개를 끄덕였다. 그리고 미세하게 웃었다. 오늘 일로 부자들의 집에 자신을 데려가는 일은 없을 것이었다. 봉사 활동이라니, 임서라의 말대로 테오에겐 일석이조였다.

12.
하얀
집

임서라의 제안으로 테오는 이제 봉사 활동까지 하게 되었다. 테오가 처음 가는 집은 얼마 전 오래된 집을 리모델링하고 세입자를 받기 위해 준비하고 있는 50대 독거인의 집이었다. 테오는 리모델링한 집이라는 말에 조금 실망한 상태였다. 임서라가 보내 준 주소대로 찾아가고 있었지만, 왠지 모르는 불안감도 있었다. 큰 골목을 돌아 나오자 저 멀리 주택 하나가 눈에 띄었다. 주택이라기보다 방금 개업한 펜션 같은 느낌의 집이었다. 온통 하얀색 페인트로 벽을 칠하고 창틀과 문틀은 파란색으로 페인트칠을 해서 그런지 그리스의 산토리니에서나 볼 법한 집이었다. 낡은 다세대주택들이 많은 연석2동 골목 한가운데에 있으니 왠지 돌연변이처럼 기괴해 보였다. 하얀 집 대문 앞에 하얀색 세단이 서 있었다. 임서라가 이미 도착한 모양이었다. 테오가 쭈뼛쭈뼛 차로 다가가자 새하얀 원피스를 입은 임서라가 차에서 가뿐히 내렸다. 테오는 눈이 부셨다. 하얀 집과 하얀 차, 그리고 하얀 원피스를 입은 임서라 때문이었다.

"여긴 내가 리모델링을 지원해 준 집이야. 작업이 다 끝나고 요즘 세입자를 받고 계시다고 해서 오늘은 응원도 하고 집들이 선물도 드리러 온 거지."

테오가 보기에 임서라는 지나치게 친절한 사람이었다. 언제나 묻지도 않은 말을 주절거렸다. 하얀 집으로 걸어 들어가는 테오의 발걸음은 억지로 끌려가는 사람의 발걸음이었다. 밝고 적나라한 빛에 민감한 테오는 형광등 백 개를 켜 놓은 집으로 걸어 들어가는 기분이었다. 집 안에 있는 내내 테오는 이 집을 검은 페인트로 칠해 주고 싶은 욕망에 시달렸다. 이 집의 리모델링은 정말로 임서라의 입김이 많이 작용한 모양이었다. 거실은 물론 화장실과 주방 싱크대까지 하얀색이었고 바닥도 화이트에 가까운 그레이색이었다. 그럼에도 구조가 오래된 다세대주택 그대로여서 어쩔 수 없는 조잡함은 그대로 남아 있었다. 방문과 창틀도 모두 페인트칠만 다시 했을 뿐 그대로였다. 리모델링이 아니라 그냥 집을 하얀 페인트 통에 넣었다가 빼 놓은 것 같았다. 그래서인지 집 안에는 아직도 페인트 냄새가 남아 있었다. 1층은 전체, 2층엔 원룸 두 개, 4층의 옥탑방 하나를 월세로 내어놓은 상태였고, 집주인은 리모델링이 끝나고 3층에 들어와 살고 있었다.

"일단 집이 아주 깨끗해 보여서 좋네요."

"말씀하신 대로 하긴 했는데 월세가 너무 비싸다는 얘기를 많이 하네요."

"집을 구하는 분들이 늘 하는 말이죠. 우선 이거 받으세요. 집들이 선물이에요."

"아이고, 뭐 이런 걸 다. 근데 이게 뭔가요?"

"온풍기예요. 작아 보여도 틀어 놓으면 금세 훈훈해진답니다."

"세상에! 정말 필요했던 건데. 감사합니다."

테오는 빨리 이 집을 빠져나가고 싶었지만, 친절한 임서라는 집주인에게 온풍기 작동법에 대해 설명하기 시작했다. 결국 테오는 임서라를 하얀 집에 남겨 두고 혼자만 슬쩍 나왔다. 그리고 한시라도 빨리 하얀 집에서 멀어지기 위해 최대한 빠른 걸음으로 골목을 빠져나갔다.

*

연석2동 주택가에 큰 폭발 사고가 일어났다. 새벽에 발생한 사고라 제영은 세수도 하지 못하고 바로 현장으로 달려갔다. 이미 화재는 진압된 상태였지만, 사고가 일어난 주택은 폭탄이 떨어진 것처럼 폐허가 되어 있었다. 3층과 4층 옥탑은 완전히 손상되어 형체를 알아볼 수 없을 정도였지만, 1층과 2층은 비교적 손상이 적은 것으로 보아 폭발이 위층에서 일어났음을 짐작할 수 있었다. 얼마 전 리모델링을 하면서 '하얀 집'이라는 별명을 얻은 이 집은 폭발 화재로 인해 온통 까만 집이 되어 있었다.

"혹시 화재 원인에 대해 짐작되는 부분이 있습니까?"

"글쎄요. 화재 원인은 정밀 검사가 끝난 후에야 확실히 말씀드릴 수 있을 것 같네요."

"리모델링을 하느라 페인트칠을 했다고 들었는데, 혹시 그것 때문일까요?"

"그런 화재는 보통 공사 중에 일어나는 편이죠. 얘기를 들어 보니 어제 집을 보러 온 사람들도 있었고 집주인도 이미 3층에 거주하고 있었으니 그럴 확률은 낮을 것 같네요."

"그럼 혹시 짐작되는 부분이라도 있을까요?"

"보통 전기 배선에 문제가 있거나 가전제품에 문제가 있었다 해도 이 정도의 폭발은 일어나지 않습니다. 조심스러운 얘기지만 인위적인 폭발 장치나 폭발을 유도한 물질이 있을 거라 생각됩니다."

제영은 이번 사건도 누군가 살인을 목적으로 인위적인

폭발을 일으켰다고 생각했다. 사망한 집주인 강주선 역시 연고가 없는 사람이었고, 어젯밤에도 집에 강주선 혼자 머물렀기 때문이다. 색다른 점은 이번 사건의 경우 기존의 범행 방식에서 완전히 달라졌다는 점이다. 기존에는 주로 혼자 사는 사람들의 기저 질환을 이용해 범행을 저질러 왔는데 이번에는 전혀 다른 유형의 폭발 사고였다. 만약 같은 사람의 범행이라면 범인에게 극단적인 심경의 변화가 일어났을 확률이 컸다. 아니면 전혀 다른 사람의 소행일까? 어쨌든 이번에는 정확한 화재 원인을 파악하기 위해서라도 정밀한 부검과 함께 과학수사대의 화재 감식반에 조사를 맡길 수 있었다. 본격적인 수사를 할 수 있을 거란 사실만으로도 제영은 이제 곧 범인을 잡을 수 있다는 확신이 들었다.

*

"하얀 집 폭발 사고도 제가 범인이라고 생각하시나요?"

"결이 조금 달라 보이기는 하지만, 하얀 집 역시 폭발 직전에 다녀갔잖아요."

"기본적으로 저는 하얀색에 알레르기 같은 게 있는 사람입니다."

"설마, 그래서 폭발 사고를 낸 건가요?"

"폭발물을 준비할 정도로 부지런한 사람은 되지 못합

니다."

"그럼 도대체 누가 폭발 사고를 냈을까요?"

"글쎄요. 어쨌든 하얀 집 폭발 사건도 그냥 사고가 아니라 누군가의 범행이었다는 사실을 이제야 알았네요."

제영은 무언가를 말하려다 입을 꾹 다물었다. 테오가 폭발 사고의 원인이 무엇인지 알아내기 위해 자신을 떠본다는 생각이 들었기 때문이다. 그렇다면 정말 하얀 집 폭발 사고의 범인은 다른 사람일까? 제영은 또다시 머릿속이 복잡해졌다. 테오를 향했던 의심들이 하나같이 테오를 비껴가고 있는 것처럼 보이기도 했다. 테오의 과거 행적들을 추궁하며 몰아붙였지만, 모든 시도들이 철저히 실패했다는 생각도 들었다. 그렇다면 지금은 과거의 사건들은 잠시 접어 두고 테오를 용의자로 특정할 수 있는 한정숙 살인 사건에 집중해야 할 때였다.

＊

"연석동은 요즘 사건 사고의 연속이네. 이젠 폭발 사고라니."

"그러게요. 현실에서도 이런 폭발 사고가 일어난다는 게 신기하네요."

명석이 하얀 집 폭발 사고 뉴스를 보면서 의미심장한 미소를 지었다. 고희는 문득 명석이 운영했다는 동영상 채널이 생각났다. 장르 드라마나 폭력성이 짙은 영화에서 나왔던 주요 장면들을 재현해 보기 위해 실제로 자신의 오피스텔 욕실을 실험실로 만들었던 미치광이가 바로 명석이었다. 폭탄머리를 하고 무언가에 집중하고 있는 명석을 볼 때면 고희는 테오와는 또 다른 광기가 보여 소름이 돋았다. 너무 쉽게 명석을 받아 준 건 아닌가 하는 생각도 들었다. 고희가 불안한 시선으로 뚫어지게 쳐다보자 명석이 멍한 표정으로 물었다.

"왜요?"

"맞다. 며칠 전에 서라 언니랑 테오가 저 집에 다녀왔다고 했었는데. 반테오! 뭔가 이상한 거 없었어?"

고희가 명석의 시선을 다른 곳으로 돌리기 위해 테오에게 큰 소리로 물었다. 테오는 소파에 앉아 멍하니 TV를 바라보다가 헤드폰을 다시 눌러쓰고 반대쪽으로 돌아누웠다. 테오 역시 심기가 좋지 않아 보였다. 그때 휴대폰 알람 소리가 울리자 테오는 소파에서 벌떡 일어나더니 모자를 쓰고 밖으로 나갔다.

한숨을 깊게 내쉬던 테오는 발길이 닿는 대로 걷기 시작했다. 테오의 집은 폭발 사고가 난 하얀 집과 그리 멀지 않은 곳에 있었다. 연석2동은 오래된 주택과 다세대주택 그리고 낡은 빌라들이 빼곡하게 모여 있는 지역이었다. 원래 연석동은 옛날부터 각종 공장들이 즐비했던 곳이었는데, 연석1동이 먼저 재개발되면서 공장 지대는 사라지고 연석2동 서쪽 끝에만 그 잔재들이 남아 꽤 독특한 풍경을 자아내고 있었다. 근처에 커다란 물류 센터가 들어오면서 그쪽으로 출근하는 노동자들과 아파트 재개발 지역에서 일하는 외국인 노동자들이 비교적 집세가 저렴한 연석2동의 다가구주택과 낡은 빌라로 모여들었다. 덕분에 신규 아파트 단지들이 들어선 연석1동과 다가구주택 세입자들이 많이 모여 사는 연석2동의 환경과 입장은 극단적으로 달라졌다. 아파트 단지가 들어서는 연석1동에서는 주변 환경을 개선하는 차원에서 연석2동 역시 재개발되기를 원했다. 연석2동 주민들도 처음에는 재개발을 찬성하는 분위기였지만, 얼마 전 개발 예정 지역에서 누락되면서 입장이 두 갈래로 갈라졌다. 한 편은 다시 재개발을 추진하여 새 아파트를 분양받을 욕심을 버리지 않는 사람들이었고, 또 다른 편은 연석2동에서 월세를 받으며 생계를 유지하던 다가구주택 주민들로 재개발이 되면 생계 기반인 월세도 받지 못하고 아파트 한 채만 덜렁 가지게 될 뿐이라며 재개발을 반대했다. 실제로 연석2동에서는 임대 수익을 높이기 위해 리모델링을 한 다가구주택이 늘어나는 추세였다. 때문에 리모델링했던 다가구주택 주인들을 중심으로 재개발을 막기 위해 구청이나 시의원들에게 공동성명을 제출하고, 각종 사회단체에게 무분별한 개발을 막아 달라며 도움을 요청하기도 했다. 반대로 재개발을 원하는 주민들은 사람이 살기 힘들 정도로 낡아 빠진 집을 수리도 하지 않고 싼값에 세를 놓거나 그냥 집을 비워 두는 경우도 많았다. 덕분에 연석2동은 일용직 노동자들이 사는 집과 낡은 빈집들이 공존하면서 점차 슬럼화되고 있었다. 얼마 전부터는 혼자 살던 사람들의 돌연사나 빈집에 숨어든 노숙자들의 죽음이 심심치 않게 발생하면서 고독사로 유명한 동네가 되기도 했다. 이런 배경 때문에 지역 부동산 유지였던 임서라도 홀로 남겨진 노인들의 삶을 개선하고 실질적인 도움을 주겠다는 명목으로 봉사 활동을 시작한 것으로 보였다. 연석동은 개발과 죽음이 동시에 존재하는 이상한 동네였지만, 테오에겐 집처럼 편안하고 정겨운 동네였다. 테오는 이렇게 좋은 동네를 사람들이 왜 빈민가나 다름없다고 무시하는지 궁금했다. 테오는 언제나 낡고 익숙한 것이 좋았다. 사람의 체온과 세월로 만들어진 낡음을 무엇보다 사랑했다. 누군가는 테오를 바보 같다고 생각하겠지만, 테오는 늘 그랬고, 그래 왔던 사람이었다. 어쩌면 테오는 사람을 싫어하는 사람이 아니라 사람에 대해 알고 싶어서 사람이 사는 집을 보러 다니는 사람인지도 몰랐다.

"오늘은 어느 집으로 가세요?"
축축 처지는 걸음으로 정처 없이 떠돌던 테오의 어깨를

두드린 사람은 명석이었다. 명석은 가방에 작은 카메라를 몰래 숨긴 채, 아까부터 테오를 따라오고 있었다. 테오는 명석의 갑작스러운 등장에도 전혀 놀라지 않았다. 오히려 놀란 것은 명석이었다. 테오의 눈꺼풀이 심하게 처져 있어서 테오가 지금 졸린 것인지 슬픈 것인지 구분하기 어려웠다. 테오는 겨우 턱을 들어 올려 명석과 시선을 맞췄다. 반대로 명석은 약간 들뜬 상태였다. 테오가 자신에게 시선을 맞춰 주었다는 사실이 신기했다.

"산책이요."

"아, 일하러 가시는 거 아니구나."

"왜요?"

"혹시 집 보러 가시면 같이 갈까 해서."

"이제 가 봐야 해요. 봉사 활동."

"봉사 활동이면 저도 함께 가도 될까요? 저 일 잘하는데."

두 볼이 상기된 명석은 테오의 굼뜬 대답을 조용히 기다렸다. 테오는 고개를 아래로 떨구더니 천천히 고개를 끄덕였다. 명석은 하마터면 감탄사를 내뱉을 뻔했다. 당연히 거절할 줄 알았기 때문이다. 테오와 독거노인들이 사는 집에 도착한 뒤에도 명석은 감탄사를 내뱉을 뻔했다. 조금 전까지만 해도 축 늘어져 있던 테오가 마치 배터리를 갈아 끼운 로봇처럼 쌩쌩해졌기 때문이다. 테오는 눈을 반짝거리며 오래되고 낡은 집들을 살피면서도 누구보다 살뜰하게 혼자 사는 할아버지를 챙겼다. 어떤 면으로는 할아버지가 차마 말하지 못한 부분까지 눈치를 채고는 도움을 주고 있었다. 잠시 멍해 있던 명석은 테오의 모습을 한 장면도 놓치지 않기 위해 열심히 따라다녔다. 자극적인 호기심과 쾌감을 추구하며 살았던 명석은 그로 인해 언제나 모든 일에 금세 질리고 무기력해지는 경험을 해 왔다. 하지만 지금은 이상한 만족감이 들었다. 명석은 그 만족감이 처음 해 보는 봉사 활동 때문인지 테오와 함께해서인지 좀처럼 갈피를 잡을 수 없었다.

*

을씨년스러운 11월의 어느 밤, 폭발 사고가 일어났던 하얀 집 앞에 절름발이 사내가 나타났다. 절름발이 사내의 손에 커다란 비닐봉지가 들려 있어서 그런지 걸음걸이는 더 기이해 보였다. 하얀 집에 폭발 사고가 난 뒤부터 꺼져 버린 가로등은 아직까지 불이 들어오지 않아서 사내의 얼굴은 어둠 속에 갇혀 드러나지 않았다. 사내는 불편한 걸음걸이로 여기까지 오느라 힘을 다 쓴 모양인지 가쁜 숨이 잦아들 때까지 하얀 집을 올려다보며 한참을 서 있었다. 그을린 대문 앞에는 아직도 접근 금지 테이프가 늘어져 있었다. 사내가 갑자기 테이프를 넘더니 하얀 집 안으로 들어갔다. 마치 자신이 원래 살던 집처럼 꽤나 자연스럽게. 3층과 4층 옥탑방은 폭발로 거의 날아가 버렸지만, 1층과 2층은 제법 집의 모양새를 갖추고 있었다. 집이 마음에 들었는지 사내는 아까와는 다르게 발걸음이 훨씬 가벼워 보였다. 1층 현관 앞에서 주변을 두리번거리던 사내는 현관문을 조심스럽게 두들겼다. 당연히 아무런 반응이 없었다. 오히려 두드린 손에 검은 그을음만 묻었다. 그때 어딘가에서 길고양이 울음소리가 아득하게 들려왔다. 고양이 소리에 잠시 머뭇거리던 사내는 다시 한번 용기를 내어 현관문을 힘껏 잡아당겼다.

다행히 현관문은 쉽게 열렸다. 사내는 혹시나 하는 마음에 문을 꼭 닫았다. 검은 어둠이 깔린 집 안에 들어서자 사내는 다시 멈칫했다. 집 안이 너무 멀쩡하고 아늑해 보여서 잘못 들어왔다는 생각이 들었기 때문이다. 다행히 집 안 곳곳에 스며 있는 그을음 냄새 덕분에 마음 놓고 집 안을 살펴볼 수 있었다. 가구는 거의 없었지만, 바로 들어와 살아도 무방할 정도로 집 안은 깨끗하게 정돈되어 있었다. 가장 큰 방에는 침대 매트리스도 있었다. 사내는 단번에 이 집이 마음에 들었다. 사내는 소중하게 들고 다니던 커다란 비닐봉지에서 낡은 외투 하나를 꺼내고는 바로 침대 위에 벌렁 누워 버렸다. 그러고는 낡은 외투를 담요처럼 덮었다. 따뜻하고 푹신하고 편안했다. 아늑한 방 안에서 스프링이 살아 있는 매트리스 위에 누워 보는 게 얼마 만인지 헤아릴 수 없었던 사내는 벌써 5년째 노숙을 하고 있다는 사실을 새삼 깨달았다. 차갑고 딱딱한 바닥에 적응되어 있던 몸은 침대 매트리스 위에 눕자마자 소리치고 있었다. 다시는 바닥으로 돌아가고 싶지 않다고. 뜬금없이 사내의 눈에서 눈물 한 방울이 흘러내렸다. 여기서 평생 살 수 있다면 얼마나 좋을까? 아니 겨울만이라도 이런 곳에서 지낼 수 있다면 여한이 없을 것 같았다. 그동안 사내는 다른 노숙자들과 마찬가지로 무료 보급소 화장실이나 운행이 중단된 지하철역에서 잠을 청하곤 했는데 얼마 전부터 함께했던 노숙자들이 하나둘 모습을 보이지 않았다. 처음에는 구청에서 단속이 나온 것이라고 생각했는데, 아니었다. 연석2동에 빈집들이 늘어나고 있다는 소문이 들리면서 재바른 노숙자들이 초창기 미국 서부의 금광을 차지하기 위해 달려든 개척민들처럼 연석2동에 출몰해 빈집들을 하나둘씩 점령한 거였다. 날씨가 추워지자 사내도 빈집을 하나 가지고 싶은 욕심이 생겼지만 워낙에 경쟁이 치열해서 좋은 빈집은 엄두를 낼 수가 없었다. 그러다 며칠 전 폭발 사고가 일어났다는 소식을 듣고 이 집 주변을 여러 번 배회했다. 다행히 다른 노숙자들은 이 집을 거들떠보지도 않는 눈치였다. 그냥 빈집이 아니라 화재가 일어났던 집이라 집 상태가 온전치 못할 거라 생각했기 때문이다. 다리가 불편한 사내는 다른 노숙자와 경쟁할 필요 없는 이 집이 무엇보다 마음에 들었다. 더구나 집 안으로 들어와 보니 그을린 냄새만 조금

빠지면 새 집이나 다름없었다.

이런저런 만족감에 사내가 스르륵 잠에 빠져들 무렵, 어디선가 인기척 소리가 들렸다. 사내는 본능적으로 벌떡 일어났다. 귀를 쫑긋 세우고 레이더를 돌려 보니 골목을 들어서는 누군가의 발걸음 소리가 들렸다. 사내는 그냥 골목을 지나가기를 바라며 숨을 죽인 채 꼼짝하지 않고 기다렸지만, 발걸음 소리는 집 앞에서 갑자기 멈췄다. 사내는 너무 놀란 나머지 머리카락이 빳빳하게 솟는 기분이 들었다. 노숙 생활을 오래 하며 땅바닥에 누워 살았던 사내였기에 사람들의 발걸음 소리에 민감할 수밖에 없었다. 어쩌면 지금 누군가는 이 집을 뚫어지게 노려보고 있을지도 몰랐다. 절름발이 사내가 그랬던 것처럼. 간혹 살기 좋은 빈집을 사수하기 위해 노숙자들끼리 다툼이 있다는 걸 아는 사내는 또 다른 노숙자가 이 집을 노리고 있을지도 모른다고 생각하자 아랫입술까지 파르르 떨렸다. 화장실에라도 숨어 보려고 엉거주춤 일어서던 사내는 도로 풀썩 주저앉고 말았다. 현관문이 귀신의 집 소품처럼 벌컥 열렸기 때문이다.

*

"이걸 그냥 다 보여 주지 말고, 중간중간 편집해서 조금씩 날려 보는 건 어때요?"

"그러면 훨씬 긴장감은 있겠네요. 자막도 추가해 보면 어떨까요?"

"당연하죠. 역시 센스가 있네."

"누님 말대로 하니까 확실히 조회 수가 잘 나오는 거 같아가지고. 하하!"

"근데 영상을 보니까. 진짜 많이 변하긴 했네. 우리 테오."

"그렇죠. 처음 봤을 때만 해도 사람들이랑 눈도 못 맞추고 자기 말만 하던 사람이었는데, 요즘 봉사 활동 하는 거 보면 완전 다른 사람 같다니까요."

"지금은 말도 훨씬 빨라진 거 같고. 그리고 보면 저 인간 진짜 이상해. 뭔가 짐작이 안 된다고나 할까? 투명하게 순진할 줄 알았는데, 또 그렇게 만만한 사람은 아니고. 지금 보면 또 잘 모르겠어. 도통 속을 모르겠다니까."

"근데, 그렇게 크게 말씀하시면 다 들릴 것 같은데."

"겉보기엔 간땡이가 클 것 같은데, 또 가만 보면 엄청 소심해. 저기 봐. 헤드폰에서 음악 소리 크게 나고 있잖아!"

공유 오피스가 되어 버린 차고에서 고희와 명석은 어느새 한 팀처럼 움직이고 있었다. 명석의 정체에 대해 의심했던 고희는 명석이 찍어 온 동영상을 보고 마음이 달라졌다. 명석의 영상에서 테오는 완전히 다른 사람으로 보였다. 테오가 조금씩 사회화되어 가고 있는 이유도 있었지만, 고희는 테오를 바라보는 명석의 시선이 따뜻하기 때문이라고 생각했다. 누군가에게 이런 시선을 보낼 수 있는 사람이라면 분명 나쁜 짓을 할 사람은 아닐 거라고 결론을 내린 것이다. 덕분인지 동영상 구독자들의 반응도 좋았다. 처음에는 그저 테오의 동선을 따라 찍기만 했는데도 입소문을 탔는지 구독자 수가 조금씩 늘었다. 그러자 동영상 편집에 일가견이 있는 고희가 나서서 요즘 유행하는 편집과 자막 스타일을 적용해 보자고 제안했다. 몰래 찍기 때문에 대부분의 영상이 흔들렸고, 남의 집을 찍는 경우가 많아 모자이크 처리를 해야 하는 부분도 많아서 편집의 묘미가 절대적으로 필요한 영상이기도 했다. 고희의 오지랖 덕분에 명석의 채널은 점점 더 테오의 개인 브이로그가 되어 가고 있었지만, 테오는 귀마개를 하거나 커다란 헤드폰을 끼고 음악을 듣고 있는 경우가 많아 두 사람이 차고에서 어떤 일을 벌이는지 전혀 모르는 눈치였다.

"근데, 언제부터 저렇게 외골수였어요? 물론 그래서 가진 능력이 극대화된 것 같지만."

"예민하고 까칠한 부분은 있어도, 초등학교는 다닐 수 있을 정도였는데."

"아, 학교에 다니긴 했군요?"

"내 기억으로는 저 인간 5학년 때인가? 그때부터 학교 때려치우고 저렇게 돌아이처럼 여기 차고에 틀어박혀 살았지."

"그래요? 사춘기가 엄청났었나 보네."

고희는 헤드폰을 끼고 눈을 감고 있는 테오를 쳐다보며 옛 기억을 떠올렸다. 테오는 남들보다 초등학교를 1년 늦게 들어갔다. 또래보다 팔다리는 길었지만, 너무 마르고 여린 체형이던 테오가 못내 걱정이 되었던 부모님은 테오에게 학교생활에 적응할 수 있는 시간을 주기 위해 입학을 미루고 사회성을 기를 수 있는 체험 학습을 시켰다. 하지만 1년이 지나도 테오는 변함이 없었다. 1년 늦게 학교에 들어가게 되었지만, 부모님의 걱정을 알고 있을 정도로 영특했기 때문에 어떻게든 학교생활에 적응해 보려고 노력했다. 하지만 역시나 테오의 학교생활은 녹록하지 않았다. 그나마 고희가 학교에 입학하면서 테오의 학교생활도 조금 나아졌다. 무리 속에서 늘 약자였던 테오를 괴롭히는 친구들을 고희가 자연스럽게 정리해 주었기 때문이다. 어느 정도 학교생활에 적응을 하자, 테오는 자연스럽게 주변을 방관하는 관찰자가 되어 버렸다. 학교라는 공간에 모여든 사람들에 대해 테오는 나름의 데이터를 정리하고 분석했다. 과도하게 쏟아지는 자극을 피할 수 없다면 그렇게라도 흡수하고 정돈해야 버틸 수 있었다. 그러다 5학년 2학기의 어느 날, 테오는 옆자리에 앉은 윤서에게서 심상치 않은 흔적들을 발견하게 되었다. 처음에 테오는 윤서가 자신처럼 예민하고 소심한 아이라고 생각했다. 작은 소리에도 깜짝 놀라고, 누군가 경계심 없이 다가서기라도 하면 아주 민감한 반응을 보였기 때문이다. 그러다 윤서의 팔과 손목에 곰팡이처럼 피어 있는 멍 자국을 발견한 테오는 직감했다. 윤서가 누군가로부터 학대를 당하고 있다는 것을. 테오는 자기 자신을 감당하는 것만으로도 벅찼지만, 무지막지한 폭력을 혼자서 감당하고 있는 윤서를 그냥 외면할 수가 없었다. 사실 같은 반 아이들로부터 당했던 폭력은 테오 스스로 선택한 부분도 없지 않았다. 말이 통하지 않는 존재에게 대항하는 것 자체가 에너지 낭비라고 생각했던 테오는 그들이 흥미를 잃어버릴 때까지 그냥 맞으면서 버텼던 것이다. 그러다 고희의 엉뚱한 개입으로 폭력이 사라지는 경험을 한 테오는 윤서에게도 그런 경험을 만들어 주고 싶었다. 테오는 뛰어난 관찰력과 추리력으로 윤서가 아버지로부터 학대를 당하고 있다는 사실을 알아냈다. 5학년 꼬마 혼자서는 절대 해결할 수 없다고 판단한 테오는 바로 담임선생님을 찾아갔다. 담임선생님은 먼저 찾아와 상담을 요청하는 테오를 보고 적지 않게 놀랐지만, 테오의 느리고 정돈되지 않은 말을 참을성 있게 들어 주었다. 테오의 이야기를 다 듣고 역시나 놀란 담임선생님은 잠시 고민하다가 폭력과 관련된 여러 기관에 도움을 요청했다. 그리고 윤서를 불러 피해 사실을 상세하게 확인했다. 당황한 윤서는 학대 사실을 부인했지만, 담임선생님 역시 온몸에 퍼져 있는 학대의 흔적들을 보고 테오와 같은 판단을 내릴 수밖에 없었다. 결국 여러 기관 사람들의 도움으로 윤서를 학대했던 아버지는 경찰 조사까지 받게 되었다. 테오는 내색하지 않았지만, 처음으로 누군가에게 도움이 되었다는 생각에 내심 우쭐한 기분이 들기도 했다. 하지만 그날 이후 윤서는 더 이상 학교에 나오지 않았다. 테오는 불길한 예감이 들었고, 그 예감은 틀리지 않았다. 경찰 조사를 받고 나온 윤서의 아버지가 화풀이로 폭력을 행사하다가 윤서가 사망하는 사건이 발생한 것이었다.

"그 소식 듣고 바로 쓰러져서 며칠 병원에 입원까지 했었지."

"설마 그것 때문에 학교도 그만둔 건가요?"

"그 이유가 컸지. 그래서 그때 병원에도 갔었고. 그 이후로 부모님도 테오에게 뭐라 하지도 못하고 지금까지 혼자 저렇게 세상과 담을 쌓고 살았던 거지."

"우리 형님 능력만 뛰어나신 줄 알았는데, 엄청 낭만적인 분이셨네."

"뭐가 낭만적이야. 바보 같은 거지."

"아님 인간적이라고 해야 하나? 암튼 지금은 조금씩 나아지고 있으니 다행이네요."

"그러고 보면 회사 그만두고 집으로 들어온 내 덕이 크다니까? 결국 나 때문에 집 보러 다니다가 재능도 발견하고, 이제 브이로그 스타에 부동산 탐정까지 될 거니까!"

그때 갑자기 테오가 소파에서 벌떡 일어났다. 고희는 깜짝 놀라 입을 틀어막았고 명석은 컴퓨터 모니터를 꺼 버렸다. 테오는 천천히 헤드폰을 빼더니 외출 준비를 했다. 눈치를 보던 명석이 서둘러 테오를 따라나설 채비를 했다. 그런데 고희가 명석의 어깨를 잡더니 고개를 절레절레 흔들었다. 테오가 안쪽 계단을 통해 집 마당으로 올라가고 있었기 때문이다.

"텃밭 정리하러 가는 거야."

"어떻게 알았어요?"

"장갑 끼는 거 보고. 그것도 목장갑으로."

"역시 가족은 다르구나."

"저 인간 생각은 잘 모르겠지만, 생활 패턴은 비교적 단순하니까."

"근데, 사업 계획서는 잘되어 가고 있는 거죠?"

"거의 다 되긴 했는데 걱정이네."

"그렇죠. 형님이 어떻게 나올지."

13.
고양이
할머니네
집

겨울이라는 핑계로 버티던 테오는 낮 기온이 영상으로 올라간다는 소식을 듣고 앞마당에 있는 텃밭으로 올라갔다. 겨우내 얼었던 땅이 아직 시멘트 바닥처럼 단단했지만, 호미를 들고 두드리자 각설탕 부서지듯 쉽게 부스러졌다. 겨우내 얼었던 토마토와 온갖 잡초의 뿌리들은 썩지도 않고 무시무시한 거미줄처럼 땅속에 그대로 박혀 있었다. 혹시나 이대로 두면 봄에 토마토 나무가 다시 자라지 않을까 하는 착각도 들었지만, 테오는 모질게 박혀 있던 뿌리들을 다 뽑아내기로 마음먹었다. 과거의 망령들이 새로운 싹을 틔워야 하는 땅을 붙잡고 있는 것 같았기 때문이다. 언제나 그랬다. 누군가 경험했던 길을 따라가기만 하면 좀 더 쉽게 무언가를 얻을 수 있을 거라고 생각하지만, 세상은 무언가를 그렇게 쉽게 내어 주는 법이 없었다. 토마토를 키우는 일도 마찬가지였다. 제대로 된 싹을 틔우려면 거칠고 모진 흙을 제대로 솎아 줘야 한다. 죽은 뿌리들을 모두 걷어 내자 어느새 텃밭 한편에 뿌리 시체들이 수북이 쌓였다. 겨울잠을 자고 있던 싸늘한 흙을 열심히 솎아 주는 사이 테오의 이마에도 땀이 송골송골 맺혔다. 봄이 아직 오지 않았지만 햇볕이 너무 좋은 날이었다. 햇볕을 담은 바람 한 자락 속에 봄 냄새가 살짝 묻어나는 것 같기도 했다. 흙과 땀이 묻어 축축해진 목장갑도 탁탁 털어 빨랫줄에 걸고 집게로 살짝 집어 놓았다. 간만에 따뜻한 햇살을 보니 언젠가 맛있게 먹었던 말린 토마토가 생각나 군침이 돌았다. 그때 휴대폰이 울렸다. 임서라였다.

"네, 그리로 가겠습니다."

무언가에 얽매이는 것이 무엇보다 싫었던 테오는 이제 어디든 불러만 주면 달려가는 예스맨이 되어 있었다. 테오는 그럼에도 불구하고 이 일을 계속하고 있는 자신이 신기했다.

"평소 잘 알고 지내는 분인데 아마도 이 동네에선 나보다 유명한 분일 거야."

평범해 보이는 다가구주택 앞에서 임서라는 약간 상기된 얼굴로 집주인에 대해 설명하고 있었다. 그러고 보면 임서라가 소개시켜 준 집주인들은 모두가 임서라와 잘 아는 사이였다. 테오는 임서라가 인맥을 자랑하는 스타일이 아니라는 것을 알고 있었지만, 늘 똑같은 말로 사람들을 소개하는 이유를 이해할 수 없었다. 문득 테오는 임서라가 어떤 집에 살고 있을지 궁금해졌다. 어떤 사람인지 집을 보면 분명하게 알 수 있을 것 같았다. 하지만, 또 그렇기 때문에 임서라는 테오에게 자신의 집을 절대 보여 줄 것 같지 않았다.

"뭐가 유명한 분인지 안 궁금해?"

"들어가 보면 알겠죠. 그보다 오늘은 제가 뭘 하면 될까요?"

"집 여기저기 손볼 곳이 많나 봐. 테오가 한번 살펴보고 고칠 수 있는 부분을 알려줘. 미안해서 말하지 않을 수도 있는 분이라서. 근데 오늘은 그 폭탄 머리 안 따라왔네?"

임서라는 제법 상큼하게 웃는다고 웃었지만, 굉장히 어색하고 가식적인 웃음이라 얼굴이 이상하게 일그러져 보였다. 왜 저렇게 자신이 좋은 사람임을 알아 달라고 애를 쓰는 건지 테오는 이해할 수가 없었다.

문이 열리자 70대로 보이는 할머니가 임서라를 반갑게 맞았다. 임서라는 역시나 평소 목소리보다 두 배는 높은 톤으로 호들갑을 떨며 반갑게 인사했다. 테오는 그런 임서라가 여전히 적응되지 않았다. 차라리 소란스럽고 거친 고희의 목소리가 나아 보일 정도로. 두 사람이 반가운 인사를 나누는 사이 테오는 할머니에게 꾸벅 인사를 하고 바로 신발장을 훑어보았다. 그런 테오를 보고 할머니는 임서라에게 누구냐고 묻는 눈짓을 보냈다. 임서라는 집수리를 맡길 사람이라고 가볍게 대답했다. 할머니는 신발이 몇 개 없어서 그런지 신발장을 재활용 쓰레기 분리수거함으로 사용하고 있었다. 이 집은 누가 봐도 할머니 혼자 사는 집이었다. 집 안에 들어서자마자 테오는 자신도 모르게 감탄사를 내뱉었다. 할머니의 거실과 베란다는 온통 화초와 식물들로 가득 차 있어서 마치 커다란 온실에 와 있는 느낌이었다. 이름을 모르는 여러 화초들은 물론 베란다 한쪽에 토마토 모종이 예쁘게 자라고 있었다.

"겨울인데 토마토를 키우시네요."

"여기가 워낙에 볕이 좋아서 심어 봤는데 모종이 자랐더군요. 지금부터가 문제지만."

"이건 혹시 식물 키우는 LED인가요?"

"그렇다고 하는데 어떻게 써야 할지를 몰라서 한 번도 못 썼네요. 누가 선물을 준 거라서. 근데 식물을 좋아하시나 봐요. 젊은 총각이."

"식물이라기보다 토마토를 좋아합니다."

"아, 토마토! 그럼 토마토 모종 하나 드릴까요?"

"너무 감사하지만, 저희 집 실내 공간은 이렇게 볕이 좋지 않습니다."

"그럼, 이것도 같이 가져가 봐요."

할머니는 스탠드처럼 생긴 LED 조명을 손가락으로 가리켰다. 태어나 처음으로 누군가의 물건을 받고 싶은 마음이 생겼지만, 테오는 차마 받고 싶다는 말을 하지 못했다. 어색한 기류가 잠시 흐르자, 임서라는 헛기침을 하며 테오에게 해야 할 일을 빨리 하라고 부추겼다. 테오는 할머니에게 꾸벅 인사를 하고, 다시 집을 돌아보기 시작했다. 부엌과 거실의 구분은 식탁이 하고 있었고, 거실과 베란다의 구분은 화초들이 하고 있어서 집 전체가 커다란 온실 카페 같았다. 거실에 비해 안방은 작은 편이었지만 침대가 없어서 많이 작아 보이지 않았다. 오히려 방에 비해 화장실이 엄청 넓었다. 아늑해 보이는 거실과 다르게 화장실은 커다란 타일로 되어 있어, 학교 식당 조리실 같은 착각도 들었다. 가구와 각종 물건들이 두서없이 널려 있는 것 같았지만, 왠지 모르게 어울려 보였다. 전체적으로 따뜻하고 밝은 온실 느낌과 함께 모든 가구와 인테리어가 패브릭 소재로 꾸며져 있어서 집이 무척 포근하게 여겨졌다. 포근함 때문인지 기분이 말랑말랑해진 테오는 조금 이질감이 느껴지는 문 하나를 발견했다. 부엌 옆에 있는 것으로 보아 아마도 다용도실로 향하는 문일 것이다. 조심스럽게 문을 열고 들어가니 작은 통돌이 세탁기가 있었고 한쪽 벽면 공간에 고양이 모래와 고양이 사료가 가득 쌓여 있었다. 할머니 집 어디에도 고양이를 키우는 흔적을 볼 수 없었는데, 저렇게 많은 양의 사료와 모래는 어디에 쓰이는 걸까? 테오의 마음을 알아차렸는지 뒤에 서 있던 할머니가 친절히 설명을 덧붙여 주었다.

"동네 길고양이들이 겨울이 되면 우리 집 보일러실에 와서 겨우살이를 하거든."

"제가 아까 말했죠? 유명한 분이라고. 연석동 고양이 할머니!"

"에이, 그냥 겨울에만 잠자리 제공하는 건데, 뭘."

할머니는 3층을 온전히 쓰고 있었지만, 면적의 반이 2층 옥상으로 되어 있어서 할머니의 집은 마치 옥탑방처럼 보였다. 거실 채광이 좋은 이유도 그 때문이었다. 아마도 할머니는 2층 옥상 공간에 숨어든 길고양이들을 위해 겨울이면 보일러실 공간까지 개방하는 모양이었다. 테오는 마당처럼 넓은 2층 옥상으로 나가 보고 싶었지만, 베란다를 온통 화초들이 차지한 터라 나가 볼 수가 없었다. 이런 구조라면 아마도 다용도실 반대편에 보이는 쪽문이 보일러실이고, 그 보일러실 바깥문이 바로 2층 옥상과 연결되어 있을 것이었다. 테오는 묻지도 않고 다용도실 반대편 문을 벌컥 열었다. 후다닥. 무언가가 재바르게 사라지는 소리가 들렸다. 그와 동시에 보일러 돌아가는 소리가 윙 하고 울렸다. 보일러실에는 커다란 매트리스와 여러 장의 담요, 그리고 고양이 사료와 고양이 모래 통이 군데군데 놓여 있었다. 집 안 전체에서 흐르던 포근한 패브릭 느낌은 이 공간에도 넘쳐흘렀다. 테오가 보일러실에 발을 들여놓자, 여기저기 놓여 있던 담요에 숨어 자고 있던 고양이들이 나름의 방식으로 몸을 떨면서 예민함을 드러냈다. 테오가 놀란 것은 고양이들 때문이 아니라 보일러실 바닥에 난방이 되고 있어서였다. 그런데 어디선가 찬 바람이 훅 하고 들어왔다. 보일러실 바깥문이 살짝 열려 있었다. 테오는 고양이들에게 괜히 미안한 마음이 들어 보일러실 바깥문을 닫으려고 팔을 뻗다가 매트리스를 가까이서 보고 멈칫했다. 방금까지 누가 누워 있던 것처럼 꽤 넓은 면적이 움푹 들어가 있었다. 매트리스에 가만히 손을 대어 보니 신기하게도 체온만큼의 따뜻함이 묻어 있었다. 덕분에 이 집의 포근함에 잠시 무뎌졌던 테오의 예민한 센서가 날을 세우기 시작했다.

　"테오 씨! 다 둘러봤으면 이제 수리할 곳을 찾아봐야죠!"

　임서라의 목소리에 테오는 깜짝 놀라 매트리스에서 손을 뗐다. 그러고는 아무 일도 없었다는 듯이 다용도실 쪽으로 성큼성큼 걸어가 보일러실 문을 닫았다. 문틈 너머로 고양이의 신경질적인 울음소리가 아득하게 들렸다. 갑자기 예민해진 자신의 센서가 버거웠던 테오는 다시 혼잣말을 하기 시작했다.

"강화마루가 깔려 있는 것으로 봐서는 바닥 난방 공사를 하신지 얼마 되지 않은 것 같고, 창호는 조금 오래된 것 같지만 워낙에 좋은 제품이라 교체나 수리할 필요가 없을 것 같습니다. 문제는 싱크대 문들이 약간씩 비틀어져 있는 건데, 아귀가 맞지 않는 상태라 문이 제대로 닫히지 않았을 겁니다. 저 위에 싱크대 문들은 잘못 열었다가는 떨어져 나갈 수도 있어 보이니 수리가 필요합니다. 마지막으로 화장실의 경우 샤워기 거치대가 떨어져 있어서 샤워기를 사용하실 때 무척 불편하실 것 같습니다."

"어머, 아직 얘기도 안 했는데 그걸 다 어떻게 아셨대?"

"제가 전문가라고 말씀드렸잖아요. 혹시 또 불편하신 거 있으면 말씀해 주세요!"

"아휴, 다른 건 없어요. 그냥 싱크대랑 샤워기 거치대만 고쳐 주면 돼요. 근데 이런 걸 진짜 부탁해도 되는 건가 모르겠네."

할머니가 망설이는 사이 테오는 다시 화장실로 들어가 떨어져 나간 샤워기 거치대 주변을 유심히 살폈다. 그리고 무언가를 깨달은 사람처럼 멍하니 서 있다가 혼자 고개를 끄덕였다. 할머니는 테오가 뭘 하는지 궁금했는지 주변을 자꾸만 기웃거렸다. 테오는 여전히 거치대를 쳐다보며 조심스럽게 물었다.

"할머니, 혹시 자녀분들이 자주 찾아오시나요?"

"실은 내가 자식이 없어요."

"아, 죄송합니다."

"아이, 뭘 그런 걸 가지고. 아이가 없었다가 늦둥이를 하나 낳긴 했는데 그만 어릴 때 놓쳐 버렸지 뭐야. 살아 있으면 아마도 청년 나이 또래였을 거 같은데."

"죄송합니다. 지금은 장비가 없으니 내일 저녁에 다시 와서 바로 수리해 드리겠습니다."

"아이고, 그래 줄 수 있어요? 정말 고마워요."

*

"혹시 시간 있어요?"

"저요? 그럼요! 없어도 있죠."

"공구나 이런 거 잘 다루는 것 같던데, 오늘 저 좀 도와주세요."

명석은 테오의 부탁에 몸 둘 바를 몰라 했다. 자신도 모르게 자꾸만 새어 나오는 웃음을 감추기 위해 입을 틀어막으면서도 부지런히 외출 준비도 해냈다. 이를 지켜보던 고희도 깜짝 놀라 무슨 일이냐고 물었지만, 테오는 대답이 없었다. 외출 준비를 끝낸 테오의 어깨에는 평소와는 다르게 커다란 검은색 가방이 걸려 있었다. 고희는 입을 삐죽거리며 명석에게 카메라를 챙기라고 신호를 보냈지만, 명석은 고개를 절레

절레 저으며 오늘은 그냥 가겠다는 의지를 보였다. 사실 명석은 테오를 따라다니며 테오의 모습을 몰래 찍어 올리는 일이 영 마음에 걸렸다. 고희는 괜찮다고 했지만, 언젠가부터 테오를 동경하는 마음으로 바라보고 있던 명석에게 그런 행동은 기만이고 아이러니였다. 그런데 오늘은 처음으로 테오가 먼저 함께 어딘가를 가자고 부탁을 했다. 항상 자신을 투명 인간 취급했던 테오가 처음으로 자신을 인정해 주는 것만 같아 명석은 자꾸만 입꼬리가 올라갔다.

"자, 그럼 어디를 먼저 가야 할까요?"

"공구 세트랑 부품? 그런 걸 좀 사야 하는데 제가 잘 모르거든요."

"아, 그런 거라면 제가 잘 알죠. 단골 가게가 있으니 일단 거기로 가시죠."

명석은 어깨가 하늘만큼 올라가서 내려올 줄을 몰랐다. 명석은 들뜬 표정으로 걸어가면서도 내내 테오를 힐끔거렸다. 아무래도 믿기지 않았다. 테오가 먼저 말을 걸고 도움을 요청하는 날이 이렇게 빨리 올 줄은 전혀 상상하지 못했다. 문제는 이런 와중에도 명석의 죄책감이 자꾸만 고개를 내밀었다는 것이다. 마음에 무언가를 쌓아 두지 못하는 명석은 결국 묻지도 궁금해 하지도 않은 말을 불쑥 꺼내 버렸다.

"정말 죄송합니다."

"뭐가요?"

"제가 허락도 없이 형님 영상을 찍어서 제 채널에 올리고 있었습니다."

"알고 있어요."

"네?"

"근데 왜 편집을 하기 시작했어요? 난 처음에 그냥 올렸던 영상이 더 좋던데."

테오가 싫은 기색 하나 없이 담담하게 이야기하자, 명석은 감동을 받았는지 아무 말도 못 하고 울먹거렸다. 천방지축이었던 어부 베드로가 예수님의 부르심을 받고 사람을 낚는 어부가 되었던 것처럼 명석은 테오의 부름을 받고 나서야 진짜 인간으로 인정받은 기분이었다. 그동안 가지고 있던 죄책감도 눈물과 함께 사라지면서 명석은 새로운 다짐과 함께 테오를 위해서는 무슨 일이든 할 수 있을 것 같은 의지가 생겼다. 힘찬 발걸음으로 골목을 돌아 나오는데, 갑자기 테오가 걸음을 멈췄다. 자동적으로 명석의 발걸음도 멈췄다. 테오의 시선이 머문 곳엔 얼마 전 폭발 사고가 일어났던 하얀 집이 있었다. 하얀 집은 그을음을 뒤집어쓴 채 검은 집이 되어 있었다. 지붕과 함께 창문이 날아간 3층 어딘가에 실루엣 하나가 보였는데, 테오는 그 사람을 노려보고 있었다.

"저 사람 누구예요? 혹시 아는 분?"

테오는 고개를 끄덕이더니, 갑자기 발꿈치를 들고 살금살금 걷기 시작했다. 명석은 영문도 모르고 테오를 따라 사뿐사뿐 뒤따라 걸었다. 아마도 3층에 있는 누군가와 마주치고 싶지 않은 모양이었다.

"안녕하세요! 오랜만이네요!"

누가 봐도 어색한 걸음으로 지나가는 테오를 보고 3층에 있던 제영이 먼저 인사를 건넸다. 제영의 인사에 깜짝 놀란 테오는 꾸벅 인사를 하고 바로 달리기 시작했다. 뒤따르던 명석 역시 제영에게 배꼽 인사를 하고 테오를 따라 뛰었다. 제영은 기가 막힌다는 표정으로 테오가 보이지 않을 때까지 계속 노려봤다.

작업에 필요한 공구와 부품들을 사서 고양이 할머니 집 앞에 도착한 테오는 2층 옥상 난간으로 고개를 내민 고양이들과 눈이 마주쳤다. 늦겨울이라 기온이 올라가긴 했지만, 아직도 날씨가 꽤 쌀쌀했다. 명석은 고양이들을 보더니 갑자기 휴대폰을 꺼내 사진을 찍기 시작했다.

"키메라 고양이다!"

제일 가까운 난간에 목을 빼고 있는 고양이의 얼굴이 매우 특이했다. 얼굴 한쪽엔 갈색 털이, 다른 한쪽엔 검은색 털이 나 있어서 신비로워 보이기까지 했다. 키메라. 테오는 그리스 신화에 나오는 '머리는 사자인데 몸은 양, 꼬리는 뱀'을 닮은 전설의 괴물이 떠올랐다. 남들과 달라서 주목받는 생물체들은 대개 두 가지 경우로 나뉘는데, 남들과 다르다는 이유로 괴물로 취급받다가 진짜 괴물이 되거나 남들과 달라 신비로워 보인다는 이유로 평생을 외롭게 사는 경우였다. 테오는 자신은 어느 쪽일지 문득 궁금했다. 괴물이 되거나 외롭거나. 물론 테오는 그 어떤 것도 되고 싶지 않았다. 호들갑을 떨며 사진을 찍어 대는 명석을 멍하니 바라보다가 테오도 휴대폰을 꺼내 키메라 고양이를 무심코 찍었다.

"아이고, 오셨어요?"

3층 문이 열리더니 할머니가 테오와 명석을 반갑게 맞았다. 명석이 키메라 고양이를 보고 호들갑 떠는 소리가 3층까지 들린 모양이었다. 테오는 할머니에게 허리를 숙여 깍듯이 인사하고 명석을 데리고 집 안으로 들어갔다.

하늘 높은 줄 모르고 떠 있던 해가 서서히 기울더니 어느새 긴 그림자를 만들어 낼 무렵이 돼서야 명석은 홀로 고양이 할머니 집에서 나왔다. 테오의 검은색 가방을 든 명석의 표정은 왠지 모르게 서운한 기색이었다. 해가 자취를 감추고 골목 가로등이 완전히 켜지고 나서야 테오도 고양이 할머니 집을 나섰다. 어둠이 내린 상태라 표정은 알아보기 힘들었지만, 테오의 두 손에는 토마토 모종과 식물 재배용 LED 등이 들려 있었다.

*

"한정숙, 75세. 10년 전 남편이 죽고 혼자 본인 명의의 다가구주택 3층에 살고 있다가 시신으로 발견되었습니다. 최초 신고자는 2층에 살고 있던 세입자였는데, 매일 아침 운동을 하시던 분이 보이지 않아 걱정이 되어 올라갔다가 시신을 보고 신고했다고 합니다. 시신 목 뒤쪽에서 주삿바늘 자국이 있었고, 한정숙 씨가 돌보던 길고양이 일곱 마리 역시 보일러실에서 죽어 있었습니다."

"부검 결과는 나왔나?"

"정확한 결과는 아직입니다."

"이거 아무래도 골치 아파지겠는데?"

"제가 누누이 말씀드렸잖아요. 이거 연쇄 살인입니다. 그것도 연고자 없이 혼자 사는 사람들만 죽이고 다니는 악질입니다."

"조용히 좀 말해. 기자들 귀에 먼저 들어가면 진짜 큰일 난다고!"

"처음에는 교묘하게 지병을 이용해서 죽이더니 지난번 폭발 사건 때부터 범행이 점점 과감해지고 있습니다. 그러니까 제발 제대로 조사할 수 있게 해 주세요!"

"알았어. 일단 부검 결과 나오고 나서 다시 얘기하자고!"

제영은 그동안 일어났던 의문사들조차 제대로 수사할 수 없는 상황이었다. 무연고자들의 사망이라 형식적인 부검과 병원 진료 기록만을 참고해서 사망 원인을 찾았기 때문이다. 결국 지난번 녹색 대문 집 사건과 하얀 집 폭발 사건에서 발견된 증거들 덕분에 제영은 살인 사건이라 주장할 수 있었다. 그런 와중에 오늘 또 다른 살인 사건이 발생한 것이다. 제영은 사건을 정식으로 수사할 수 있다는 기쁨보다 안타까움이 앞섰다. 조금만 더 빨리 살인 사건으로 수사를 할 수 있었다면 오늘 피해자는 구할 수 있었을지도 몰랐다. 어쨌든 이제 살인 사건, 아니 어쩌면 연쇄 살인 사건일지도 모를 수사가 본격적으로 진행될 예정이었다. 제영은 느슨해진 신발 끈을 다시 조이며, 초조하게 부검 결과를 기다렸다.

*

"우와, 차고에서 며칠 지났는데 아직 싱싱하네. 이제 실내에서 토마토를 키울 수 있는 건가?"

"그렇다고 하는데 키워 봐야 알지."

"어디서 보니까 스마트 팜이라고 화분 자체에 LED가 달려서 나오는 것도 있더라."

"근데 그건 아직 잎채소만 가능한 거 같던데."

"어쨌든 겨울에도 이렇게 집 안에서 키울 수 있으니까

좋네."

"열매까지는 무리고 모종까지 키우다가 날 따뜻해지면 바로 텃밭에 옮겨 심어야지."

테오가 가져온 토마토 모종과 스탠드 LED 등 앞에서 고희와 명석까지 옹기종기 모여 앉아 수다를 떨고 있었다. 그냥 창백해 보이는 형광등 불빛 같았는데 이런 빛도 식물에게는 햇빛과 같은 에너지가 될 수 있다는 사실이 무엇보다 신기했다. 덕분에 차고 안은 오랜만에 따뜻하고 화기애애한 분위기였다. 그때 누군가 차고 문을 두들겼다. 명석이 문을 열어 보니 제영과 재욱이 서 있었다.

"어? 이분 저번에 하얀 집에서 봤던."

"경찰입니다."

"무슨 일로 오셨죠?"

"반테오 씨 안에 계신가요?"

"네. 접니다."

"며칠 전 한정숙 씨 댁에 다녀오신 적 있죠?"

"한정숙 씨가 누구죠?"

"고양이 할머니라고 불린다고 하더군요."

"네, 그런데 무슨 일이죠?"

"한정숙 씨가 그날 이후 사망한 채로 발견되었습니다. 함께 살던 길고양이 일곱 마리와 같이."

고희와 명석은 입을 다물지 못하고 테오를 쳐다봤다. 테오는 놀란 것인지 기분이 상한 것인지 모를 얼굴로 토마토 모종을 뚫어지게 쳐다보고 있었다. 테오와 함께 정숙의 집을 다녀왔던 명석은 얼굴이 하얗게 질려 안절부절못했다. 제영은 한정숙 살인 사건 용의자로 특정되었다며 테오에게 임의동행을 요청했다. 명석은 석고상처럼 굳어서 아무런 말을 하지 못했고, 테오는 놀라기보다 심각한 얼굴로 토마토 모종을 멍하니 바라볼 뿐이었다. 고희는 놀란 마음을 진정시키며 당돌하게 물었다.

　"저기요, 형사님? 테오가 왜 용의자 특정이 된 거죠?"

　"한정숙 씨 사망 추정일이 나왔는데, 그날 반테오 씨가 한정숙 씨 집에 마지막으로 다녀갔더군요. 집 안 곳곳에 지문도 남아 있었고요."

　"그날은 저도 함께 갔었는데요?"

　"김명석 씨는 반테오 씨와 함께 그 집에 있다가 먼저 가신 걸로 확인했는데, 혹시 공범이었나요?"

　"그게 무슨 말도 안 되는 소립니까?"

　명석이 조금 과하게 화를 내며 제영 앞을 막아서자, 테오가 명석의 어깨를 잡았다. 그러더니 아무런 말 없이 외출 준비를 시작했다. 제영은 테오의 느긋하고 태연스러운 모습에 놀란 표정이었다. 명석은 어느새 하얗게 질려서 아무 말을 못 했고, 고희는 정신을 차리고 제영에게 다시 항의했다.

"그냥 참고인 조사도 아니고, 이렇게 막무가내로 용의자 특정을 하는 게 말이 됩니까?"

"그만해. 나도 궁금하니까. 내가 용의자 특정이 된 이유. 준비 다 됐습니다. 가시죠. 형사님."

"저, 저도 함께 가죠. 공범이 아니라 참고인 자격으로."

"됐어. 그동안 도망친 길고양이나 찾아 줘."

테오는 벌벌 떨고 있는 명석을 다독이며 형사들과 함께 차고를 나섰다. 고희는 가슴이 철렁 내려앉았다. 분명 무슨 오해가 있을 거라 생각했지만, 생각 저편에서는 여러 가지 의심이 들었다. 첫 번째 의심은 그날 분명 테오와 함께 명석도 할머니 집에 갔었다는 사실이다. 그날 명석이 집으로 먼저 돌아온 것은 맞지만, 그날 밤 명석이 잠시 사라졌다가 나타난 사실을 알고 있었다. 두 번째는 설마 그럴 리가 없다고 생각하면서도 테오라면 그런 일을 감쪽같이 할 수도 있을 거란 생각이었다. 파리한 불빛을 받으며 잠자코 앉아 있는 토마토 모종을 바라보며 고희는 궁금해졌다. 테오는 이 토마토 모종을 선물로 받은 것일까, 아니면 그냥 들고 나온 것일까?

"혹시 형님이 길고양이를 키운 적이 있나요?"

"갑자기 그게 무슨 소리야?"

"아니, 도망친 길고양이를 찾아보라고 하셔서."

"그 집에서 보호하던 길고양이들은 다 죽었다며?"

"아, 그 집 고양이들 얘긴가?"

"그 집에 고양이가 몇 마리였는데?"

"모르겠어요. 다 세어 보진 않아서."

"근데 길고양이가 죽었는지 도망쳤는지 테오가 어떻게 알아?"

"모르겠어요. 아 맞다! 사진 찍어 놓은 게 있었지."

명석이 휴대폰에서 길고양이 사진을 찾는 사이에 고희는 이럴 때 누구에게 도움을 청해야 할지 생각했다. 그러다 임서라를 떠올렸다. 고희가 생각하기에 주변에 가장 영향력 있으면서 문제 해결 능력이 있는 사람은 임서라밖에 없었다. 지난번 계모 사건 때처럼 이번에도 분명 임서라가 도움을 줄 거라 믿어 의심치 않았다.

*

"설마 지금 묵비권 행사하시는 건가요?"

"아뇨. 뭐라고 하셨죠?"

"그날 한정숙 씨와 나눈 마지막 대화가 뭐였냐고 물었어요."

"글쎄요. 아마도 토마토 모종 이야기였을 겁니다."

"지금 저랑 장난하는 겁니까?"

"제가 왜 장난을 하겠습니까? 살인 누명을 쓰고 여기 앉아 있는데요. 그리고 실제로 그날 저는 할머니가 챙겨 주신 토마토 모종과 LED 등을 가지고 집을 나왔습니다."

"할머니가 챙겨 주신 건지, 그냥 가지고 나온 건지는 아무도 모를 일이죠."

그때 낮은 노크 소리가 들리더니 재욱이 들어왔다. 재욱은 아무런 말 없이 서류 하나를 제영 앞에 내밀었고, 제영은 서류를 보고 짧은 한숨을 쉬었다.

"드디어 제3자의 DNA가 나왔군요?"

"그렇다고 그 사람이 범인이라는 소리도 아니죠."

"물론이죠. 저도 마찬가지고요."

"한정숙 씨 집에 제3자가 머물렀다는 사실을 알았으면서 왜 처음부터 적극적으로 해명하지 않았던 거죠?"

"처음부터 말씀드렸는데 제 말을 믿지 않으셨죠. DNA 결과가 나오면 밝혀질 일이라 더 이상 해명할 필요가 없었습니다."

"그렇다면 제3자가 누군가요? 지금 보니 알고 있는 것 같은데 왜 말을 못 하죠?"

"글쎄요. 아는 것도 같고 모르는 것도 같고."

사건 현장에서 그날 한정숙 집에 방문했던 테오와 명석 이외에 또 다른 DNA가 발견되었다. 제영은 이제 더 이상 테오를 잡아 둘 명분이 없어졌다. 그럼에도 제영은 실망하지 않았다. 비록 확실한 증거를 찾지는 못했지만, 테오가 한정숙 사건과 깊은 관련이 있다는 사실은 확인했기 때문이다.

문득 제영은 테오가 이 시간까지 변호사도 대동하지 않은
채 버티고 있었던 이유도 그 때문일 거라고 생각했다.

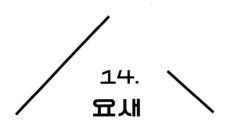

14.
요새

"두부는 괜히 사 왔나 봅니다. 안 드시네요."

"아니, 근데 생각할수록 열받네. 아무리 이상해 보여도 그렇지 어떻게 테오 너 같은 사람을 살인자로 의심하냐고. 거기다 임의동행이라면서 일부러 유치장에 몇 시간씩 가두어 두고 말이야."

"그러게요. 증거도 없이 정황만 가지고. 생각하면 할수록 열받네요."

테오는 고희와 명석이 준비해 온 두부는 거들떠보지도 않고, 창백한 LED 불빛을 머금고 있는 토마토 모종만 쳐다보고 있었다. 그동안 토마토 모종은 조금도 자라지 않은 것 같았다. 마치 고무로 만든 모형처럼 그 자리에 그대로 파리하게 머물러 있었다. 테오의 얼굴도 창백하다 못해 파리해 보였다. 사실 테오는 지금 주체할 수 없는 죄책감에 빠져 있었다. 고희의 집을 구해 주겠다는 평계로 어설프게 세상 밖으로 뛰쳐나온 자신이 지금 이 순간만큼은 원망스러웠다. 무언가 이상하다는 사실을 알고 있었지만, 사실 테오는 무엇을 어떻게 해야 할지 몰라서 같은 자리를 빙빙 맴돌기만 했다. 결과적으로 테오는 자신이 방관자가 아니라 방조자가 되어 버린 사실을 깨달았다. 악의를 가진 사람에게 이용을 당한 것뿐이라고 평계 댈 수도 없었다. 결과적으로 아무것도 하지 않았기 때문에 범죄를 도운 셈이었다. 하지만 과거의 트라우마에 발목이 잡혀 더 이상 방조자가 될 수는 없었다.

"근데 형님도 혹시 저를 의심하셨습니까?"

"아이참, 그게 아니라. 워낙에 명석 씨가 하는 일이 수상쩍어서 잠깐 의심했다는 소린데."

"누님이 글쎄, 제가 범인인데 형님한테 죄를 뒤집어씌웠다고 생각하셨답니다."

"지금은 누구보다 명석 씨 믿는다니까. 지금은 사실 다른 사람이 의심스러워."

"누구요?"

"그런 사람이 있어. 이젠 함부로 말도 못 하겠네. 근데 또 어디 가?"

테오가 갑자기 일어나 외출을 하려고 하자 고희가 다급

하게 물었다. 명석이 따라나서려고 하자, 테오가 손을 들어 제지했다. 혼자 가고 싶다는 얘기였다. 명석과 고희는 어디론 가 급히 나가는 테오를 초조하게 지켜볼 수밖에 없었다. 고 희는 테오에게 미안했다. 테오를 의심했던 형사들을 욕하고 있었지만, 사실 고희는 자신을 욕하고 싶었다. 고희 역시 테 오를 기이한 살인자가 아닐까 의심했기 때문이다. 테오의 남 다름이 늘 놀랍기도 했지만, 또 한편으로는 늘 아슬아슬하 기도 했었다. 남들과 다른 능력을 가진 사람을 바라보는 평 범한 사람들의 시선은 늘 그렇게 이중적일 수밖에 없었다. 하 지만 이제 고희는 명석도 테오도 아닌 제3의 인물을 의심하 고 있었다. 그리고 제3의 인물이 누구인지 테오도 알고 있을 거라 확신했다.

"아무래도 불안한데, 제가 몰래 따라가 볼까요?"

"아니, 그냥 기다려 보자. 어쩌면 저 인간은 우리가 생각 하는 것보다 훨씬 더 뛰어난 사람일지도 몰라."

목적지가 분명한 길을 테오는 비교적 빠른 걸음으로 걸 었다. 수많은 생각의 파편들이 흩어졌다가 다시 모이기를 반 복하며, 간과했던 중요한 퍼즐들이 하나둘씩 맞춰지고 있었 다. 해가 뉘엿뉘엿 땅속으로 숨어들 무렵, 테오는 부자들이 모여 사는 동네에 도착했다. 휴대폰을 꺼내 다시 한번 주소 와 위치를 확인하고 오른쪽 골목으로 들어섰다. 부자 동네들은 다가구주택이 즐비한 동네와 다르게 집과 집 사이의 간격이 넓었다. 그래서인지 거리에 사람이 없었다. 가로등 불빛이 너무 이르다 싶게 빨리 들어오더니, 집집마다 설치되어 있는 CCTV 카메라의 빨간 불빛이 테오의 움직임에 따라 침착하게 움직였다. 골목 끝에 와서야 테오는 발걸음을 멈췄다. 막다른 골목에 위치한 집은 다른 집들보다 두 배 정도 높은 회색 콘크리트 벽에 둘러싸여 있었다. 다섯 걸음 정도 벽에서 물러나야 2층 창문이 겨우 보였다. 바로 뒤에는 집보다 높은 암벽이 버티고 있었고, 삭막한 회색 콘크리트로 만들어져 마치 암벽의 일부라도 되는 것처럼 단단하게 무장되어 있었다. 테오는 옛날의 그 집이 맞는지 다시 한번 확인했다. 작은 뒷산 암벽 앞에 있던 아담한 주택은 사라지고 회색 암벽처럼 생긴 무지막지한 집이 세워져 있었다. 테오는 문득 궁금했다. 새로운 집주인은 왜 예전 집을 허물고 이렇게 요새 같은 집을 지었을까?

아무래도 집주인은 아직 돌아오지 않은 모양이었다. 테오는 반대편 벽에 붙어 집 여기저기를 살피느라 꽤 오랜 시간 서성거렸다. 그때 골목 입구에서 강렬한 헤드라이트 불빛이 번쩍거렸다. 테오는 다소곳하게 쪼그려 앉아 자동차가 집 앞에 멈추기만을 기다렸다. 골목 안으로 들어온 자동차의 헤드라이트 불빛이 눈동자를 내내 비추고 있었지만, 테오는 눈을 감지 않았다. 앞으로는 현실을 직시하는 일을 절대 피하지 않겠다는 듯이. 테오의 바람대로 자동차는 테오 맞은편에 거짓말처럼 멈췄다. 테오는 벌떡 일어나는 것처럼 보였지만 이제라도 도망칠까 아니면 숨어 버릴까 고민하고 있었다.

"혹시, 테오니?"

임서라가 테오를 알아보고 차에서 내리지 않았다면, 테오는 아마도 어디론가 숨어 버렸을지도 몰랐다. 임서라의 목소리를 듣자, 테오의 나대던 심장은 차분하게 내려앉았다. 삐뚤어진 모자를 고쳐 쓰고 테오는 용감하게 임서라 앞으로 걸어갔다. 테오가 임서라에게 다가서자 고 비서가 운전석에서 급하게 내렸다.

"무슨 일이야? 이 시간에 여기까지."

임서라가 왼손으로 고 비서를 제지시켰다. 언제나처럼 친절하지만 친밀하진 못한 표정으로 임서라는 테오를 쳐다보고 있었다.

"경찰서에서 오늘 나왔습니다."

"안 그래도 고희가 전화했었어. 근데 변호사도 쓰지 않았다던데 어떻게 나왔어?"

임서라는 걱정하는 얼굴로 테오에게 물었다. 테오는 임서라의 어색한 표정을 보면 이상하게 웃음이 나왔다. 다행히 웃음은 테오의 무심한 얼굴에 비치지 않고 금세 사라졌다.

"저는 범인이 아니니까요."

"그거야 그렇지. 암튼 다행이다. 근데 또 다른 용의자는
나왔니?"

"글쎄요. 잘 모르겠네요."

"그 누구더라, 맨날 쫓아다니던 폭탄 머리 남자, 나는 그
남자가 의심스럽던데."

"그 사람은 아닙니다."

"그래, 뭐 어쨌든 다행이다. 근데 그거 말해 주러 온 거
야?"

"아뇨. 부탁드릴 게 있어서."

"왜, 또 무슨 곤란한 일이라도 생긴 거야?"

"아뇨. 혹시 지금이라도 저를 '정화산업개발'의 정식 직
원으로 채용해 주실 수 있나요?"

임서라의 미간이 드라마틱하게 움찔거렸다. 갑자기 회사
에 들어오겠다는 테오의 의중이 아무래도 수상한 모양이었
다. 하지만 테오는 임서라의 반응보다 자신이 임서라를 똑바
로 쳐다보며 말을 하고 있다는 사실에 놀라고 있었다. 임서
라 역시 그 사실을 인지했는지 테오를 바라보는 눈빛이 예사
롭지 않았다.

"혹시 경찰서에서 무슨 일이 있었던 거야? 예전엔 그렇게
권해도 꿈쩍도 안 했잖아."

"경찰 조사를 받아 보니, 사람은 역시 직업을 가져야겠
다는 생각이 들더군요. 제가 직업도 없는 백수라서 경찰에선

연쇄 살인범이라고 확신하는 것 같았거든요."

테오의 말에 임서라는 웃음을 지으며 공감하고 이해하는 척했지만, 부탁을 들어줄 생각은 없었다. 그렇다고 테오의 부탁을 거절할 수도 없는 상황이었다. 실제로 임서라는 여러 번 테오에게 정식 직원이 되어 달라고 요청했었고, 마음이 바뀌면 언제라도 얘기해 달라고 부탁했었다. 더구나 며칠 전 고희의 부탁도 단칼에 거절했던 임서라였다.

"에고, 그랬구나. 그럼 내일부터 당장 출근해. 근데, 사건 관련해선 완전히 끝난 거지?"

"네, 뭐. 확실한 증거가 없으니까요."

"그, 그래. 당연히 그랬겠지."

"어쨌든 감사합니다."

테오는 능청스럽게 꾸벅 인사를 했다. 그런 테오를 보고 임서라는 놀라는 표정이었다. 테오 역시 그랬다. 자신은 능청이라는 말과 가장 멀리 있다고 생각했었는데, 마음가짐이 달라지니 행동도 표현도 완전히 달라지고 있었다. 사실 테오는 지금 나눈 이야기를 임서라의 집에 들어가서 하고 싶었다. 그 말을 하고 싶었다기보다 말을 핑계 삼아 임서라의 집을 보는 것이 목적이었다. 하지만 임서라는 테오를 발견한 순간부터 경계의 눈빛으로 테오라는 존재를 강렬하게 거부하고 있었다. 목적하는 바를 다 이루지 못한 사람과 그 사람을 온

몸으로 거부하던 사람이 만들어 낸 숨 막히는 30초가 30분보다 느리게 흘렀다. 테오는 임서라가 집에 들어오라는 말을 해 주기를 여전히 기다렸지만, 임서라는 테오가 마지막 인사를 먼저 건네주기를 기다리고 있었다.

"그래, 그럼 내일 보자. 조심히 들어가!"

결국 임서라가 먼저 등을 보이고 그 자리에서 도망쳤다. 테오는 임서라와 고 비서가 도망친 뒤에도 한참을 집 앞에 우두커니 서 있었다. 테오가 경찰서를 나선 순간부터 테오를 미행하고 있던 제영은 골목 어딘가에서 이 어색한 광경을 모두 지켜보고 있었다. 임서라가 사라진 뒤에도 자리를 떠나지 못하고 동상처럼 서 있는 테오를 바라보며 제영은 왠지 불안했다. 지금 당장이라도 테오가 무슨 일을 벌일 것만 같았다.

*

집 안에 들어서자마자 임서라는 가면을 벗어 던지듯 미소 띤 얼굴을 벗었다. 종일 끼고 있던 하얀 레이스 장갑을 벗어 전자레인지처럼 생긴 기기 안에 던져 넣었다. 임서라의 집 안 곳곳에는 자외선 살균기와 적외선 소독기가 일반 가전제품처럼 놓여 있었다. 임서라는 간이 세면대에서 손을 씻고, 소독기에 손을 집어넣어 말렸다. 그제야 마음이 놓인 듯 임서라는 푸른빛이 나는 하얀 가죽 소파에 앉았다. 고 비서도 똑같이 손을 소독하고는 자외선 소독기 아래서 생수를 집어 와 임서라에게 내밀었다. 고 비서는 임서라가 생수를 다 마실 때까지 그 자리에 서 있겠다는 듯 목석처럼 서 있었다. 고 비서는 보육원 출신으로, 임서라가 보호 종료되는 보육원 출신 아이들을 후원하는 프로그램에 참여하면서 만나게 되었다. 임서라는 그해 보호가 종료되는 아이들에게 대학 등록금을 지원해 주겠다고 약속했는데, 고 비서만 유일하게 대학 등록금을 거부했다. 임서라가 이유를 묻자, 고 비서는 대학 등록금 대신 회사에 취직을 시켜 달라고 요청했다. 덕분에 고 비서는 임서라의 눈에 들었고, 소원대로 말단 사원으로 입사할 수 있었다. 눈치가 빠르고 적응력이 뛰어났던 고 비서는 2년 만에 모든 업무를 섭렵하고, 결국은 임서라 대표의 비서로 근무하게 되었다. 그렇게 5년이 흘렀고, 이제 고 비서는 임서라의 모든 것을 보좌하는 사람이 되었다. 임서라 대표는 대외적으로 인간적이고 따뜻한 사람으로 보였지만, 실제로는 도가 넘치게 까다롭고 냉정한 사람이었다. 임서라를 보좌하는 일은 쉬운 일도 아무나 할 수 있는 일도 아니었다.

"그 사람은 찾았나요?"
"죄송합니다. 아직 찾지 못했습니다."
"빨리 찾아야 어지러운 상황이 좀 정리가 될 것 같은데."
"업체를 바꿔 보겠습니다."

"아, 그리고 테오는 고 비서가 알아서 해 줘요."

"지금은 아무래도 보는 눈이 많을 텐데, 괜찮을까요?"

"아니, 내 말은 회사에 출근하더라도 내 눈에 띄지 않게 해 달라고."

고 비서는 그제야 알아들었다는 듯 입술을 꾹 깨물었다. 임서라는 그런 고 비서가 가소롭다는 듯 피식 웃더니, 이제 그만 가 보라며 손가락을 까닥였다. 고 비서는 고개를 깊이 숙여 인사하고 집에서 나왔다. 현관문을 닫는 소리와 함께 고 비서는 탄식에 가까운 한숨을 쉬었다.

*

"둘이 아침부터 어디 가?"

"난 출근."

"진짜 출근을 한다고? 세상에, 반테오가 회사에 출근하는 걸 보게 되다니. 근데 정말 괜찮겠어?"

"간다."

"근데, 명석 씨는 왜 따라가? 회사도 같이 다니려고?"

"아뇨. 전 노숙자 체험 하러 가요."

테오는 평소처럼 까맣게 착장을 하고 서둘러 차고를 나섰다. 명석은 테오를 따라 나가려다 고희에게 붙잡혔다.

"그렇게 입고 가면 누가 봐도 수상해."

명석은 테오가 길고양이라고 말했던 또 다른 DNA의 주
인공을 찾고 있었다. 테오는 경찰 조사에서 제3자의 존재에
대해 모른다고 함구했지만, 그 존재가 범인이거나 범행을 목
격한 증인일 거라고 생각했다. 테오는 고양이 할머니 집에 숨
어 살던 노숙자의 존재를 알고 있었다. 명석은 자신과 테오
의 결백을 위해서라도 제3자의 존재를 반드시 찾아내고 싶
었다. 하지만, 그 집에 숨어 살았다는 것 말고는 다른 정보가
전혀 없어서 찾는 일이 쉽지 않았다. 범죄자 데이터에도 일
치하는 DNA가 없었기 때문에 해커였던 명석도 찾아낼 방
법이 없었다. 고민 끝에 명석은 노숙자 쉼터나 역 주변에 가
서 실제 노숙 생활을 하며 단서를 찾아보기로 했다.

"어디 보자, 이 정도면 이질감 없어 보이겠지?"

"엄청 편하긴 하네요."

고희는 명석의 옷들 중에 가장 일반적인 옷을 골라서 일
부러 먼지를 묻히고 아스팔트 바닥에 문질러서 낡은 옷으로
만들었다. 헤어스타일은 원래가 펑키 스타일이라 고운 먼지
만 뿌려 주면 그만이었다.

"처음부터 괜히 여기저기 묻고 다니지 말고, 그냥 지켜만
봐. 일단 노숙자들의 생활 패턴을 파악해야 방법도 찾을 수
있을 테니까."

고희의 코디대로 옷차림을 하고 집을 나선 명석은 평소

노숙자들이 모여 있다는 기차역 주변을 어슬렁거렸지만, 좀처럼 노숙자들을 찾을 수 없었다. 괜히 서성거리다가 기차역 경비원들에게 쫓겨난 명석은 바로 노숙자 쉼터로 발길을 옮겼다. 쉼터에는 노숙자들과 함께 동네 독거노인들이 모여 있었다. 때마침 지역 성당에서 제공하는 무료 급식차가 도착해 있었다. 명석은 이리 밀리고 저리 밀리면서 겨우 식판을 받아 들었다. 자리가 없어서 이리저리 눈치를 보았지만, 자리를 내주는 사람은 없었다. 하지만 개의치 않았다. 명석은 흥미로운 일에 몰두해 있을 때 가장 행복하고 즐거운 사람이었다. 때문에 노숙자들의 무언의 무시와 협박에도 굴하지 않고 특유의 뻔뻔함을 장착할 수 있었다. 오히려 명석은 자신이 노숙자 무리를 찾았다는 사실에 고무되었다. 춥고 배는 고프겠지만, 그들의 낯선 일상 속에 녹아들어 며칠을 보내게 된다는 사실에 자꾸만 엉덩이가 들썩였다.

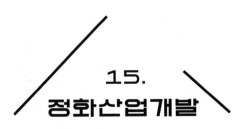

15.
정화산업개발

5층 건물 맨 위층에 '정화산업개발'이라는 간판이 있었다. 테오는 간판을 한번 쳐다보고 한숨을 내쉬었다. 처음 이곳을 찾아왔을 때와는 전혀 다른 기분이었다. 1층은 일반 공인중개사 업무를 하는 공간이라 출입이 비교적 자유로운 편이었지만 테오는 좀처럼 안으로 들어가지 못했다. 임서라의 집을 보러 갔다가 얼떨결에 취직을 해야겠다는 말을 뱉어 버렸지만, 테오는 어젯밤 후회하느라 밤새도록 한숨도 못 잤다. 그렇다고 이제 와서 무를 수도 없었다. 테오는 입술을 꾹 다물고 뚜벅뚜벅 1층 사무실로 걸어 들어갔다.

"안녕하세요, 반테오라고 합니다."

역시나 사무실의 공기는 차갑고 무거웠다. 지난번 일도

있고 해서, 직원들은 여전히 테오를 경계하고 있었다. 환영의 박수를 바라지는 않았지만, 이런 소리 없는 아우성은 처음이라 테오도 어찌할 바를 몰랐다. 결국 테오는 사무실 곳곳을 혼자 둘러봤다. 그래야 마음이 편해질 것 같았다. 테오가 사무실 이곳저곳을 돌아다니며 무언가를 중얼거리기 시작하자, 이번에는 사무실 직원들이 어찌할 바를 몰랐다. 결국 사무실에서 오지랖이 가장 넓은 직원 하나가 다가와 테오에게 물었다. 무엇 때문에 왔냐고. 테오가 첫 출근이라고 말하자 사무실 사람들의 입이 모두 멍하니 벌어졌다. 한 사람은 이마를 짚었고, 다른 사람은 고개를 절레절레 저었고, 또 다른 사람은 물을 마시다가 사레가 들렸다. 테오에게 물었던 오지랖 넓은 직원은 한숨을 짧게 쉬더니 테오가 앉아 있을 만한 자리를 마련해 주었다.

"오기태라고 합니다. 사실 위에서 지시받은 게 아직 없거든요. 일단 여기 앉아서 기다리시죠."

"사장님은 언제 오시나요?"

"곧 오실 겁니다. 하지만 보통 1층에 오시지는 않고, 바로 5층으로 올라가십니다."

"사장님 방이 5층인가요?"

"네, 하지만 저희도 5층엔 가 본 적이 없어요."

테오는 임서라의 집을 볼 수 없다면, 임서라의 사무실이라도 보고 싶었다. 그래서 덜컥 취직을 하겠다고 말을 꺼낸 것이다. 하지만, 직원의 말로 봐서는 임서라의 사무실 역시 비밀 기지 같은 곳임에 틀림없었다. 임서라는 무엇을 그리도 감추고 싶은 걸까? 그때, 갑자기 눈앞이 환해지더니 눈부시게 하얀 자동차가 건물 앞에 멈췄다. 임서라는 오늘도 하얀 정장을 입고 담백하게 차에서 내렸다. 테오는 자리에서 벌떡 일어났다. 직원 말대로 임서라는 1층 사무실엔 눈길조차 주지 않고 바로 엘리베이터 앞에 섰다. 고 비서가 급하게 뒤따라 들어와 엘리베이터 버튼을 눌렀다. 임서라는 오늘도 망사 장갑을 낀 채, 손 하나 까딱하지 않았다. 테오는 당장이라도 사무실을 뛰어나가 임서라에게 말을 걸고 싶었지만, 그럴 수 없었다. 의자를 마련해 준 오지랖 넓은 직원이 테오보다 먼저 뛰어나갔기 때문이다. 임서라는 엘리베이터를 타고 올라갔고, 고 비서만 남아서 뛰어나간 직원과 몇 마디 대화를 나누었다. 대화라기보단 업무 보고와 지시를 받는 것 같았다. 고 비서의 말은 그리 길지 않았고, 마지막에는 무언가 당부를 하는 것도 같았다. 고 비서마저 엘리베이터를 타고 올라가자, 직원은 사무실로 돌아와 테오에게 말했다.

"앞으로 이 자리에 앉아 대기하시고, 업무 지시는 고 비서님이 직접 주신답니다."

"사장님께 첫 출근 인사를 드리고 싶은데 지금 올라가 봐도 될까요?"

"안 됩니다. 아까도 말씀드렸지만, 직원들은 5층에 갈 수 없습니다."

테오는 시무룩하게 다시 자리에 주저앉았다. 곧 고객들이 들어왔고, 직원들은 사무실을 들락거리며 바쁜 하루를 시작하고 있었지만, 테오는 계속 그 자리에 앉아 별도의 업무 지시가 있을 때까지 기다렸다.

어느새 점심시간이 되었지만, 아무도 테오에게 말을 걸지 않았다. 하지만 테오는 자신을 투명 인간 취급하는 사무실 사람들이 오히려 고마웠다. 아무도 말을 걸어 주지 않아 기분도 좋아졌다. 직원들이 삼삼오오 무리를 지어 점심 식사를 하러 가고 나자 테오는 조심스럽게 사무실 이곳저곳을 살폈다. 아무래도 가장 흥미로운 것은 한쪽 벽면을 가득 차지하고 있는 커다란 지역 지도였다. 테오는 이 지도 덕에 남은 오후 시간은 조금 더 재미있게 보낼 수 있을 것 같았다. 그때 점심 식사를 마치고 들어온 직원 하나가 고객용 소파에 앉아 있는 테오를 불렀다.

"근로계약서입니다. 보시고 여기 사인해 주시면 됩니다."

테오는 직원이 내민 태블릿을 받아 들었다. 예상대로 계약직 근로계약서였다. 테오는 자신에게 시간이 많다는 것을 인지하고 한 자씩 씹어 먹듯이 계약서 내용을 꼼꼼하게 읽어 내려갔다. 맞은편에 앉아서 테오가 사인하기만을 기다리던 직원은 그런 테오가 불편하고 짜증 났는지 연신 다리를 떨었다. 하지만 테오는 오히려 침착하게 계약서를 더 꼼꼼하게 체크했고 궁금한 사항을 되묻기도 했다.

"고 비서님이 2층 회의실로 오시랍니다."

그제야 테오는 계약서에 사인하고 벌떡 일어나 엘리베이터를 탔다. 직원은 분명 2층이라고 말했지만, 테오는 5층을 눌렀다. 임서라가 있는 5층을 잠깐이라도 둘러보고 싶었다. 초조한 마음 때문이었는지 배 속이 간질간질한 기분이었다. 그동안 타 봤던 엘리베이터 중에 가장 느린 것 같기도 했다. 중간에 다른 층에서 멈추면 어쩌나 하는 생각을 하다 보니 어느새 5층에 안착한 엘리베이터가 덜컹거리며 도착 신호를 보냈다. 심장이 멎을 것 같은 순간, 엘리베이터 문이 열렸다.

"2층으로 가시죠."

엘리베이터 문 앞에 고 비서가 서 있었다. 고 비서는 짐작이라도 했다는 듯이 엘리베이터 안으로 그냥 밀고 들어왔다. 테오는 5층 복도에 있는 '정화산업개발' 간판만 보고 다시 2층으로 내려갈 수밖에 없었다. 고 비서에 이끌려 도착한 2층은 1층의 분위기와 사뭇 달랐다. 마치 호텔 커피숍에 들어온 것 같은 기분도 들었는데, 테오는 2층이 부동산 관련 VIP 고객들을 상대하는 곳일 거라고 짐작했다. 고 비서는 테오를 데리고 구석에 있는 작은 회의실로 들어갔다.

"형식적이지만, 이런 걸 또 작성해 주셔야 합니다."

"이력서군요. 뭔가 앞뒤가 바뀐 것 같지만."

취업 과정이 남들과 달랐다는 것을 감안해 테오는 군말 없이 이력서를 작성하려 했다. 문제는 이력서를 채울 항목이 별로 없다는 것이었다. 그나마 있는 것은 공인중개사 자격증과 부동산 서비스 고객센터 상담 직원 경력뿐이었다. 그 밖에 잡다한 아르바이트 경력과 자격증이 있었지만, 대부분 이곳에선 필요 없는 경력이라 적지 않았다.

"공인중개사 자격증을 가지고 계셨군요?"

"네."

"기존에 대표님과 하시던 일은 앞으로 저와 함께 하시게 될 겁니다. 그리고 집을 보러 다니는 일은 기존 공인중개사 분들과 동행을 하시면 될 겁니다."

"대표님은요?"

"다른 일로 바쁘십니다. 원래 하시던 일도 아니었고요."

"오리엔테이션 같은 것은 없습니까?"

"오기태 씨가 해 줄 겁니다."

고 비서는 하고 싶은 말만 하고 급하게 자리에서 일어났지만, 테오가 1층으로 내려가는 것만은 끝까지 확인하고 5층으로 올라갔다. 테오는 자신에게 주어진 어색한 자리에 앉아 남은 오후 시간을 보냈다. 공인중개사 사무실의 오후 시간은 오전보다 훨씬 더 바쁘고 활기차게 지나갔지만, 테오의 머리 위로 흐르던 시간은 완전히 멈춘 것 같았다. 테오는 문득문득 자신의 차고가 그리웠다.

　다음 날 테오는 무언가를 결심한 사람처럼 적극적인 모습을 보이기 시작했다. 구석에 놓여진 자신의 어색한 의자에서 벗어나 고객용 소파에 조심스럽게 앉아 직원들은 물론 고객들의 동태를 살폈다. 마치 무언가를 알아내려는 탐정처럼 사람들의 통화나 대화를 빼놓지 않고 들으며 사람들의 동선도 파악했다. 테오는 이렇게 된 이상 임서라의 회사가 어떤 일을 하는지, 이곳에서 어떤 일이 벌어지고 있는지 알아내야겠다고 마음먹었다.

　"공인중개사 자격증이 있다고 들었는데 맞아요?"

　"네."

　"그럼 혹시 사무실 전화가 울리면 받아 줄 수 있나요?"

　"그럼요."

　테오에게 공인중개사 자격증이 있다는 말을 전해 들은 직원들은 놀라워했고, 테오가 귀찮은 일이라도 도와주기를 은근히 바라기 시작했다. 테오는 고객들과 직접 상담하는 일은 어려워했지만, 전화를 받거나 각종 서류를 작성하는 일은 기꺼이 응했다. 테오는 직원들과 조금씩 말을 섞기 시작했고, 계약서상의 문제로 곤경에 처한 직원을 돕게 되면서 직원들과 조금씩 신뢰를 쌓아 갔다. 덕분에 테오는 어렵지 않게 회사 시스템을 이해했고 무슨 일을 어떤 방식으로 하고 있는지 파악할 수 있었다. '정화산업개발' 1층은 일반 공인중개사 사무소와 마찬가지로 숙련된 공인중개사들이 일반 고객들과 상담을 하거나 계약을 하는 공간이었다. 2층에는 VIP 접대를 위한 카페테리아 룸과 회의실이 있었고, 3층에는 단순한 부동산 거래가 아니라 토지를 매입해 아파트나 빌딩을 짓거나 기존 건물을 매입해 용도에 맞게 리모델링한 후, 구매자들에게 매도하면서 금융 문제부터 분양까지 책임지는 부동산 개발을 하는 전략기획실이 있었다. 4층에는 협력 업체들이 입주하여 부동산 개발과 관련된 일들을 신속하게 처리할 수 있는 시스템이 갖춰져 있었다. 하지만, 5층에 대한 정보는 들을 수가 없었다. 직원들 대부분이 5층에 가 본 적이 없었다. 공식적으로 5층에는 임서라의 사무실과 비서실이 존재하는데, 고 비서 말고 상주하는 여자 직원이 하나 있었다. 하지만 일반 직원들과의 교류가 거의 없었다. 직원들과 소통을 하거나 볼일이 있을 경우 임서라가 직접 1층으로 내려오거나 2층 카페테리아를 이용한다고 했다. 물론 그조차도 테오가 출근한 뒤로는 거의 없었다. 임서라를 만날 수 없게 되자 테오는 까다롭고 거리감이 있는 임서라에 대한 직원들의 평판을 확인해 보기로 했다. 의외로 대부분의 직원들은 임서라가 바람직한 리더라고 평가하고 있었다. 리더로서 존경할 만한 사람인지는 모르겠지만, 적어도 좋은 사람이 되기 위해 노력하는 사람이라고 판단한 모양이었다. 하지만 테오는 임서라가 조금 이상해 보였다. 왜 모두에게 좋은 사람이 되려고 노력하는지 여전히 이해할 수 없었다.

    *

    제영은 테오를 계속해서 주목하고 있었다. 테오가 범인이 아니라고 해도 분명 살인 사건은 테오와 어떤 식으로든 연결되어 있다고 믿었다. 재욱의 만류에도 불구하고 제영은 테오가 경찰서를 나서는 순간부터 테오를 미행하기 시작했다. 제영은 고희와 명석의 환대를 받으며 테오가 집으로 들어간 것을 확인했지만, 여전히 마음이 놓이지 않아 한참을 기다렸다. 그런 노력이 가상했는지 얼마 지나지 않아 테오가 혼자 집을 나섰다. 제영은 집을 나온 테오의 뒤를 조용히 밟았다. 그리고 테오가 고급 주택 단지 주변에서 서성이는 것을 확인했다. 테오가 무슨 일을 벌일지 몰라 불안했지만, 인내심 있게 골목에 숨어 기다렸다. 그리고 얼마 뒤 테오가 임서라와 만나는 장면을 목격했다. 처음에 제영은 테오가 다음 타깃으로 임서라를 선택한 것이 아닐까 의심했다. 임서라는 커다란 집에서 혼자 살고 있었고, 이번 사건으로 테오와 어색할 수밖에 없었다. 다행히 별다른 일이 벌어지지 않았고, 테오는 임서라의 집 앞을 한참 서성이다가 조용히 집으로 돌아갔다. 제영은 테오가 임서라를 만나기 위해 사무실이 아닌 집을 선택했다는 점이 마음에 걸렸다. 다음 날 제영은 임서라의 회사인 '정화산업개발'에 테오가 출근했다는 사실을 알고 어안이 벙벙했다. 조직 생활에 어울리지 않던 테오가 굳이 임서라의 회사에 출근해야 했던 이유가 무엇보다 궁금했다. 정숙의 집에서 발견된 또 다른 남자의 DNA 추적은 사실상 교착 상태에 빠져 있었기 때문에 지금 제영이 매달릴 수 있는 것은 테오밖에 없었다.

"그래도 일은 하던데요? 전화 받고 서류 작성하고 뭐 그런 잡다한 일들을 하다가 집 보러 갈 일 있으면 바로 따라나서서 같이 집을 보러 갔어요."

하루 종일 임서라 회사에 머무르는 테오의 동태를 살피느라 제영은 신입 형사들을 고객으로 위장시켜 1층 사무실로 보내기도 했다. 하지만 수상한 점은 발견되지 않았다. 대신 새로운 다크호스로 생각지도 못했던 임서라가 떠올랐다. 무엇보다 제영은 테오가 경찰서에서 풀려나자마자 임서라를 제일 먼저 찾아간 이유가 궁금했다. 해코지를 하기 위함이 아니었다면, 적어도 공범일지도 모른다는 생각이 들었다. 실제로 임서라는 테오에게 사사로운 일들을 맡겼고, 자신의 고객들의 집을 테오에게 보여 주기까지 했다. 아무리 어린 시절 알고 지낸 사이라고 해도 임서라의 위치에서 테오의 기행을 지원해 주었다는 것 자체가 이상한 일이었다. '정화산업개발'

맞은편 커피숍에 앉아 혹시나 테오가 나올까 기다리며 하염없이 1층 공인중개사 사무실을 바라보던 제영은 문득 깨달았다. 돌연사를 가장한 살해 사건이 발생했던 모든 집에 테오보다 임서라가 더 많이 더 자주 방문했다는 것을.

16.
길바닥

지금도 그날 밤 일을 생각하면 태성은 호흡이 가빠 왔다. 그러다 보니 이제는 누군가 쳐다보기만 해도, 호흡이 가빠 왔다. 세상 풍파에 밀려 길바닥 인생을 선택할 수밖에 없었던 태성은 무언가를 하고 싶지도 않았고 해야 될 것도 없는 삶을 살다가 그저 추운 칼바람을 피할 수 있는 곳을 찾아갔을 뿐이었다. 노숙자가 되면서 세상의 나락으로 떨어졌다고 생각했는데, 그날 이후에도 계속해서 나락으로 떨어지고 있었다. 덕분에 태성의 기억은 자신을 절름발이로 만들었던 그날 그 사고까지 거슬러 올라갔다. 행운은 어쩌다 오는 법이지만, 불행은 늘 꼬리에 꼬리를 물고 나타났다. 그때 이미 모든 희망을 버렸다고 생각했는데, 지금이야말로 태성은 돌아갈 곳도 더 나아질 것도 없는 절망에 빠져 있음을 뼈저리게 깨달았다.

"저리 비켜! 여긴 내 자리야!"

덩치가 꽤 좋은 녀석이 절룩거리는 태성을 세게 밀치며 소리쳤다. 지나가는 바람에도 저항 없이 쓰러지는 억새처럼 태성은 보기 좋게 나자빠졌다. 노숙자들과 싸울 일이 없는 곳으로 가고 싶었지만, 지금은 혼자 있는 것보다 무리 속에 숨어 있는 것이 그나마 안전했다. 태성은 여전히 살고 싶어 하는 자신의 본능이 원망스러웠다. 그날 밤 차라리 경찰서로 달려가야 했을까? 어쩌면 교도소에 갇혀 있는 편이 더 나았을지도 모르겠다. 점심시간이 가까워 오자 노숙자 무리들이 하나둘씩 자리에서 일어나 무료 급식소로 향했다. 한때 태성은 혼자 사는 사람들의 빈집을 골라서 몰래 밥을 먹고 나올 정도로 대범한 사람이었지만, 이제는 그런 배짱을 부릴 수 없었다. 그러다 잡혀서 신고라도 당하면 더 큰 일이 일어날지도 몰랐다. 노숙자 무리에 섞이지도 뒤처지지도 않게 태성은 노숙자 쉼터에 있는 무료 급식소로 향했다. 무료 급식소가 점점 가까워지자 배 속의 아우성도 천둥소리처럼 들렸다. 죽고 싶다는 생각과 살고 싶다는 생각이 공존하며 태성을 괴롭히는 지금도 배 속 장기들은 정직하게 자기 몫의 일을 하고 있었다. 무료 급식소에 도착한 태성은 겨우 숨을 고르며 맨 끝줄에 섰다가 순간 얼어붙었다. 맞은편 길가에 못 보던 현수막이 보란 듯이 걸려 있었기 때문이다.

*

　제영은 테오가 차고로 들어가는 모습을 확인하고 나서야 경찰서로 복귀했다. 혹시나 테오가 밤 외출을 할지도 모른다는 생각에 잠복근무를 하려 했지만, 오늘은 급하게 처리할 업무가 있었다. 재욱에게 하루만 잠복근무를 맡기고 경찰서로 들어오는데 왠지 모르게 울적했다. 테오를 미행하고 있었지만, 지켜보면 볼수록 범인이 아니라는 사실만 확인되고 있었다. 더구나 계획적인 연쇄 살인마라고 하기엔 테오의 행동이나 천성이 너무도 어설프고 하찮아 보였다. 제영이 보기에 테오는 공격적인 태도보다 방어적인 태도가 몸에 밴 사람이었다. 상대방을 압도하려는 악의보단 자신도 통제하기 힘들 만큼 큰 불안이 테오를 압도하고 있었다. 테오가 의심스러웠던 열 가지 이유 중에 여덟아홉은 사라지고 이제 한두 가지 정도 남은 상태였다. 그런데 왜 테오는 또 다른 용의자에 대해 함구하고 있는 것일까? 혼란스러운 마음에 머리를 쥐어짜고 있는데 휴대전화가 요란하게 울렸다.

　"남제영 형사님 맞나요?"

　"네, 접니다. 누구시죠?"

　"정화산업개발 임서라입니다."

　"아, 안녕하세요. 그런데 무슨 일로."

　"이번에 발생했던 살인 사건 수사가 어떻게 진행되고 있는지 궁금해서요."

"아, 네. 뭐, 여러 방면으로 수사를 하고 있습니다. 그런데 그게 왜 궁금하신지."

"제 신상에 조금 걱정이 되는 부분이 있어서요."

"네? 그게 무슨 말씀이신지."

"반테오 씨가 이번 사건으로 경찰 조사를 받고도 귀가 조치되었다는 말을 들었는데, 정말 범인이 아닌 겁니까?"

"아직 범인이라고 할 만한 확실한 증거를 찾지 못했습니다. 그런데 왜 그러시죠? 혹시 반테오 씨한테 무슨 협박이라도 받으신 겁니까?"

"협박이라면 협박일 수도 있겠네요. 어쩔 수 없이 반테오 씨를 채용했으니까요."

"신기한 일이네요. 피고용자가 고용주를 협박할 수도 있는 건가요?"

"어쨌든 경찰 조사를 받았던 사람을 고용했다는 게 영 꺼림칙해서요. 만약 반테오 씨가 범인이 아니라면, 또 다른 용의자가 나왔나요?"

"죄송합니다. 그 부분에 대해서는 더 이상 드릴 말씀이 없네요."

"만약 다른 용의자를 의심하고 계신다면 제가 도움이 될 수도 있을 것 같아서요. 사실 얼마 전부터 노숙자들이 연석동의 빈집이나 독거인 집에 숨어 사는 경우가 종종 발생했는데, 이번 사건도 그런 노숙자들과 연관이 있지 않을까 싶거든요."

임서라와의 전화 통화를 마치고 제영은 자리에 주저앉아 멍하니 생각에 잠겼다. 도대체 임서라는 한정숙 살인 사건에 또 다른 용의자가 있다는 사실을 어떻게 알았을까? 임서라와 테오는 도대체 어떤 관계일까? 두 사람이 무언가 단단히 잘못 얽혀 있는 것이 분명했지만, 제영은 그 실마리조차 찾을 수가 없어 답답했다.

*

일요일 오후, 테오는 목적 없이 차고를 나섰다. 차고가 공유 오피스가 되어 버린 후, 테오는 시간이 나면 종종 동네 이곳저곳을 돌아다니며 산책하는 습관이 생겼다. 예전과 달라진 테오의 또 다른 모습이었다. 더구나 요즘 테오에게 일요일 오후 산책은 특별했다. 학교도 직장도 다니지 않았던 테오에겐 사실 요일이라는 개념이 별로 없었다. 한 달 또는 사계절, 한 해라는 개념도 없었다. 테오에겐 그저 하루 24시간이 전부였다. 하루가 가고 또 다른 하루가 오는 것이 테오의 시간이었고, 세월이었다. 그런데 출근을 하고 나니 요일이 주는 긴장감과 함께 일요일이 주는 느긋함을 누구보다 실감할 수 있었다. 신이라고 부르는 존재가 왜 천국과 지옥을 굳이 함께 만들었을까 궁금했던 테오는 이제 알 것도 같았다. 지옥이 있어야 천국이 있고, 천국이 있어야 지옥에 가고 싶지 않기 때문이다. 테오는 일요일이라는 천국을 온전히 누리기 위해 느릿느릿 거리로 나섰다.

일요일임에도 불구하고 테오의 집 근처에 차를 세워 두고 잠복근무를 하던 제영은 까만 모자를 쓰고 까만 옷을 입고 집을 나서는 테오를 보고 재바르게 몸을 숨겼다. 테오가 골목을 완전히 벗어난 후에야 제영은 조용히 차에서 내려 테오의 뒤를 따라갔다. 테오는 산책을 하는 것 같기도 했고, 집을 보러 다니는 것 같기도 했다. 어슬렁어슬렁 걷다가 어떤 집 앞에서 잠시 머물러 집의 구조를 살피기도 했다. 테오의 걸음은 느리고 여유로웠지만, 테오를 뒤따르는 제영의 걸음은 초조하고 불안했다. 혹시나 테오가 다음 대상을 찾고 있는 것은 아닐까 걱정이 되기도 했다. 일정한 거리를 두고 테오의 걸음을 따라가던 제영은 어느 순간 깜짝 놀랐다. 테오가 멈춰 선 곳이 녹색 대문 집 앞이었기 때문이다.

대문이 쇠사슬로 칭칭 감겨 있어서 녹색 대문 집은 여전히 살인 사건 현장으로 보였다. 빈집에 들어가 술을 마시고 노는 불량 청소년들이나 노숙자들 때문에 해 놓은 임시 조치가 녹색 대문 집을 한층 더 흉물스럽게 보이게 했다. 테오는 녹색 대문 집 앞에서 한참을 서 있었다. 제영이 테오를 처음 만난 곳도 바로 이 집이었다. 문득 범인은 언제나 현장에 다시 나타난다는 말이 생각나면서 제영은 그날 테오가 진술했던 말들을 떠올렸다. 테오의 충고대로 제영은 녹색 대문 집 주인의 부검 내역을 다시 살펴봤지만, 별다른 점을 발견할 수 없었다. 평소 고혈압에 시달렸던 병력과 동일하게 녹색 대문 집 주인의 사망 원인 또한 뇌출혈이었다. 심한 두통과 함께 전조 증상이 있었겠지만, 제시간에 병원으로 가지 못하고 결국 사망했다. 특이한 점은 테오가 지적했던 대로 1개월에 한 번씩 약을 처방받았는데, 처방받은 날부터 사망한 날까지 고혈압 약이 하나도 줄지 않았다. 경찰에서는 이 점을 들어 사망자에게 자살 의도가 있었다고 판단하고 급하게 사건을 종결시켜 버렸다. 하지만 테오는 타살 가능성을 배제하지 말라고 말했다. 제영은 그 말이 테오의 진심인지, 아니면 자신의 범행에 대한 허세였는지 아직도 헷갈렸다. 해가 뉘엿뉘엿 저물 때가 돼서야 테오는 발길을 돌렸다. 테오는 아까보다 한층 더 느려진 걸음을 걸었고, 제영 역시 테오를 따라 뉘엿뉘엿 처지는 걸음을 걸었다. 테오가 차고로 들어가는 것을 보고 나서야 제영은 자동차에 다시 돌아왔다. 잠복근무를 하느라 쌓였던 피곤 때문이었는지, 희미하게 번져 가는 석양 때문이었는지 차에 올라타자마자 온몸이 노곤해지는 것을 느꼈다. 결국 제영은 노곤함을 이기지 못하고 깜빡 잠이 들었다.

　제영이 잠에서 깨어난 것은 자정에 가까운 시간이었다. 정신을 차리고 나자 제영은 허탈했다. 자신이 지금 여기서 뭘 하는 건지 모르겠다는 생각도 들었다. 제영이 괴로워하는 사이, 어디선가 서늘한 기운이 느껴졌다. 인적도 없고, 길고양이 한 마리조차 얼씬도 하지 않을 것 같은 고요한 골목에 둔탁하지만 경계심이 가득한 그림자 하나가 나타났다. 잠이 덜 깨서 헛것을 본 것인지 귀신을 본 것인지 몰라 당황하는 사이, 검은 그림자는 가로등 밑으로 파고들더니 드디어 모습을 드러냈다. 절룩거리는 뒷모습은 누가 봐도 노숙자였다. 제영이 어떤 조치를 취할 겨를도 없이 검은 형체는 절룩거리며 테오의 집 앞에 다다랐다. 검은 형체는 테오의 집 앞에 서서 한참을 머뭇거리다가 차고 셔터를 두드리기 시작했다. 오래지 않아 차고 셔터가 천천히 올라가더니 밝은 빛이 쏟아져 나왔다. 검은 형체는 마치 그 빛에 사로잡히듯 차고 안으로 빨려 들어갔다. 차고 문이 닫히고 어둠이 다시 거리를 지배하고 나서야 제영은 정신을 차렸다. 여러 가지 복잡한 생각도 들었다. 방금 전 보았던 검은 형체가 테오가 그렇게 감추고 싶어 하던 또 다른 DNA의 주인공일지도 모른다는 생각이 들기까지는 그리 오랜 시간이 걸리지 않았다. 제영은 자동차를 박차고 나왔다. 테오와 공범이 접촉하는 현장을 잡

을 수 있겠다는 생각에 마음이 급해져 테오의 차고로 뛰어
갔다. 제영이 검은 형체의 실체가 잠시 보였던 가로등을 지날
무렵, 어둠 속에서 정체 모를 무언가가 불쑥 튀어나와 제영
의 어깨를 잡았다. 제영은 본능적으로 불쑥 튀어나온 팔을
잡아 업어치기를 했다. 제영의 어깨를 잡았던 존재는 아무런
저항도 못 하고 낙엽처럼 가뿐하게 바닥으로 내려앉았다.

　"반테오 씨?"
　바닥에 내리꽂힌 사람은 테오였다. 테오는 평소보다 훨
씬 더 하얗게 질려 바닥에 누워 있었다. 제영은 괜찮냐는 말
도 없이 테오를 다시 가뿐하게 일으켰다. 테오는 놀이기구를
처음 탄 아이처럼 어리둥절한 표정이었다. 제영은 팔짱을 낀
채, 테오를 노려봤다.
　"그러게 왜 갑자기 남의 어깨를 잡아요."
　"형사님이 너무 빨리 뛰어서 부를 겨를이 없었어요."
　"근데 왜 밖에 나와 있어요?"
　"형사님은 왜 여기서 주무시고 계셨나요?"
　제영은 당황한 기색을 보였다. 제영의 미행을 모두 알고
있었다는 것처럼 테오는 말없이 어깨를 주무르며 제영을 지
나쳐 앞으로 걸어갔다. 제영은 테오를 따라 걸었다. 차고 문
이 열리자 테오와 제영이 차고 안으로 들어갔다. 차고 안에
는 고희와 명석, 그리고 태성이 앉아 있었다. 고희는 태성 앞

에 놓인 사발면에 뜨거운 물을 붓는 중이었다. 테오와 함께 제영이 들어서자 모두가 놀란 눈치였다. 테오가 자신의 어깨를 쓰다듬으며 제영을 소개하자 태성이 깜짝 놀라 자리에서 벌떡 일어났다.

"괜찮아요. 형사님은 저를 찾아온 거니까."

테오는 태성을 겨우 안심시키고, 제영을 자신의 소파에 앉혔다. 태성은 마음이 놓였는지 사발면 뚜껑을 열고 아직 익지도 않은 라면을 먹기 시작했다. 어색한 상황임에도 누구보다 침착한 모습을 보이는 테오가 고희는 새삼 대견했다.

"이분이 바로 할머니 집에서 발견된 또 다른 DNA의 주인공이자, 살인 사건의 목격자입니다."

"DNA는 조사해 보면 나오겠지만, 정말 이 사람이 목격자라고요?"

"네."

"그런데 왜 이 사람에 대해 함구했던 거죠? 자신이 의심을 받고 있는 상황이었는데."

"이분이 위험해질 수도 있으니까요."

"좋아요. 그렇다 치고, 어떻게 된 일인지 좀 더 자세히 설명해 주시죠."

"얘기가 좀 긴데, 괜찮으시겠어요?"

"먼저 이분은 어떻게 찾아낸 거죠?"

명석이 기다렸다는 듯이 책상 밑에서 둘둘 말아 놓은 현수막을 꺼내 펼쳤다. 현수막에는 정숙의 집 보일러실에서 태성과 함께 겨울을 보냈던 키메라 고양이 사진과 함께 다음과 같은 문구가 적혀 있었다.

위험에 빠진 길고양이를 저희가 보호해 드리겠습니다.
연락처 xxx-xxxx-xxxx

명석은 고양이 할머니 집에 숨어 살던 노숙자의 신원을 확인할 방법이 없자 직접 노숙자 무리에 합류해 그들의 생활 패턴을 직접 경험해 보았다. 노숙자들과 며칠을 보낸 명석은 노숙자들이 잠자리는 바뀌어도 무료 급식을 먹기 위해 늘 같은 장소와 시간에 모인다는 사실을 알게 되었다. 때문에 명석은 태성이 하루에 한 번은 무료 급식소에 온다는 사실을 가정하고, 무료 급식소마다 현수막을 걸어 둔 것이다.

"그래서 현수막을 보고 여기로 오셨다?"

"네."

"믿기지 않네요. 두 사람이 공범일 수도 있으니."

"제가 살인자거나 공범이었다면 목격자를 형사님 앞에 데려오지 않고 바로 죽여 버리지 않았을까요?"

왠지 서늘한 테오의 말에 라면 국물을 마시던 태성은 갑자기 사레가 들렸다. 이젠 테오가 남들 앞에서 말도 똑 부러지게 잘한다는 사실에 고무된 고희가 잠시 서늘해진 분위기를 전환하고자 태성에게 질문을 던졌다.

"근데, 이걸 올린 사람이 진짜 범인이었으면 어쩌려고 우리한테 연락을 준 건가요?"

"실은 이분 전화번호를 이미 알고 있었어요."

"이봐, 공범 맞네."

"형사님! 그런 게 아닙니다."

"그럼 알아듣게 설명을 좀 해 보세요."

"제가 말씀드리면 믿어는 주실 건가요?"

"얘기를 들어 보고 나서 판단할게요."

태성은 물을 한 잔 마시고, 잠시 고개를 숙였다. 그의 더벅머리에 먼지가 잔뜩 끼어 있었지만, 차고 안에 있는 사람들 누구도 개의치 않았다. 누군가는 그의 말을 믿고 싶었고, 누군가는 의심했고, 누군가는 그저 안타까운 마음이었기 때문이다.

*

태성은 고등학교를 졸업하고 바로 건설 현장 인부가 되어 자신의 꿈을 위해 그저 열심히만 살았다. 부모 없이 혼자 성장했던지라 번듯한 집에서 가정을 꾸리고 사는 것이 유일한 꿈이었다. 보육원 출신이라는 꼬리표를 떼고 자기 집을 가지기 위해 태성은 쉬지 않고 열심히 일해서 돈을 모았다.

공사판을 돌아다니며 집 같지도 않은 곳을 전전하며 살아도 아무렇지 않았다. 언젠가 자신도 번듯한 집을 살 수 있을 거란 희망이 있었다. 그러던 태성은 어느 신도시 신축 빌라 공사장에서 일을 하다가 자신이 지어 놓은 빌라를 보고 한눈에 반해 버렸다. 그날은 태성이 10년 이상 모았던 적금을 타는 날이기도 했다. 태성이 집을 마음에 들어 하자, 작업반장은 자신이 집주인과 잘 아는 사이라며 중개를 나섰다. 결국 태성은 맘에 들었던 빌라의 주인과 덜컥 전세 계약을 하고 말았다. 청약통장이 무엇인지 모를 정도로 부동산에 문외한이었던 태성은 모델하우스처럼 잘 꾸며진 집을 보고 무언가에 홀리듯이 계약을 해 버렸다. 아직도 생생하게 기억날 정도로 그 순간은 태성에겐 다시 오지 않을 행복한 순간이었다. 안타깝게도 태성의 행복은 오래가지 못했다. 입주를 하고 난 뒤에도 지방에 있는 건설 현장에 머무느라 집을 비워 두었던 태성은 공사가 끝난 뒤 집에 갔다가 자신의 집에 또 다른 사람이 살고 있는 것을 발견했다. 자초지종을 들어 보니 태성이 집주인이라고 생각하고 계약을 했던 사람은 집주인이 아니었고, 진짜 집주인은 다른 사람에게 세를 주었던 것이었다. 계약할 당시 집주인은 공인중개사를 부르면 수수료를 줘야 하니 직접 계약하자고 태성을 설득했었다. 세상 물정도 모르고 부동산 거래도 해 본 적 없던 태성은 작업반장이 보증인이라 생각하고 아무런 의심 없이 전세금을 사기꾼에게 넘겼다. 태성은 작업반장을 찾아가 멱살을 잡아 보았지만, 작업반장 역시 사기꾼에게 당한 상태라는 것을 깨닫고 절망했다. 작업반장을 포함한 피해자들과 함께 사기꾼을 경찰에 신고했지만, 사기꾼은 어느 허름한 집에서 죽은 시체로 발견되었다. 자신의 모든 것이었던 전세금을 날리고 누구도 원망할 수 없게 된 태성은 매일같이 술을 마셨다. 세상의 술을 다 마셔 버릴 것처럼 매일 술만 마시고 살다가 교통사고를 당해 한쪽 다리에 장애까지 얻게 되었다. 전세금을 잃고 이제는 일까지 할 수 없는 상태가 되자 태성은 자연스럽게 집도 절도 없이 하루하루를 길바닥에서 버텨야 하는 삶에 내몰렸다.

"그날 너무 추워서 다른 사람들처럼 빈집이라도 구해 보려고 돌아다니다가 폭발 사고가 일어났던 그 집에 들어가게 됐어요. 1층 내부는 정말 멀쩡했고 침대 매트리스까지 그대로 있었는데 거기에 딱 누우니까 예전 내 집이 될 뻔했던 그 집이 생각나서 오랜만에 울컥하더군요. 근데 그때 갑자기 밖에서 인기척이 들리더니, 두 사람이 불쑥 들어왔어요."

"누구였는데요?"

"몰라요. 먼지는 구경도 못 해 본 것처럼 깔끔하게 차려입은 여자랑 시커먼 남자였는데 처음엔 단속 나온 경찰인가 싶어 도망가려고 했었죠. 근데 아니었어요."

태성은 그날이 떠오르는지 잠시 몸을 부르르 떨었다. 고희가 따뜻한 차를 한 잔 가져다주자 태성은 차를 한 모금 마시고 다시 이야기를 이어 갔다.

"당황해서 어쩔 줄 모르고 있는데 여자가 대뜸 신분증이 있냐고 물었어요. 단속반인가 싶어서 그런 거 없다고 하니까 여자가 뒤로 물러나고, 남자가 품에서 얇은 쇠막대기를 꺼내더니 다짜고짜 저를 때리기 시작했어요. 영문도 모르고 맞다가 이러다 죽겠다 싶어서 어디에다 두었는지 기억도 나지 않던 신분증을 겨우 찾아서 던져 버렸어요. 남자는 매질을 멈추고 신분증을 주워서 여자에게 가져다주었어요."

"명의 도용을 하려고 했던 모양이네요."

"여자가 신분증을 받더니 갑자기 돌변했어요. 아주 무섭게."

"협박을 하던가요?"

"아뇨. 갑자기 친절한 목소리로 제 다리를 걱정해 주더라고요."

"진짜 무섭네요."

"너무 무서워서 이제 그만 나가 달라고 사정을 하는데도 여자는 계속 제 걱정을 했어요. 어차피 저는 뭐 신분증 있어 봤자 필요도 없는 사람이고, 제발 그 사람들이 가 줬으면 했는데 여자가 갑자기 노숙자들도 사람들과 집을 공유할 기회를 가져야 한다면서 자신이 추천해 준 집에 가서 겨울을 보내라고 저를 부추겼어요. 저는 노숙자들 쉼터에 가라는 말이 구나 싶어서 사람들 많은 곳은 가고 싶지 않다고 말했죠. 그러니까 여자 얼굴이 또 갑자기 싸늘하게 변하더니 지금 자신의 호의를 거절하는 거냐고 묻더군요. 옆에 서 있던 남자가 다시 쇠막대기를 꺼낼 것 같아서 벌벌 떨고 있는데, 다시 여자가 웃으며 말했어요. 그곳에 가지 않으면 지금 당장 경찰에 신고하겠다고."

"설마 그 여자가 추천해 준 집이 한정숙 씨, 그러니까 고양이 할머니 집이었나요?"

태성이 고개를 끄덕이자 제영은 기가 막힌다는 표정으로 테오를 쳐다봤다. 테오는 멍하니 바닥을 보고 있었다. 제영은 화가 난다는 듯이 태성에게 물었다.

"그 여자랑 남자가 누군지 정말 모르겠어요?"

"그땐 몰랐죠. 누군지."

"지금은 안다는 거군요?"

"임서라 대표와 고 비서일 겁니다."

가만히 앉아 있던 테오가 덤덤하게 대답하자, 제영은 믿을 수 없다는 표정을 지었다. 제영이 무슨 표정을 짓든 말든, 태성은 여기서 이야기를 끝낼 수는 없다는 듯 남은 이야기를 이어 갔다. 어쨌든 태성은 임서라의 협박 아닌 협박으로 정숙의 집 2층 보일러실에 숨어들었다. 예전에도 혼자 사는 사람들 집에 몰래 숨어들어 음식을 훔쳐 먹었던 적이 종종 있어서 그렇게 어려운 일도 아니었다. 더구나 정숙은 노숙자였던 태성이 알 정도로 유명한 고양이 할머니였다. 평소 개보단 고양이를 좋아했던 태성은 먼저 정숙의 다가구주택 2층 옥상에 모여든 길고양이들의 움직임을 살폈다. 정숙의 집 주변을 배회하던 길고양이들은 날이 점점 추워지자 정숙의 보일러실에서 잠을 청하고 비교적 따뜻한 낮이 되면 2층 옥상으로 나와 다른 집들의 지붕을 캣타워처럼 이용하며 오르내리곤 했다. 태성은 길고양이들의 움직임을 유심히 살피며 정숙의 보일러실로 들어갈 방법을 연구했다. 결국 태성은 정숙의 옆집 야외 계단을 통해 3층까지 올라갔다가 길고양이처럼 점프해 정숙의 마당과도 같은 옥상에 안착할 수 있었다. 길고양이들의 왕래가 쉽도록 정숙이 보일러실 문을 살짝 열어 두어서 태성은 손쉽게 집에 숨어들 수 있었다. 보일러실이라 소음이 조금 있기는 했지만, 아늑하고 따뜻한 공간이었다. 일단 창고만큼 넓은 데다가 커다란 매트리스가 놓여 있었고, 그 위에는 따스하고 포근한 담요들도 여러 장 깔려 있었다. 무엇보다 놀라운 것은 보일러실 바닥도 보일러가 돌아가 무척 따뜻했다는 것이다. 아마도 고양이들을 위한 정숙의 배려였겠지만, 태성은 그 배려를 자신이 누린다는 생각에 왠지 미안하기도 했다. 보일러실 안쪽 문은 다용도실로 통했고, 그 안으로 들어가면 부엌이 있는 구조여서 태성은 정숙이 외출할 때면 자주 부엌으로 들어가 몰래 음식을 먹거나 화장실을 이용했다. 찾아오는 사람도 별로 없었고, 하루 종일 라디오를 틀어 놓기 때문에 들킬 염려도 별로 없었다. 하루에 한 번 정숙은 고양이 화장실의 모래를 갈거나 밥을 주기 위해 보일러실에 들어왔는데, 그때만 잠깐 밖으로 나가 있으면 아무런 문제가 없었다.

따뜻하고 온전한 보일러실 생활을 하던 어느 날, 정숙의 집에 임서라와 테오가 나타났다. 태성은 임서라의 목소리만 듣고도 그날 밤 자신을 겁박하던 그 여자라는 사실을 단번에 알아차렸다. 다용도실 문에 귀를 박고 있던 태성은 임서라와 함께 온 테오가 그날 밤 자신을 쇠막대기로 때리던 남자라고 생각했다. 태성의 몸은 생각보다 빨리 움직였다. 어느새 보일러실을 나가 장독대에 몸을 숨겼다. 급하게 나오느라 담요를 못 챙긴 것을 후회하면서. 태성은 장독대에 숨어 오만 가지 생각을 했다. 처음에는 임서라가 자신이 이곳에 숨어 있다는 사실을 폭로하기 위해 왔을 거라 생각했는데, 돌아가는 상황을 보니 어쩌면 임서라는 자신이 정숙의 집에 잘 숨어 있는 것을 확인하러 온 것 같기도 했다. 테오가 보일러실에 들어와 보일러실 바깥문을 열려고 했을 때는 아래로 뛰어내릴 생각까지 하고 있었다. 다행히 테오는 다시 안으로 들어갔고 얼마 후 임서라와 테오가 집을 나서는 소리가 들렸다. 안도의 한숨을 내쉬던 태성은 문득 그날 밤 임서라가 마지막으로 했던 말이 떠올랐다. '그 집에 살면서 당신이 꼭 봐야 할 일이 있거든.' 하지만 그때만 해도 태성은 임서라의 말이 무슨 의미인지 전혀 이해할 수 없었다.

　"아니, 그래도 그렇지 그 집에 진짜 들어갔어요?"

　"다시 길바닥에 나앉는 것보단 나을 거라 생각했어요. 바보같이."

　울먹이던 태성이 고개를 떨궜다. 제영은 문득 이 상황이 무척 생경하게 느껴졌다. 마치 연극 무대를 구경하는 관객이 된 기분이었다. 이래도 되나 싶었지만, 이러고 있을 수밖에 없는 관객처럼.

　"근데 고양이 할머니 집에 갔을 때 누군가 숨어 있었다는 사실을 어떻게 알았죠? 이분은 숨어 있었다고 했는데."

　"사람은 항상 흔적을 남기기 마련이죠. 처음 보일러실 문을 열고 들어갔을 때는 길고양이 흔적만 보였는데, 매트리스를 보니 움푹 꺼진 자국이 엄청 컸어요. 이상해서 손을 가져다 댔는데 온기가 남아 있더군요. 보일러실 바깥문은 고양이들 때문에 항상 열려 있으니까 누군가 몰래 이곳에 들어와 있을 수도 있겠다는 생각이 들었죠. 결정적으로 할머니가 화장실 샤워기 거치대를 손봐 달라고 했을 때, 샤워기 거치대 위쪽에 커다란 손자국이 희미하게 남아 있는 걸 봤어요. 아무리 봐도 할머니 손 크기도 아니고 닿을 위치가 아닌 것 같아서 여쭤 보니 자녀분이 없다고 하셔서서 누군가 집 안에 침입했다는 확신이 들었죠. 그와 동시에 덜컥 할머니 걱정이 되더군요. 혼자 사는 사람들 사망 사건이 계속 일어나고 있었으니까. 그래서 집에 누군가 침입했을 수도 있다고 말씀드리려고 했는데, 그때 임서라 대표와 눈이 마주쳤어요. 그리고 직감했죠. 지금은 말씀드리면 안 되겠구나. 왜인지는 설명할 수 없지만요."

"그래서 다음 날 다시 갔던 거군요?"

테오가 고개를 끄덕이자 태성과 명석도 따라서 고개를 끄덕였다. 제영은 뜨악한 기분이 들면서 무어라 할 말이 없어 테오가 다시 입을 열기를 기다릴 수밖에 없었다.

*

명석과 함께 테오가 정숙의 집에 들어서자 정숙은 상기된 얼굴로 다과상을 대접했다. 따뜻한 차와 함께 정숙이 손수 만든 강정과 떡을 맛있게 먹었다. 명석은 음식을 먹고 먼저 일어나 자신이 할 일을 살폈다. 명석은 어수선하고 인내심이 부족한 편이었지만, 영리하고 재주가 많은 사람이었다. 테오가 무어라 딱히 말하지 않아도 알아서 척척 할 일을 막힘없이 해냈다. 아주 오래 그런 일을 해 왔던 사람처럼. 그사이 테오와 정숙은 즐거운 대화를 나눴다. 가족들과의 대화도 편치 않았던 테오였지만, 이상하게 정숙과의 대화는 편안하고 막힘이 없었다. 무엇보다 정숙의 집은 정숙과의 대화만큼이나 편안하고 마음이 놓이는 공간이었다. 그동안 집을 보러 다녔던 이유가 마치 이 집을 찾기 위해서라고 착각할 만큼.

"언제부터 이 집에 사셨어요?"

"하나 있던 자식 보내고 남편이랑 이 동네로 처음 왔죠. 처음 이 집을 봤는데 그냥 내 집이다 싶었어요. 여기서 살다가 죽어도 좋을 만큼."

"그런 집을 저도 꼭 한번 만나 보고 싶네요."

"보는 눈이 좋으니까 꼭 만나게 될 거예요."

"감사합니다."

"그나저나 토마토 모종이랑 저 등, 오늘은 꼭 가져가요."

"네, 감사합니다. 사실 저도 가져가고 싶었어요."

"근데 왜 토마토를 좋아해요?"

"집에서도 키울 수 있는 친근한 작물이지만, 생각보다 까다로워서?"

"맞아요. 집에서 키우기엔 너무 까다로운 녀석이에요. 그래서 제대로 열매가 맺히면 만족감도 큰 거죠."

"근데 벌써 몇 년째 열매가 맺히질 않네요. 제 나름대로 살뜰히 보살펴 줬는데도."

"식물들도 너무 편하면 열매 맺는 게 싫은가 봐요. 식물 입장에선 사람이 애 낳는 것처럼 힘든 일이니까."

"그렇다고 일부러 고생을 시킬 수도 없고."

"어머, 농담도 할 줄 아는군요? 웃으니까 보기 좋네요. 인물도 더 훤하고. 너무 신경 쓰지 말고 그렇게 웃으면서 키워 봐요. 어느 순간 훌쩍 자라 있을 테니."

정숙과 편안한 대화를 나누고 있었지만, 테오는 내심 긴장하고 있었다. 지금 이 순간에도 정체 모를 누군가가 이 집에 몰래 숨어 있을 거라 생각하니 아찔한 기분도 들었다. 혹시 모를 일이 생길까 봐 명석까지 굳이 데려왔지만, 여전히 마음이 놓이지 않았다. 무엇보다 정숙이 충격을 받을까 봐 걱정이었다.

"그런데 고양이들은 어쩌다가 돌보게 되신 건가요?"

"아이가 죽고 나서 제가 정신을 못 차리니까, 남편이 어느 날 고양이 한 마리를 데려왔어요. 원래 고양이를 좋아하지 않아서 싫어했는데, 어느 순간 나도 모르게 고양이만 보고 있더라고요. 덕분에 우울증도 이겨 냈고."

"이름이 뭐였어요?"

"니트요. 녀석이 제가 뜨고 있던 니트 목도리를 오자마자 망가뜨려 놨거든요."

"혹시, 그래서 집 안 전체가 이렇게 포근한 건가요?"

"그런가 봐요. 녀석이 이런 따뜻한 재질의 천들을 참 좋아했거든요."

"그런데 왜 길고양이 할머니가 되셨어요?"

"니트가 죽고, 얼마 지나지 않아 남편도 죽었어요. 생각해 보니 저도 언제 죽을지 모르는 상태라 다시 어떤 고양이를 책임지고 기르기가 두렵더라고요. 그래서 주인 없는 고양이들을 보살피기 시작했는데, 동네 사람들이 그런 별명을 붙여 주네요."

"그래서 보일러실도 내주신 거군요."

"네, 아무래도 겨울에는 길고양이들도 버티기 힘들 테니까."

"근데, 위험하지 않을까요? 아주 위험한 길고양이가 숨어들 수도 있잖아요."

테오가 보일러실 쪽을 쳐다보며 이야기하자 정숙이 그런 테오를 빤히 쳐다봤다. 테오의 숨은 의도를 그제야 이해했는지 정숙 역시 보일러실 쪽을 쳐다보고 환하게 웃었다. 마치 위험한 길고양이의 존재를 알고 있다는 듯이.

"괜찮아요. 어떤 길고양이든 따뜻한 겨울을 보낼 수 있으면 된 거죠."

테오는 정숙이 보일러실에 누군가 숨어들었다는 사실을 알고 있었다는 사실에 놀라 잠시 멍한 기분이었다. 사실 정숙은 태성이 처음 보일러실로 숨어든 그날부터 태성의 존재를 알고 있었다. 그날 밤부터 보일러실에서 태성의 코 고는 소리가 들렸기 때문이다. 처음에는 깜짝 놀라 경찰에 신고하려 했지만, 고양이들 사이에서 너무도 곤하게 자고 있는 태성의 얼굴을 보자 측은지심이 들었다. 결국 정숙은 덩치가 큰 길고양이가 들어왔다고 생각하고 태성의 위험한 공존을 모른 척하기로 마음먹었다. 그때부터 정숙은 듣지도 않던 라디오를 크게 틀고 하루에 한 번은 꼭 외출을 했다.

"그래도 위험한 일이에요. 무슨 조치를 취하셔야죠."

정숙은 괜찮다고 말했지만 테오는 여전히 마음이 놓이지 않았다. 그래서 일을 끝마친 명석과 함께 정숙의 집을 나가는 척하면서 나가지 않았다. 명석은 무슨 일인가 싶어 물어보려 했지만, 테오가 입에 손가락을 가져다 대며 조용히 먼저 가라는 신호를 보내자 어쩔 수 없이 혼자 집을 나섰다. 테오는 명석이 있으면 집에 숨어든 사람이 위압감을 느껴 무슨 일을 벌일지 모를 거라 판단했다. 정숙에게는 방에 가 있으라는 신호를 보내고 테오는 조심스럽게 보일러실로 향했다. 살금살금 걸어가 보일러실 문을 여는 순간, 태성은 벌떡 일어나려다가 주저앉았다. 고양이들도 역시나 담요 속으로 숨어 버렸다. 태성도 고양이들처럼 주저앉아 담요를 뒤집어쓴 채로 덜덜 떨었다. 태성은 여전히 테오를 그날 밤 자신을 쇠막대기로 때렸던 고 비서라고 착각하고 있었다. 그때 방으로 들어간 줄 알았던 정숙이 들어와 괜찮다는 말과 함께 떨고 있는 태성의 어깨를 토닥였다. 태성이 어쩔 줄 몰라 하는 사이, 테오가 먼저 입을 열었다.

"할머니께서 알고 계셨답니다."

"죄, 죄송합니다. 제발 한 번만 용서해 주세요."

"괜찮다니까요. 덕분에 나는 아주 든든했거든."

태성은 어느새 정숙 앞에 엎드려 눈물을 보였다. 정숙은 괜찮으니 봄이 올 때까지 머물러도 좋다고 말했지만, 테오는 생각이 달랐다. 정숙을 다시 집 안으로 돌려보내고 테오는 태성과 따로 이야기를 시작했다.

"이 집에 숨어들게 된 이유가 따로 있는 거죠?"

"죄송합니다. 정말 죄송합니다."

"노숙자분들은 대개 빈집을 찾는다고 들었는데, 어떻게 사람이 살고 있는 집에 들어올 생각을 한 거죠?"

"그, 그냥 길고양이들을 따라왔어요."

"여긴 3층이고 보일러실에 이런 공간이 있다는 것을 알기도 힘들었을 텐데요."

"죄송합니다."

"이유를 말씀해 주시면 이 집에 좀 더 머물 수 있게 해 드릴 수도 있어요."

태성은 그제야 한숨을 내쉬며 임서라와 있었던 일에 대해 더듬더듬 털어놓기 시작했다. 테오는 독특한 헤어스타일과 인상착의, 그리고 그림자처럼 따라다니는 남자에 대한 이야기를 들었을 때, 그들이 임서라와 고 비서라는 사실을 알아차렸다.

"그 여자가 왜 이 집에 숨어 있으라고 한 걸까요?"

"모, 모르겠어요."

"아시겠지만 그 여자, 위험한 인물입니다. 그러니 당분간은 이 집에 머물면서 무슨 일이 일어나는지 살펴보시고, 혹시나 할머니에게 위험한 일이 생길 것 같으면 바로 저한테 연락을 주세요."

테오는 자신의 이름과 연락처를 적은 쪽지를 건네주고 보일러실을 나왔다. 태성은 쪽지를 한참 동안 쳐다보더니 꿀꺽 삼켜 버렸다. 테오는 정숙에게 가 다용도실 문은 꼭 안쪽에서 잠그라고 신신당부했다. 정숙은 고맙다고 말하며 테오에게 토마토 모종과 함께 LED 등을 건네주었다. 테오는 감사의 인사와 함께 조만간 다시 들르겠다는 말을 남기고 정숙의 집을 나섰다.

*

테오가 집으로 돌아가고 나서도, 태성은 이상하게 마음이 안정되지 않았다. 지금이라도 도망을 쳐야 할까 고민도 되었다. 그때, 벨이 울렸다. 밤 9시에 정숙의 집에 누군가 방문하는 것은 처음 보는 일이었다. 바짝 긴장한 태성은 방문자가 누구인지 알아보기 위해 다용도실 문에 기대어 귀를 기울였다.

"아이고, 임 사장님이 이렇게 늦은 시간에 무슨 일로?"

"밤늦게 죄송합니다. 긴히 드릴 말씀이 있어서요."

"아휴, 추운데 얼른 들어오세요. 따뜻한 차 한잔 내려 드릴게요."

임서라였다. 태성은 임서라의 목소리만 듣고도 몸이 뻣뻣하게 굳어졌다. 임서라가 늦은 시간에 이곳을 찾았다는 것도 놀라웠지만, 그보다 놀란 것은 임서라 혼자가 아니었기 때문이다. 들리는 목소리는 임서라 혼자였지만, 현관에서 나는 신발 소리는 분명 두 사람의 소리였다. 임서라를 그림자처럼 따라다니는 고 비서도 함께 왔다는 생각이 들자 태성은 다시 오금이 저리기 시작했다.

"국화차 드셔 보세요. 밤에는 이게 좋다고 해서."

"감사합니다. 향이 좋네요."

"참, 어제 같이 왔던 청년이 오늘 와서 깔끔하게 고쳐 주고 갔어요!"

"어쩐지, 주방이 환해 보이네요."

"고마워요. 그런데 이 시간에 무슨 일로?"

"전에도 말씀드렸는데, 이 낡은 집 팔고 아파트로 이사할 마음은 정말 없으신가요?"

"아휴, 말씀은 고맙지만 저는 아파트 답답해서 못 살아요."

"요즘 아파트는 1층에 작은 테라스와 함께 마당까지 가질 수 있는 집들도 많아서 화초나 마당 가꾸는 분들도 충분히 만족하실 수 있어요."

"제가 살면 얼마나 산다고요. 남편이랑 함께 살았던 추억도 있고, 그냥 길고양이들 돌볼 수 있는 이 집에서 살다 죽고 싶어요."

정숙은 얼마 전에도 임서라와 똑같은 이야기를 나눴던 기억이 나 이상한 기분이 들었다. 임서라가 연석동 주민들에게 베푸는 친절과 봉사는 익히 알고 있었지만, 사실 연석동 토박이들과는 전혀 다른 입장에 서 있었다. 그럼에도 임서라는 평소 혼자 사는 사람들을 찾아가 집수리가 필요한 곳을 고쳐 주거나, 지병으로 고생하는 이들의 처방 약을 대신 받아다 주며 동네 사람들에게 거리낌 없이 다가와 준 사람이기도 했다. 그런 임서라가 오늘은 왠지 모르게 평소와 달라 보였다.

"아휴, 우리 집이 좀 춥나 봐요. 두 분 다 장갑도 벗지 않고 있네."

"오늘 테오가 와서 수리하고 갔다고 하셨죠?"

정숙이 대답할 겨를도 없이 임서라의 신호를 받은 고 비서가 품 안에 가지고 있던 주사기를 꺼내 정숙의 목덜미에 꽂아 버렸다. 두 사람의 대화에 귀를 기울이고 있던 태성은 정숙의 예상치 못한 신음 소리에 경악을 금치 못했다.

"그러니까 도움을 준다고 할 때 그냥 받았으면 아무런 문제가 없잖아. 왜 되도 않는 것들이 사람의 호의를 자꾸 거절하냐고, 기분 더럽게!"

바닥에 꼬꾸라진 정숙이 주삿바늘에 찔린 채 휴대폰으로 손을 뻗으려고 하자, 고 비서는 정숙의 휴대폰을 발로 걸어차 버렸다.

"이렇게 구질구질하게 사는 게 진짜 좋아요? 꼴에 자존심은 있어가지고. 어쨌든 소원대로 이 집에서 돌아가시게 됐네요. 마지막 가시는 길이니까 길동무라도 구해 드리죠."

언제 다용도실을 통과했는지 임서라는 순식간에 보일러실 문을 벌컥 열어젖혔다. 차마 도망치지도 못하고 떨고 있던 태성이 입을 틀어막고 주저앉았다. 도망가려고 애써 움직여 봤지만, 몸이 마음대로 움직이지 않았다. 임서라가 고갯짓을 하자 고 비서가 보일러실로 성큼성큼 들어가 닥치는 대로 길고양이들을 잡아채더니 목덜미에 하나하나 주사를 찔러 넣었다. 태성은 그 장면을 바로 앞에서 보면서도 믿기지 않았다. 도망쳐야 한다는 생각은 아까부터 하고 있었지만, 마비가 된 것처럼 다리가 공포에 짓눌려 꿈적도 하지 않았다. 그와 반대로 두 팔은 물에 빠진 사람처럼 허공을 허우적거렸다. 임서라는 그런 태성의 모습이 재밌어 보였는지 피식 웃으며 물었다.

"어디 가시려고?"

"살, 살려 주세요!"

"어머, 무슨 그런 말을. 제가 뭘 어쨌다고."

"저는 아무것도 못 봤어요. 정말이에요!"

"이 아저씨 재밌는 분이네. 지금 상황에선 보지 못했다가 아니라 봤다고 하셔야죠!"

"네? 그, 그게 무슨 말씀이신지."

"조금 전에 테오가 다녀갔다면서요? 고양이 할머니와 길고양이들까지 다 죽여 버렸고."

그제야 태성은 임서라가 꼭 봐야 할 것이 있다고 했던 말을 이해했다. 임서라는 태성이 거짓 목격자가 되어 테오가 살인 사건의 범인이라고 증언해 주길 바라고 있었다.

"자, 이제 부지런히 신고하러 가셔야죠?"

"제, 제가요?"

"그럼요. 안 그러면 본인이 살인자가 되어야 할 텐데?"

임서라는 태성을 응원하며 보일러실 바깥문을 살포시 열어 주었다. 태성은 여전히 다리가 움직이지 않았다. 어쨌든 도망쳐야 한다는 생각은 굴뚝같았지만 가위에 눌린 사람처럼 자꾸만 앞으로 꼬꾸라졌다. 어쩔 수 없이 문 앞까지 겨우 기어갔다. 임서라는 기어가는 태성의 모습을 보며 웃고 있었다. 문밖으로 빠져나온 태성은 굴러가는지 뛰어가는지조차 구분이 안 될 정도로 자꾸만 넘어지면서 어떻게든 정숙과 고양이들의 무덤이 되어 버린 집에서 멀리 도망치려 발버둥 쳤다. 골목을 겨우 벗어났다고 생각했을 무렵 저 멀리 경찰차의 불빛이 스쳐 지나가는 것이 보였다. 그제야 태성은 걸음을 멈추고 생각이란 것을 하기 시작했다. 테오가 건네준 쪽지에 적힌 전화번호와 함께 정숙에게 무슨 일이 생기면 연락해 달라는 말이 떠올랐다. 매우 급박한 순간이었지만 태성은 자신이 중요한 결정을 내려야 한다는 사실을 깨달았다. 뜨거웠던 피가 식어 버린 것처럼 긴장했던 몸이 갑자기 나른해지면서 다리 힘이 풀렸다. 큰길가까지 나온 태성은 불이 꺼진 가게 쇼윈도에 비친 자신의 모습이 눈에 들어왔다. 신발도 외투도 없이 지금이라도 바로 사그라질 것 같은 옷차림으로 서 있는 자신이 한심하고 부끄러웠다. 이대로 경찰서로 간다고 해도 아무도 자신의 말을 믿어 주지 않을 거라는 생각도 들었다. 그렇다고 테오에게 연락할 수도 없었다. 정숙은 이미 죽었고, 테오도 자신을 살인자라고 의심할 것 같았다. 무엇보다 태성은 자신을 눈감아 준 정숙에 대한 고마움과 미안함에 한 발자국도 움직일 수가 없었다. 이대로 그냥 먼지처럼 사라지고 싶다고 생각하며 언제나처럼 길바닥에 남아 사람들 속으로 숨어들었다.

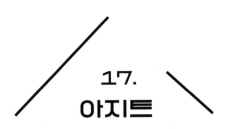

17.
아지트

명석과 테오의 말을 모두 듣고 난 뒤 제영은 잠시 침묵했다. 두 사람의 이야기와 자신이 수사했던 부분을 비교하고 분석하며 새로운 용의자에 대한 자체 검증을 해 볼 시간이 필요했다. 그러는 사이 고희는 테오와 태성을 다독이며 제영의 눈치를 살폈다. 제영이 별다른 말이 없자 고희는 테오에게 넌지시 물었다.

　"근데, 언제부터 서라 언니, 아니 임서라가 이상하다고 생각했어?"

　"녹색 대문 집 사건 때부터."

　"어? 그럼 박람회에서 만나기 전부터네?"

　"혼자 집을 보러 다녔을 때 녹색 대문 집에서 나오는 임서라와 고 비서를 얼핏 본 적이 있었거든."

테오는 녹색 대문 집에서 나오는 임서라가 무척 인상적이었다. 그때도 임서라는 하얀 투피스에 레이스가 달린 장갑을 끼고 있었는데, 집을 나서는 임서라의 표정이 후련하면서도 기분 나쁜 무언가를 봤을 때의 표정이었다. 더구나 녹색 대문 집의 외관은 임서라와는 조금도 어울리지 않는 분위기였다. 간혹 전혀 다른 상극의 무언가가 믹스되어 새로운 이미지를 만들어 내기도 하지만 임서라와 녹색 대문 집은 물과 기름처럼 섞일 수 없는 이미지였다. 그리고 얼마 후 행사장에 나타난 임서라를 보고 테오는 직관적으로 그녀가 녹색 대문 집 주인을 죽였을지도 모른다고 생각했다. 하지만 그때만 하더라도 테오는 자신에게 떠오른 직감들을 믿지 않는 상태였다. 때문에 임서라에게 어색한 방식으로 접근할 수밖에 없었다. 부디 자신의 직감이 맞지 않기를 바라면서. 임서라는 지켜보는 것만으로 판단하기 어려운 사람이었다. 아니 다가가면 다가갈수록 알 수 없는 사람이었다. 누군가에게 먼저 다가가 본 적이 없었던 테오는 자신의 미숙함 때문이라고 생각했지만, 사실 임서라는 누구에게나 그런 사람이었다. 테오는 임서라가 누구보다 의심스러웠지만, 의심을 확신으로 바꿀 만한 근거를 발견할 수 없었다. 또한 자신의 능력에 대한 확신도 없었다. 테오는 아무것도 하지 못하고 그저 지켜볼 뿐이었다. 하지만 정숙의 죽음을 기점으로 테오의 무력감과 죄책감은 분노라는 감정을 통해 또 다른 능력을 증폭시켰다.

"어쨌든 소름 돋아요. 서라 언니, 아니 임서라가 그런 인간이었다는 게. 그 정도로 부자가 되려면 다 그렇게 반쯤 미치거나 악독해야 되는 건가?"

"근데 왜 임서라는 테오 씨를 받아 준 걸까요?"

"제 책임이 커요. 어렸을 때부터 알던 사람이었고, 그 분야에서 성공한 사람이니까 반테오 잘 봐 달라고 제가 여러 번 부탁했었거든요."

"그런 자책은 안 하셔도 돼요. 그래도 고희 씨나 명석 씨가 곁에 있어서 테오 씨한테 직접적인 해코지는 못 한 것 같으니까."

"그렇게 말씀해 주셔서 감사해요. 근데 지금도 생각만 하면 피가 거꾸로 솟아요. 그 여자 가면에 속아서 애먼 사람들만 의심했거든요."

"그렇게 사람들 이용하고 속이는 재미로 살았던 사람 같네요. 임서라는."

"이제 와 생각해 보면 저도 그 여자가 가지고 놀던 장난감 중 하나였다는 생각이 들어요. 정확히는 모르겠지만, 그 여자한테는 이상한 우월감 같은 게 있어요. 잘 모르는 사람들은 그런 걸 이타심으로 보겠지만, 분명 아니에요. 그 여자는 자신이 한심하게 생각하는 사람들에게 먼저 도움의 손길을 내미는 사람이지만, 그렇게 사람들을 자신에게 의지하게 만들어 놓고는 자신이 그들에 비해 얼마나 우월한지 보여 주

죠. 하지만 그 대상이 도움을 거절하거나 자신의 손아귀에
서 벗어나려 하면 가차 없이 밟아 버렸어요."

"그런데 그 방식이 굉장히 교묘하네요."

"절대 자신을 드러내지 않고 대상의 약점을 이용해서 죽
이니까요. 지병이 있는 사람에게는 그 지병을 이용해 죽이는
것처럼, 대상을 죽이는 방법 대부분은 그 여자가 도움을 줬
던 방식과 일치하는 경우가 많을 거예요."

"그럼 고양이 할머니 같은 경우는 왜 직접 나섰던 걸까
요? 목격자까지 만들어 가면서."

"예상치 못한 변수가 생긴 거겠죠."

고희가 눈짓으로 테오를 가리키며 말했다. 테오는 고희
의 지적을 부인하지 않았다. 어쨌든 임서라는 테오라는 변수
를 만나 어떤 방식으로든 크게 흔들리고 있었다.

＊

자외선 소독기가 고장이 났다. 임서라는 짜증이 올라와
자기도 모르게 소리를 질렀다. 임서라는 살면서 후회라는 것
을 해 본 적이 없었다. 그런데 요즘 들어 누구보다 후회를 곱
씹는 사람이 되어 있었다. 그럼에도 어쩔 수 없이 자신의 오
만을 인정해야 하는 지금 이 상황도 받아들이기 힘들었다.
테오를 10년 만에 다시 보게 되었을 때, 임서라는 꽤 신선한

자극을 받았다. 한 번도 본 적 없는 유형의 루저였기 때문이다. 그래서 뜨악해하는 사람들의 만류를 뿌리치고 테오에게 정애현의 집을 보여 줬던 것이다. 정애현은 2년 전 임서라가 발견한 악독하지만 재밌는 쓰레기였다. 성질이 고약하고 부끄러운 줄도 모르지만 얼굴은 반반해서 임서라 입장에선 여러 가지로 쓸모가 있는 물건이었다. 임서라는 정애현에게 도움을 준다는 핑계로 부인과 사별해 혼자 사는 남자를 소개시켜 주었다. 처음엔 그저 정애현이 아이가 둘이나 있는 집에 어떻게 적응하며 한 가정을 망가뜨리는지 보려고 했을 뿐인데 정애현은 예상을 훨씬 뛰어넘어 그 집 아이들을 지배하기 시작했다. 도가 지나치다 싶었던 차에 임서라는 테오를 그 집에 데리고 갔다. 하얀 백지처럼 생긴 외골수 테오가 고약한 정애현을 보게 되면 어떤 반응을 할지 궁금했다. 놀랍게도 테오는 임서라가 생각했던 것보다 훨씬 더 영리하고 감각이 뛰어난 사람이었다. 테오의 존재감에 고무된 임서라는 결국 제멋대로 날뛰던 정애현이라는 장난감을 버리고, 테오라는 새로운 장난감을 가져 보기로 마음먹었다. 하지만 테오는 결코 임서라의 의도대로 움직이는 사람이 아니었다. 오히려 임서라의 턱 밑에 박힌 가시처럼 자꾸만 거슬리는 존재가 되어 버렸다.

"그 노숙자는 아직 못 찾았나요?"

"경찰도 아직 행방을 찾지 못한 것 같습니다."

임서라는 정숙의 죽음으로 테오가 용의자로 몰리게 되면, 유리처럼 깨지기 쉬워 보이는 테오의 정신 상태도 완전히 박살 날 거라고 예상했다. 하지만, 테오는 이번에도 예상대로 움직이지 않았다. 테오는 자신을 옥죄는 압박감을 원동력으로 삼아 오히려 임서라를 위협하고 있었다. 임서라는 테오를 만만히 봤던 순간들을 후회했다. 더구나 겁에 질려 바로 경찰에 신고할 줄 알았던 노숙자도 아직 오리무중 상태였다. 무엇보다 회사에 들어와 무언의 압박을 가하고 있는 테오를 어떻게 처리해야 할지 고민이었다.

"당분간은 연석2동 재개발 추진 사업에만 매진하는 게 좋을 것 같습니다."

조용히 상황을 지켜보던 고 비서가 주제넘은 충고까지 하자, 임서라는 분을 못 이겨 어찌할 바를 몰랐다. 근처에 무언가 잡히는 것이 있었다면 분명 잡아 던졌을 것이다. 처음부터 이런 장난감 놀이를 하고 싶어서 저지른 일은 아니었다. 재개발 계획이 좌절되면서 극심한 스트레스를 받았고, 그 스트레스를 풀 방법을 찾다가 재개발 지역에 기생하던 불쌍한 장난감들을 발견하게 되었다. 임서라가 보기에 재개발 지역에 사는 사람들 대부분은 루저였고, 인생을 살아갈 이유가 전혀 없어 보이는 사람들이었다. 그럼에도 그들은 꿈틀거리는 벌레처럼 부지런히 움직였고, 더 나아질 것도 없어 보이는 삶을 악착같이 살아 내며 발버둥 쳤다. 임서라에겐 그런 인간들의 모습이 무척 우습고 신기해 보였다. 호기심을 자극하는 그들을 좀 더 가까이 지켜보기 위해 먹이도 줘 보고, 도움을 주기도 하고, 놀아 주기도 했다. 그러다 싫증이 나거나 더 이상 마음대로 되지 않는다 싶으면 단번에 그들의 집을 그들의 무덤으로 만들어 버렸다. 덕분에 남겨진 그들의 집은 아주 싼값에 사들일 수 있었다. 물론 그러기 위해서 아주 영리한 방법을 연구했다. 다행히 대상자 대부분은 임서라에게 자신들의 약점은 물론 지병까지 털어놓고 도움을 요청하는 사람들이었다. 약사 출신 임서라에게 그것만큼 신나고 재밌는 일은 없었다. 당뇨 환자에게는 합병증을 이용해서, 고혈압 환자들은 늘 복용하는 약이 아닌 자신의 조제약을 먹여서 죽음에 이르게 할 수 있었다. 그런데 어느 날 갑자기 테오가 무심하게 나타났다. 처음엔 불쌍하고 특이한 면에 흥미를 느꼈지만, 어느 순간 주제넘은 모습을 보이며 압박하기 시작했다. 이해할 수 없는 테오의 반격에 평정심을 잃은 임서라는 평소 실험만 해 오던 폭발물을 가지고 하얀 집을 폭파시켰다. 자신을 의심의 눈초리로 바라보는 테오에게 나름의 경고를 한 것이다. 폭발 사고가 일어나자 평소 사건들과 달리 온갖 곳에서 주목을 받았다. 임서라는 그런 소란들이 이상하게 싫지 않았다. 혼자 은밀하게 즐기던 일이었는데 막상 사람들의 관심을 받게 되자 또 다른 재미가 생겨났다. 하지만, 임서라의 경고에도 테오는 아랑곳하지 않았다. 오히려 자신이 계획했던 일들을 망치려고 노력하는 모습에 임서라는 테오를 궁지에 몰아넣고 스스로 무너지게 만들 계획을 세웠다. 그게 바로 고양이 할머니 살인 사건이었다. 계획을 실행하려고 하자 고 비서는 지금처럼 자중하라고 충고했었다. 하지만 임서라는 그때나 지금이나 자신이 있었다. 지금까지 임서라는 그 어떤 일에도 실패해 본 적이 없는 사람이었다. 오히려 쓸데없는 장난감과 주제넘은 장난감을 동시에 처리할 수 있는 절호의 기회라고 생각했다. 어쩌면 임서라는 테오에게 죽음과 맞먹는 모욕감을 선사하기 위해 정숙을 죽이고 거짓 목격자를 만들었는지도 몰랐다.

*

"형사님! 설마 아직도 두 사람을 의심하는 건 아니죠?"

생각에 잠겨 있는 제영을 지켜보다가 고희가 조바심을 내며 물었다. 제영은 짧게 한숨을 쉬더니 테오와 태성을 힐끗 쳐다보며 말했다.

"미행을 하면서 저 역시 임서라 씨에 대해 간과한 것이 많다는 생각이 들었어요. 이제 와 얘기하는 거지만 사건이 벌어지고 현장 조사를 하면서 임서라 씨와도 참고인 조사를 했었는데, 그때 임서라 씨가 한정숙 씨 집을 마지막으로 나간 사람이 테오 씨라는 사실을 귀띔해 주더군요. 덕분에 테오 씨는 가장 유력한 용의자가 되었던 거고. 그런데 어제는 저한테 전화를 걸어 그 집에 다른 침입자가 있었을 거라며 빈집을 노리고 다니는 노숙자들을 조사해 보라고 하더군요."

"임서라 입장에선 제가 풀려났으니 어떻게든 목격자를 살인 용의자로 만들어야 했겠죠. 자신이 의심을 받을지도 모른다는 위험을 감수하면서까지."

"그런데 전 아직도 범행 동기가 명확지 않은 것 같아요. 그냥 살인을 즐기며 자신을 과시하는 연쇄 살인범 유형도 아닌 것 같은데."

"그런 상황 자체를 즐긴 것 같아요. 자신의 범죄 사실을 감추기 위해서 좋은 사람인 척 행동했다기보다 사람들이 자신에게 놀아나면서도 쉽게 속아 넘어가는 게 즐거웠을 수도 있고요. 이런 상황에서 제가 걱정스러운 건 임서라의 범행 동기가 저런 식이라면 우리가 알고 있는, 아니 제가 알고 있는 것보다 훨씬 더 피해자가 많이 있을 거라는 거죠."

"맞아요. 그래서 명확한 범행 동기를 알고 싶은 거예요. 지금까지 묻혀 있던 살인 사건들을 밝혀내기 위해선 꼭 필요한 작업이니까."

제영은 어느 순간부터인가 테오와 깊은 신뢰 관계를 형성한 동료처럼 행동하고 있었다. 그런 모습을 지켜보는 고희와 명석도 두 사람의 관계 변화가 놀라우면서도 흥미로웠다.

"그나저나 걱정이네요. 현재로서는 확실한 증거가 없으니."

"그렇죠. 지금 상태로는."

"왜요? 목격자의 증언이 있는데."

"목격자의 증언이 중요하지만, 그걸 뒷받침해 줄 수 있는 증거가 우선이에요."

"무슨 말씀인지 알겠어요. 실은 그래서 제가 임서라의 사무실로 출근했던 겁니다."

"사무실에서 뭐가 나왔나요?"

"아직은요. 사실 저는 임서라의 집을 보고 싶었어요."

"아, 그래서 그날 임서라의 집에 찾아갔던 거군요?"

"네. 이미 경계를 하고 있는 상황이라 예전처럼 무작정 집으로 들어가 볼 수 없는 상황이었어요. 그래서 사무실이라도 보려고 출근을 했던 건데, 임서라의 개인 사무실조차 보기 참 어렵네요."

고희는 방금 테오의 말과 표정이 제법 탐정 같았다고 생각했다. 또한 제영을 보면서 이번 사건을 해결하고 나면 아주 든든한 협조자를 얻을 수 있을지도 모른다는 희망도 가지게 되었다.

"형사님! 저희도 무언가 도움이 되었으면 하는데요."

"네? 무슨 말씀이신지."

"저희 오빠, 아니 반테오 씨가 이쪽 방면으로 좀 비상하다는 건 이미 아실 테고, 저기 힙하게 생긴 폭탄 머리 청년도 아시다시피 여러 가지 재주가 많은 친구거든요. 저도 마찬가지고요. 더구나 지금은 목격자분을 숨겨 둘 장소도 필요한 것 같아서 저희가 여러 가지로 도움을 드릴 수 있을 것 같고요."

"네, 뭐 도움을 주시는 건 고마운데, 이게 뭐 아직 수사 방향이 결정된 것도 아니고 위에 보고도 해야 하고, 복잡하네요."

"아뇨. 형사님! 상부에 보고는 아직 하시면 안 됩니다. 임서라의 경우 인맥이 워낙 넓어서 분명 경찰 측 수사를 계속 모니터링하고 있을 겁니다."

"그래도 파트너 형사한테는 알려야 하지 않을까요?"

"어느 정도 준비가 된 후에 알려 드리는 게 모두의 안전을 위해 좋을 것 같아요."

"네, 뭐 당분간 그렇게 하죠. 그럼 일단 저는 최근 몇 년간 있었던 사망 신고들을 찾아보고 재조사할 사건들을 추려봐야 할 것 같아요. 그동안 여러분은 목격자 신변 보호를 부탁드려요."

"그럼 저는 형사님과 함께 조사를 해 봐도 될까요?"

테오의 제안에 제영은 놀라면서도 굳이 마다할 이유를 찾지 못해 어설프게 허락을 하고 말았다. 그 와중에 고희는 제영보다 더 놀라고 있었다. 테오가 누군가와 함께 무언가를 하겠다고 먼저 나서는 모습을 처음 본 것 같았기 때문이다.

★

제영은 최근 몇 년간 신고되었던 지역 내 사망자는 물론 무연고 실종자까지 범위를 넓혀 비밀리에 조사를 시작했다. 파트너인 재욱에게는 테오에게 별다른 움직임이 없어서 잠복근무는 의미가 없을 것 같다고 말하며 지난 사건들과의 연관성을 토대로 그동안 간과했던 의문사들을 별도로 조사해 달라고 요청했다. 한편 고희와 명석은 여전히 노숙자로 보이는 태성을 씻기고 제대로 된 옷을 입혀서 새로운 사람으로 둔갑시켰다.

"어이쿠, 이분은 못 보던 분 같은데?"

"아, 제 채널 구독자가 늘어서 영상 스태프를 새로 뽑았어요."

"군식구가 또 군식구를 들였나 보네."

오랜만에 집에 들른 고희의 아버지가 명석을 쳐다보며 한숨을 쉬었다. 그러자 명석은 해맑은 미소를 지으며 태성에게 인사를 시켰다. 덕분에 태성의 존재는 테오네 차고, 그러니까 사무실에 새롭게 들어온 군식구가 되어 버렸다. 목격자

288

가 아니라 군식구가 되어 버린 태성은 다행히 눈치가 빨라서 시키지 않은 일을 찾아서 하는 사람이었다. 덕분에 테오네 차고는 예전보다 훨씬 더 깨끗하고 쾌적한 아지트가 되었다. 테오는 평소와 마찬가지로 임서라의 사무실로 출근했다. 평소와 다름없이 업무에 임했지만, 신경은 온통 임서라의 움직임과 사무실에 꽂혀 있었다. 임서라에 대한 추가 정보들이 필요했던 테오는 어떻게든 임서라의 사무실을 둘러보기 위해 기회를 엿봤지만, 그때마다 고 비서가 끼어들어 발목을 잡았다. 더구나 임서라는 어느 순간부터 테오의 인사조차 받아 주지 않았다. 먼저 다가서는 것을 어려워하는 테오에게 임서라의 단호한 거부는 좀처럼 뚫기 어려운 방어였다.

"이게 뭐죠?"

"해고 통지서입니다."

"해고 사유가 제대로 적혀 있지 않네요."

"여기에 서명하시면 일당은 계산해서 입금해 드리겠습니다."

"좋아요. 그럼 임 대표님을 마지막으로 뵙게 해 주세요. 꼭 사무실에서."

"이러시면 저희도 경찰을 부를 수밖에 없습니다."

"마음대로 하시죠. 그러면 저는 해고가 돼도 매일 이곳에 찾아올 겁니다."

고 비서는 테오를 한참 지켜보더니, 5층으로 올라갔다. 아마도 임서라에게 보고하기 위해서일 것이다. 테오는 1층 손님용 소파에 앉아 있었다. 얼마 지나지 않아, 비서실에서 5층으로 올라오라는 전화가 왔다. 테오는 벌떡 일어나 5층으로 향했다. 임서라의 사무실을 볼 수 있을 거란 생각에 들떠서 가슴이 두근거렸다. 엘리베이터가 5층에 도착했다는 소리와 함께 한번 흔들리더니 멈췄다. 엘리베이터 문이 열리자 저승사자 같은 고 비서가 기다리고 있었다. 고 비서는 테오를 보더니 고갯짓으로 따라오라는 신호를 보냈다. 테오는 드디어 임서라의 사무실을 볼 수 있다는 생각에 얼굴이 빨갛게 달아올랐다. 고 비서의 안내를 받으며 비서실을 통과하는 사이에도 5층 구조를 열심히 살폈다. 모든 것이 빠르게 지나갔지만, 그것으로 충분했다. 똑똑. 아무런 대답이 없었지만, 고 비서는 문을 활짝 열었다. 문이 열리는 순간, 방 안에 가득 찼던 차가운 공기가 훅 하고 테오에게 달려들었다. 차갑지만 무거운 공기 속에는 야릇한 세제 냄새와 함께 살기 어린 금속 냄새가 어지럽게 섞여 있었다. 후각이라는 예고편만으로도 테오는 사무실이 어떨지 대충 짐작이 갔다. 사무실은 창가에 앉아 있는 임서라가 엄청 작아 보일 정도로 넓었지만, 너무하다 싶을 정도로 썰렁했다. 넓은 사무실엔 철재와 신소재가 혼합된 책상 하나가 놓여 있었고, 10분만 앉아 있어도 엉덩이가 아플 것 같은 검은색 가죽 소파 세트가 불

친절하게 놓여 있었다. 사무실에서 흔하게 볼 수 있는 장식장이나 책장, 그리고 화분 같은 것들은 전혀 보이지 않았다. 대신 책상 가까운 곳에 24시간 돌아가고 있을 것 같은 공기청정기와 자외선 손 소독기가 보였다. 원래부터 미니멀리스트였는지 아니면 테오에게 그 어떤 정보도 제공하지 않겠다는 의지의 반영인지 모르겠지만, 임서라의 사무실에는 손 소독기 이외에 임서라의 취향이나 습관을 파악할 수 있는 단서는 하나도 보이지 않았다. 그나마 테오의 시선을 확 잡아 끈 것은 한쪽 벽 전체에 붙어 있는 커다란 지역 지도였다. 박물관에서나 볼 수 있는 핀 조명이 지도를 제법 그럴듯하게 비추고 있었다. 테오는 임서라의 사무실에 들어왔다는 사실도 잠시 잊은 채, 지도를 뚫어지게 쳐다봤다. 지도에는 재개발 지역과 함께 여러 표식들이 복잡하게 붙어 있었는데, 테오의 표정은 누가 봐도 그 표식들의 의미를 유추하고 있는 것으로 보였다.

"내 사무실을 보고 싶었구나?"
"네, 여길 꼭 와 보고 싶었어요."
"설마 여기를 보고 싶어서 회사에 들어왔니?"
"글쎄요. 그보다는 해고 사유를 좀 더 정확히 알고 싶네요."
"입장을 생각해서 모른 척하고 싶었는데 이렇게 물어보

니 알려줘야겠네. 경찰에서 전화가 왔어. 테오가 생각보다 위험한 인물이니 채용을 다시 생각해 보라고. 아마도 경찰 측에서는 아직도 너를 용의자로 보고 있는 것 같아."

"제가 정말 연쇄 살인범으로 보이시나요?"

"그런 얼굴로 묻지 마. 나 무서워."

"아, 그러고 보니 대표님도 혼자 살고 계시네요?"

순간 임서라의 반짝이는 이마에 눈썹 주름이 아주 잠시 생겼다 사라졌다. 테오는 임서라의 표정을 보고 만족했는지 꾸벅 인사를 하고 사무실을 나왔다. 테오가 순순히 나가자, 임서라는 왠지 모르게 찜찜한 기분이 들었다.

*

제영은 좀 더 폭이 넓어진 사망자 명단을 가지고 테오와 함께 피해자일지도 모르는 사람들의 집을 다시 돌아보기 시작했다. 단순 사망 사건으로 처리되느라 혹시나 놓쳤을지도 모르는 단서들을 테오의 시선으로 재검토하기 위해서였다. 임서라의 회사를 나오게 되면서 더 이상 집을 돌아볼 수 없었던 테오는 또 다른 차원의 일을 시작하게 되었다. 더구나 테오가 돌아본 집들 대부분은 주인이 없는 빈집이었다. 사망 사건이 일어난 빈집을 돌아보는 일은 더 이상 신나는 일이 아니었지만, 테오는 망설이지 않았다. 세상에 대한 자신의 개

입이 외면하고 싶었던 누군가의 생명을 구하거나, 아무도 모르게 죽어 간 이들의 억울함을 풀어 줄 수 있다는 사실을 깨달았기 때문이다. 여전히 세상의 자극을 컨트롤하는 일은 어려웠지만, 더 이상 누군가의 광기를 모른 척하거나 외면할 수는 없었다. 제영과 함께 사망 사건이 발생했던 집들을 돌아보면서 테오는 특히 폭발 사고가 일어났던 하얀 집에서 가장 많은 시간을 보냈다. 임서라의 범행에 가장 극단적인 변화가 있었던 사건이었기 때문이다.

"고독사로 치부되어 부검조차 하지 않은 사건들이 생각보다 많네요."

"그래도 임서라의 범행 방법과 패턴은 어느 정도 파악할 수 있었어요."

"임서라는 약사 자격증과 공인중개사라는 직업을 최대한 이용했던 것 같아요. 덕분에 범행 대상을 어렵지 않게 물색할 수 있었고, 대상자들의 집을 의심받지 않고 드나들 수 있었죠. 나중에는 그것도 성에 차지 않았는지 봉사 활동을 한다는 명목으로 대상자의 건강 상태와 지병을 체크하며 약물까지 마음대로 제조해 복용시켰던 거고. 모든 게 기가 막히게 맞아떨어져서 꽤 오랫동안 의심받지 않고 범행을 지속하더니 이젠 저에게 자신의 범행을 뒤집어씌우려고까지 했네요."

"자신의 직업적인 능력을 이용해서 사람들을 감쪽같이 죽여 왔는데, 임서라는 왜 갑자기 하얀 집에서 패턴을 바꿨을까요?"

"녹색 대문 집 사건 이후 형사님이 1인 가구 사망자들을 조사하기 시작했잖아요. 아마도 그 얘기를 누군가에게 들었던 모양이에요."

"경찰 내부에도 조력자가 있다고 생각하니까 열이 뻗치지만 결과적으론 다행이네요. 범행 방법이 바뀌는 바람에 그때부터 국과수에 의뢰해 수사할 수 있었거든요."

"그런데, 하얀 집 폭발 사건의 원인이 뭐였죠?"

"황린!"

"황린이요? 황린에 대해선 제가 좀 아는데, 설마 그걸 사용했다고요?"

테오와 제영의 대화를 듣고 있던 명석이 황린 이야기가 나오자 불쑥 대화에 끼어들었다. 명석은 동영상 콘텐츠를 제작하면서 각종 폭발물을 직접 실험해 본 경험이 있었다. 테오가 명석의 집에 들어갔을 때 집 안 상태가 엉망이었던 것도 그 때문이었다. 명석은 어떻게든 테오와 제영의 수사에 도움이 되고 싶었는데, 마침 잘 아는 분야가 나오자 가만히 있을 수가 없었다.

"황린 혹은 백린이라고도 하는데, 엄청나게 불안정한 녀석이라 조건만 맞으면 공기 중에서 그냥 자연발화하는 물질이죠. 그래서 옛날에는 성냥으로 만들기도 했었는데 너무 위험하다고 규제를 하다가 결국은 사용이 금지되었어요. 최근에는 연막탄, 조명탄, 그리고 각종 전쟁에 사용되었던 소이탄을 만드는 주재료로 사용했었는데, 소이탄 같은 경우는 자체 폭발력뿐만 아니라 옷이나 연료, 탄약 등 가연성 물질에 옮겨붙을 경우 더 치명적인 피해를 주는 폭탄이죠. 보통 황린은 고체 형태로 물속에 보관해 두는 것이 가장 안전하다고 하는데, 그걸 어느 정도 수분이 있는 공기 중에 내어놓고 온도를 50~60도로 맞추면 자연발화가 잘된다고 해요. 궁금한 건 그 여자가 어떤 식으로 발화점을 맞췄냐는 거죠."

"온풍기!"

"그걸 테오 씨가 어떻게 알아요?"

"하얀 집에 갔던 날 임서라가 집주인한테 집들이 기념으로 온풍기를 선물했어요."

"그럼 맞을 거예요. 온풍기를 작동시켜서 온도를 높이면 발화점을 맞출 수 있으니까요. 우와 근데 정말 대단하다. 어떻게 민간인이 황린을 구하고, 온풍기까지 개조해서 사제 폭탄을 만들 생각을 했지? 저도 그건 너무 위험해서 차마 실험을 못 했는데."

명석의 말에 모두 뜨악한 표정을 지으며 잠시 침묵했다. 생각했던 것보다 임서라의 존재가 훨씬 더 위험하다는 것을 모두 공감하고 있었다. 테오의 표정은 누구보다 심각했다.

"근데 테오 씨 그렇게 보고 싶어 하던 임서라의 사무실을 보고 왔다면서요, 어땠어요?"

"예상대로 진짜 아무것도 없었어요. 일부러 자신의 흔적을 지운 사람처럼 보이기도 했고, 확실한 건 임서라는 우리가 생각했던 것보다 훨씬 더 심각한 결벽증을 가지고 있다는 것 정도? 근데 지금 드는 생각은 임서라의 결벽증이 무언가를 감추기 위해 더욱 심화된 것 같아요."

"무엇을 감춘다는 거죠?"

"우리가 찾고 싶어 하는 범행 증거들이요."

"그렇다면 그 증거들은 집에 있을 확률이 높겠네요."

"형사님이 작성하신 임서라에 관한 자료들을 보면 임서라는 대학교에서 약학을 전공했어요. 그래서 증거를 남기지 않고 지병을 이용해 죽일 수 있을 만큼의 약물 지식도 가지고 있었죠. 거기다 사제 폭탄 수준의 폭발물도 직접 만들게 된 사람에게 가장 필요한 건 뭐겠어요?"

"실험실!"

"맞아요. 임서라의 집에는 분명 약을 조제하거나 폭발물을 만들고 처리할 수 있는 수준의 실험실이 있을 거예요. 그리고 그 실험실이 우리가 찾는 증거가 될 거고."

"그럼 어떻게든 수색 영장을 먼저 받아 내야겠네요!"

"그럼 이제 목격자 카드를 써야 할 때가 온 건가요?"

차고에 있던 모두가 조용히 걸레질을 하고 있던 태성을

쳐다봤다. 태성은 밀끔하지만 어색한 미소로 사람들의 뜨거운 시선에 답했다.

*

"자! 준비되신 거죠?"

테오의 물음에 태성은 고개를 끄덕였다. 고희가 앞장을 서고 명석이 태성의 옆을 지키며 차고를 나섰다. 마치 첩보 작전을 수행하는 사람들처럼 고희와 명석이 태성을 호위하며 경찰서로 이동하자 테오는 잠자코 그 뒤를 따랐다. 혹시나 있을지도 모르는 테러를 방지하기 위해 세 사람은 나름의 노력을 했지만, 결과적으로 태성은 더 눈에 띄는 사람이 되어 버렸다. 다행히 제영이 차량을 보내 줘 네 사람은 무사하고 빠르게 경찰서에 도착할 수 있었다.

"제가 한정숙 씨 살인 사건의 목격자입니다."

태성은 어젯밤 고희가 써 준 내용을 토대로 열심히 진술 연습을 했다. 덕분인지 담담하고 신뢰성 있는 말투로 그날 보고 겪은 내용을 진술했다. 제영은 공식 자료를 남기기 위해 태성이 정숙의 집에 숨어든 이유 또한 진술하도록 했다. 모든 진술이 끝나자, 제영은 이번 진술로 인해 주거침입 혹은 단순 절도로 구속될 수 있다는 것을 알면서 왜 증언을 하러 왔냐고 태성에게 물었다.

"임서라에게 여러 협박을 받았고, 제 신분증까지 갈취해 간 상태라 목숨의 위협을 느꼈습니다. 하지만 그보다 저를 유일하게 받아 주셨던 고양이 할머니 때문이기도 합니다."

집주인 정숙이 이미 사망한 상태였고, 사망 전 정숙이 태성의 존재를 용인했다는 테오의 진술이 있었기 때문에 주거 침입죄가 적용되지 않을 것을 알고 있었지만, 제영은 목격자로서의 태성의 위치를 확실히 하기 위해 질문을 던졌다. 태성의 진술이 끝나자 제영은 바로 상부에 보고를 올리고 임서라의 자택과 사무실의 압수 수색 영장을 신청했다. 제영은 태성을 돌려보내고 난 뒤 영장 발부를 기다리며 또 다른 걱정에 빠졌다. 임서라는 이미 지역 유지들과 경찰 관계자와의 연줄이 두터웠기 때문에 혹시나 수색 영장이 기각되거나 수사 정보가 유출될 수도 있었다. 다행히 걱정과 달리 압수 수색 영장은 발부되었다. 제영은 영장을 들고 지체 없이 바로 임서라의 집으로 출발했다.

"반테오 씨, 저희는 지금 출발합니다. 임서라 집 앞에서 뵙죠."

전화를 끊자마자 제영은 머쓱한 기분이 들었다. 조금의 망설임도 없이 이번 수색에 테오를 부른 자신의 행동이 왠지 어색했기 때문이다.

18.
실험실

"거기 상황은 어때?"

임서라의 집 앞에서 벨을 한참 눌렀지만 아무런 반응이 없자, 제영은 임서라의 사무실로 출동한 재욱에게 전화를 걸었다. 재욱은 임서라의 사무실을 수색 중이었는데 주인 없는 신분증만 무더기로 발견되었고, 임서라와 고 비서는 보이지 않는다고 전했다.

"여기도 없는 것 같아. 전화도 받지 않고. 아무래도 그냥 들어가 봐야겠어."

임서라의 단독주택은 마치 커다란 요새처럼 벽이 높았고, 대문 역시 높은 벽에 맞먹을 만큼 단단하고 높은 철문이었다. 제영은 미리 문을 딸 수 있는 장비들을 요청한 상태였지만, 문이 열리려면 얼마의 시간이 걸릴지 몰랐다.

"그냥 벽을 타는 게 낫지 않을까요? 이 집 대문은 웬만한 금고만큼 두꺼워 보이는데."

"근데 여긴 벽도 만만치 않네요."

"지난번에 왔을 때 살펴봤는데, 저기 왼쪽 벽은 암벽과 맞물려 있어서 벽 안쪽 마당의 높이가 꽤 높아요. 그러니 바깥쪽에서 사다리 두고 올라가면 안쪽에선 그냥 뛰어내리기 쉬울 거예요. 대신 경비 업체에는 미리 연락해 두시고요."

제영은 테오의 말대로 실행했고, 덕분에 임서라의 집에 무사히 들어올 수 있었다. 일단 마당에는 들어왔지만, 임서라의 집 안으로 들어가는 것도 만만치 않아 보였다. 집 또한 거대한 콘크리트 요새처럼 꿈쩍도 하지 않을 것 같았다. 외벽은 시멘트 보드로 지층을 만든 것처럼 촘촘하게 쌓여 있어 웬만한 폭발에도 끄떡없을 것 같았다. 현관문 역시 묵직한 철문이었지만 이미 대문을 열어 놓은 상태라 간단한 해킹으로 조용히 문을 열 수 있었다. 집 안에 들어서자 싸늘한 기운과 함께 알코올 냄새가 코끝을 스쳤다. 집 안은 모든 창문에 암막 커튼이 쳐 있어서 어두웠지만, 곳곳에 설치된 자외선 혹은 적외선 소독기가 묘한 조명이 되어 주었다. 여기저기에서 공기청정기도 돌아가고 있었는데, 정작 공기청정기의 혜택을 누리고 있어야 할 사람은 보이지 않았다. 테오가 멍하니 집 안을 둘러보는 사이 제영은 수색팀에게 수상한 약품이나 재료들을 숨겨 둘 만한 장소를 찾아 달라고 부탁했다. 거실엔 소파와 탁자, 주방엔 냉장고와 아일랜드 식탁, 침실엔 침대만이 놓여 있었다. 너무도 깔끔한 상태에 질려 버린 제영은 마지막 기대를 가지고 화장실 문을 열었다. 화장실 역시 그레이 톤 타일로 만들어진 욕조와 세면대, 하얀 변기가 전부였다. 화장실 물품을 보관하는 공간에도 각종 세제와 수건들만 가득했다. 그렇다면 이제 남은 것은 서재밖에 없었다. 평소의 루틴과는 다르게 테오는 집에 들어오자마자 처음부터 서재로 들어가 꼼짝하지 않고 있었다. 제영은 다른 공간을 모두 둘러보고 난 뒤, 테오가 있는 서재로 들어갔다. 서재 역시 책상과 의자 그리고 공기청정기와 소독기 불빛이 조명을 대신해 주고 있었는데, 일반적으로 책장이 놓여 있어야 할 벽면에는 커다란 벽화 같은 지도가 가득 메우고 있었다. 테오는 그 지도를 유독 뚫어지게 바라보고 있었는데, 불빛 때문인지 표정 때문인지 테오의 모습은 조금 섬뜩해 보였다.

"어때요?"

"사무실 분위기와 별반 다르지 않네요."

"근데 정말 임서라가 여기에 살고 있었던 건 맞아요? 집에 정말 아무것도 없어요. 온통 소독기랑 공기청정기뿐이고."

"혹시 이 집에 지하실 공간이 있나요?"

"안 그래도 살펴봤는데 지하 공간으로 이어질 만한 통로
는 전혀 없어 보여요."

"형사님! 이 집이 다시 지어진 집이라는 건 아시죠?"

"네. 부모님 돌아가시고 나서 다 허물고 완전히 새 집을
지었다고 들었어요. 근데 왜요?"

테오가 대답 대신 손가락으로 지도 어딘가를 가리켰다.
제영은 테오의 손가락이 가리키는 방향으로 시선을 돌렸다.
지도는 연석동은 물론 그 주변 지역을 포함하고 있었는데,
곳곳에 파란 스티커와 빨간 스티커가 불규칙하게 붙어 있었
다. 무엇을 표시했는지는 모르겠지만, 테오는 손가락으로 그
중 빨간 스티커 두 개가 붙여져 있는 곳을 가리키고 있었다.
제영은 그 지역을 무심히 보다가 깜짝 놀랐다. 테오가 가리
킨 곳은 바로 현재 임서라가 살고 있는 집이었다.

"본인 집에도 표시를 해 두었네요? 혹시 리모델링 표시
인가?"

"임서라 사무실에도 이거랑 똑같은 지도가 벽면에 걸려
있었어요."

"같은 지도라고요?"

"같은 지도였지만 지도의 표식이 달랐어요."

"이 표식들이 뭘 의미하는지 혹시 짐작되는 게 있나요?"

"사무실 벽면에 있는 지도의 표식은 패턴을 봐서 VIP 고
객들이 소유한 토지나 건물을 표시해 둔 것 같았어요. 근데

여기 이 지도 표식은 그것과는 완전 달라요."

그러면서 테오는 빨간 스티커가 붙여진 부분을 하나하나 짚어 주었다. 제영은 테오의 손끝을 따라가다가 자신도 모르게 입을 틀어막았다.

"설마 이거, 그동안 사망했던 피해자 집을 빨간색으로 표시해 둔 건가요?"

"네, 그런 것 같아요."

"그럼 파란 스티커는?"

"자신이 소유하고 싶은 집이겠죠."

"그런데 왜 자기 집에 빨간 스티커를 붙여 났을까요?"

"임서라의 부모님은 갑자기 돌아가셨어요. 두 분 다요. 어쩌면 그게 시작이었을지도 모르죠."

제영은 테오의 말에 입을 다물지 못했다. 설마 그럴 리가 있겠냐고 되묻고 싶었지만, 빨간 스티커는 녹색 대문 집에도, 하얀 집에도, 정숙의 집에도 붙어 있었다. 그리고 임서라의 집에도. 빨간 스티커는 제영과 테오가 추가적으로 의심했던 집들 모두에 표시되어 있었다. 테오의 짐작대로라면, 이 지도는 임서라가 써 내려간 살인 기록 지도이자 살인 계획 지도임에 틀림없었다.

"이게 사실이라면 정말 끔찍하네요."

"그러니 반드시 잡아야죠!"

"근데 이걸로는 증명할 방법이 없어요."

"임서라의 행방은 아직 모르죠?"

"네, 아마도 어딘가에 숨어 있다가 증거를 못 찾으면 다시 나타나서 반박하겠죠."

제영은 걱정스러운 표정으로 짧게 한숨을 쉬었다. 테오는 멍하니 지도를 바라보다가 지도 가까이 바짝 다가섰다. 그러고는 지도의 모서리 네 곳을 천천히 살피기 시작했다. 제영은 다른 요원들에게 지도 사진을 찍게 하고 지도 가까이 다가가 스티커가 붙은 곳을 괜히 이곳저곳 눌러 봤다. 테오는 다시 뒤로 물러나 지도를 유심히 살피더니 갑자기 지도 벽면을 손바닥으로 힘껏 눌렀다. 그러자 '딸각' 소리와 함께 지도가 붙어 있던 벽면이 앞으로 쑥 밀려 나왔다. 밀려 나온 지도와 벽면 사이로 사람이 들어갈 수 있을 정도의 공간이 생겼고 그 공간에 갇혀 있던 찬 공기가 훅 하고 빠져나왔다. 테오는 망설이지 않고 찬 공기를 밀고 그 안으로 들어갔다. 숨이 막힐 만큼 좁은 공간 뒤로 거대한 암벽이 테오를 가로막았다. 대신 암벽 왼편에 너무 단단해서 절대 열리지 않을 것 같은 철문 하나가 보였다. 임서라의 실험실이 드디어 모습을 드러낸 것이다.

"어, 어떻게 알았어요?"

"비밀 장소를 찾으려면 내부를 포함한 외부 공간까지 봐야 해요. 전체 구조를 알아야 숨겨진 공간이 제대로 보이거든요. 일반적으로 비밀 공간을 둔다면 대부분 지하실을 활용하는데, 이 집에는 지하실이 없으니 갑자기 이 암벽이 떠올랐어요. 임서라는 왜 굳이 암벽에 붙여서 집을 지었을까? 워낙에 단단한 암벽이라 보통은 암벽을 뚫고 무언가를 만들 생각을 하지 못하지만 임서라는 상상하기 어려운 비밀 공간을 원했을 테니 이 암벽이 실험실로 가장 적합한 장소였을 거라 생각했어요."

테오가 이야기를 하는 사이, 어느새 수색팀이 디지털 도어록을 열기 위해 비밀 공간 철문 앞으로 모여들었다. 혹시 모를 위험 때문에 수색팀은 모두 방독면을 쓰고 방역복을 입고 있었다. 그리고 얼마 후 지옥문과도 같은 암벽 철문이 열렸다. 암벽 안쪽 공간은 밖에서 생각했던 것보다 훨씬 넓었다. 공간을 넓히기 위해 임서라는 암벽을 뚫고 깊이 땅을 팠던 모양이었다. 공간 안에는 역시나 공기청정기와 환풍기 시설이 지나치게 잘 설치되어 있었고, 냉난방 시설도 잘 갖춰져 있어 미세한 기계 소리가 배경음악처럼 은은하게 들렸다. 안쪽으로 완전히 들어서자 공상과학 영화에서나 볼 법한 각종 실험 도구와 기다란 실험대가 나타났다. 실험대 위에는 각종 약품들과 폭발물로 개조하기 위해 사용했을 소형 가전제품들이 여러 개 놓여 있었다. 벽면 한쪽에는 커다란 업소용 냉장고가 있었고, 사각 모서리 쪽에는 코인 노래방처럼 작은 방이 하나 보였다. 마치 녹음실 부스처럼 보이기도 했는데, 문을 열어 보니 외관상 보이는 것보다 훨씬 더 작은 공간이었다. 작은 공간 한 귀퉁이에 작은 수조 하나가 보였는데, 그 수조 안에 버터 조각 같은 사각 물체가 담겨 있었다.

"이거 혹시 황린 아닌가요?"

테오가 묻자 제영은 입술을 꼭 깨물며 고개를 끄덕였다. 황린의 양이 생각보다 많아서 제영은 등에서 식은땀이 날 정도였다. 아마도 임서라는 금고처럼 생긴 이 공간에서 각종 폭발 실험을 했던 모양이었다.

"자, 사진 다 찍으셨으면 작은 것도 놓치지 말고 증거품으로 압수해 주세요. 그리고 저 수조는 특히 조심해 주시고요."

제영의 말이 끝나기가 무섭게 어디선가 휴대폰이 울렸다. 이런 암벽 안에서도 휴대폰이 울린다는 사실에 놀라면서도 제영은 습관적으로 휴대폰을 찾았다. 하지만 제영의 휴대폰이 아니라 테오의 휴대폰이었다. 테오가 품에서 휴대폰을 꺼내 보니, 발신 번호가 뜨지 않는 전화였다. 그 순간 테오는 임서라의 전화라는 것을 확신했다. 제영에게 조용히 하라는 수신호를 보내고 테오는 전화를 받았다.

여보세요?

결국 찾아냈네.

어떻게 알았죠?

거기 내 집이잖아. 어디서도 내 집은 지켜볼 수 있는 거니까.

지금 어딘가요?

어딜 것 같아?

어디든 소용없을 거예요. 자수하세요!

기분이 어때?

그게 지금 중요합니까?

난 테오 네가 나를 많이 닮았다고 생각했어.

하고픈 말이 있으면 만나서 하시죠.

이젠 말하는 것도 제법 똑똑하게 하네?

지금 어딥니까?

어딘지 알면 잡으러 오게? 그 전에 내가 준비한 선물이나 받아.

만나서 주시죠.

맘에 들지 모르겠네.

무슨 선물인데요?

따뜻한 손난로. 아직 밤에는 너무 추우니까. 특히 지하실 같은 차고
에서는.

싸늘하게 전화가 끊기며 통화 종료음이 비명처럼 울렸
다. 순간 테오의 안색도 싸늘하게 변했다. 제영이 무슨 말을
했냐고 물었지만, 테오는 대답을 할 수 없었다. 머리가 하얘
지면서 고개를 돌리는데 실험대 위에 놓여 있던 소형 전자제
품들 가운데 작은 손난로가 눈에 들어왔다. 순간, 테오는 밖

으로 뛰쳐나갔다. 제영은 테오를 불렀지만, 들리지 않는 것 같았다. 제영은 심상치 않은 일이 벌어졌음을 직감했다.

*

임서라의 집에서 뛰쳐나오자 빨간색과 파란색 불빛이 교차로 반짝거리는 경찰차들이 집 앞을 징그럽게 포위하고 있었다. 테오는 당장 집으로 가야 했다. 임서라가 테오의 집을, 아니 차고를, 아니 테오의 사람들을 노리고 있었다. 버스도 택시도 닿지 않는 깊은 골목길 끝에 서서 테오는 머리가 터질 것 같은 기분이 들었다. 언제나 늘 그랬다. 학교에 가고 싶지 않았던 이유도 학교에 가면 항상 머리가 터질 것 같았기 때문이었다. 사람들은 테오가 유난스럽다며 이해하지 못했지만, 테오 역시 그랬다. 자신이 어떤 사람인지 왜 이렇게 머리가 터질 것 같은지 이해하지 못했다. 서른이 돼서야 겨우 세상을 이해하고 받아들일 수 있을 것 같았는데, 오히려 테오는 지금 더 큰 수렁에 빠진 기분이었다. 테오는 주먹을 불끈 쥐고 무작정 그냥 뛰었다.

사실 테오는 며칠 전부터 임서라가 자신을 노릴 수도 있다는 생각에 고희와 명석에게 수상한 음료나 물건은 절대 들여놓지 말고 외부인의 출입을 철저히 통제해 달라고 부탁했었다. 그런 테오의 마음을 누구보다 잘 알고 있던 고희는 엊그제 차고 앞에 CCTV까지 설치했다. 사실 테오는 자신이 있었다. 임서라의 말처럼 자신과 임서라가 어느 정도 비슷한 면이 있다고 생각했기 때문이다. 하지만, 궁지에 몰린 인간은 충동적으로 변하기 쉬워서 평소와 다르게 무모한 행동도 할 수 있다는 사실을 간과했다. 테오는 임서라의 불안한 충동이 그저 말로 던지는 허세였기를 바라며 최선을 다해 달렸다. 태어나 이렇게 간절하게 달린 적은 처음이었다. 어느새 머릿속에는 집으로 가는 가장 가까운 동선이 그려졌고, 테오는 그 동선을 따라 지금 막 골목을 빠져나왔다. 그때, 하늘 저편에 검은 연기가 피어오르고 있는 것이 보였다. 테오는 한 번도 느껴보지 못한 고약한 감정이 자신의 가슴속에서도 피어오르는 것을 느꼈다. 그렇게 달아나고 싶었던 악몽에서 이제 겨우 빠져나왔다고 생각했는데, 아니었다. 어쩌면 테오는 달아나고 싶어도 달아날 수 없는 악몽 속을 여전히 헤매고 있는지도 몰랐다.

*

오늘도 태성은 제일 먼저 일어났다. 테오네 집에 머물면서 태성은 완전히 다른 사람이 된 기분이었다. 머리를 자르고, 더럽지 않은 옷을 입고, 매일 아침에 일어나 세수를 하고 이를 닦는 것 자체가 태성에게는 새롭고 신기한 일상이었다. 숨어 있어야 하는 목격자 신분으로 이 집에 들어오긴 했지만, 부산스러운 명석과 한방에서 지내야 한다는 것 빼고는 모든 것이 만족스러웠다. 태성은 자신이 늘 이런 집을 그리워했던 것도 같았다. 자신에겐 왜 그동안 이런 집에 사는 일이 허락되지 않았는지 억울한 마음도 들었다. 낡아빠진 단독주택이었지만 테오의 집은 사람들의 온기가 그대로 묻어나는 집이었다. 테오네 식구들은 결코 다정한 대화를 나누지는 않았지만 서로가 존재함을 늘 확인하고 확인시켜 주는 사람들이었다. 이런 집에서 가족과 함께 산 경험이 없는 태성은 이 집이, 그런 관계들이 생소하면서도 부러웠다. 물론 자신에게 친절하게 대해 주는 테오네 식구들이 마냥 편하지만은 않았다. 어떻게든 이 집에 계속 머물러야 할 이유를 만들고 싶었기 때문이었다. 누구도 태성에게 부탁하지 않았지만, 태성은 매일 아침 차고를 청소하고 환기시키는 일을 마다하지 않았다. 오늘도 태성은 제일 먼저 일어나 차고로 나서려는데 테오가 벌써 외출 준비를 하고 있었다. 테오는 거실 창문을 열고 있는 태성과 마주치자 묻지도 않은 말을 툭 건넸다.

"드디어 압수 수색 영장이 나왔대요. 지금 임서라의 집으로 갑니다."

태성이 놀라 입을 벌리고 서 있자, 테오는 꾸벅 인사만 하고 바로 집을 나섰다. 테오의 뒷모습을 바라보며 태성은 여러 가지 생각이 들었다. 임서라를 잡을 수 있다는 기쁨보다, 임서라가 잡히고 나면 이 집에 더 이상 머물 수 없을 거라는 걱정이 앞섰다. 이제야 진짜 집 같은 곳을 찾은 것 같은데, 또다시 거리로 내몰려야 한다는 사실이 믿고 싶지도 믿어지지도 않았다. 그럴 바엔 차라리 살인죄를 뒤집어쓰고 감옥에 가는 게 나을 것도 같았다. 절룩거리는 다리로 다시 공사장 일을 하기도 힘들었다. 사지 육신이 멀쩡해도 세상은 결코 친절하지 않았다. 돌아갈 수도 없고 다른 길을 찾을 수도 없는 자신은 아마도 다시 노숙자 신세가 될 가능성이 높았다. 다시 돌아가야 한다는 생각이 들자 이곳에서 이들과 계속 살고 싶다는 생각이 더 간절해졌다. 다르다는 이유로 서로를 경계하는 남매와 수상할 정도로 부산스럽지만 편견 없어 보이는 남자가 시키는 이상한 일들을 하면서 이대로 이곳에서 함께 살아갈 수는 없을까? 결국 태성은 이 집에 꼭 필요한 사람이 되기 위해 얼른 아침 청소를 끝내야겠다고 생각하며 청소 도구함을 열었다. 청소 도구를 무심코 꺼내던 태성은 그곳에서 못 보던 손난로 박스를 발견했다.

'To. 김태성'

손난로 박스 상단에 굵은 매직으로 태성의 이름이 적혀 있었다. 순간 태성은 갑자기 눈시울이 붉어졌다. 이 집 식구들 중 누군가가 선물을 준 거라고 생각했다. 목격자 증언을 하고 집으로 돌아오던 날, 테오는 태성을 데리고 쇼핑센터로 가서 입고 싶은 옷을 골라 보라고 했었다. 괜찮다고 말했지만, 테오는 덕분에 누명을 벗었다며 태성에게 체크무늬 셔츠 하나를 골라 선물해 주었다. 아마도 손난로는 집에서 가장 싹싹하고 친절한 고희가 선물을 한 게 아닐까 싶었다. 태성이 추위를 많이 타는 것 같다며 고희가 걱정을 해 준 적이 있었다. 흐뭇한 미소를 머금으며 태성은 박스를 뜯어 손난로를 꺼냈다. 타조알 모양으로 생긴 손난로였다. 사실 상자에 손난로라고 쓰여 있지 않았으면 어디에 쓰는 물건인지도 몰랐을 거였다. 다행히 상자 뒤편에 친절하게 작동 방법이 그려져 있었다. 충전이 필요한 제품이라는 말에 태성은 손난로에 충전기를 꽂아 두고 청소를 시작했다. 태성은 콧노래를 불렀다. 고희에게 어떻게 감사 인사를 해야 할지 고민하면서. 그리고 두 시간 뒤 차고는 폭발했다.

*

돌아보면 테오는 언젠가 일어날 수 있는 일에 대해 모든 경우의 수를 살피고 걱정하는 사람이었다. 그런데 그중 절대 일어나지 말았어야 할 일이 실제로 벌어져 있었다. 테오의 아지트였던 차고 지붕, 그러니까 테오네 집 마당이 3분의 1쯤 날아가 버린 채로 황망한 검은 속내를 드러내고 있었다. 마치 우주를 여행하던 유성 하나가 궤도를 벗어나 차고로 떨어진 것처럼 보였다. 하지만 테오에겐 유성이 아니라 머릿속에만 존재하던 비현실적인 파편 하나가 현실로 튀어나온 것처럼 보였다. 이미 차고 주변에는 소방차와 경찰차들의 요란한 사이렌이 온 골목을 뒤덮고 있었지만, 테오에겐 아무 소리도 들리지 않았다. 믿기지 않는 상황을 받아들이기 위해 늘 인과 관계를 따지기 좋아했던 테오는 사라지고, 분노에 이끌린 테오의 육체만이 덩그러니 놓여 있었다. 테오는 마치 불꽃 속으로 날아드는 불나방처럼 화기가 가시지 않은 차고 속으로 저벅저벅 걸어 들어갔다. 그러자 여러 개의 팔이 테오를 동아줄처럼 단단히 휘어 감았다. 덫에 걸린 짐승처럼 날뛰어도 봤지만, 손과 팔에 단단히 묶인 채 테오는 자꾸만 차고 밖으로 밀려났다. 제발 내버려 두라고 소리치고 싶었지만, 목소리를 잃어버린 인어공주처럼 테오는 의미 없이 입만 뻐끔거렸다.

"반테오! 정신 차려!"

낯설지 않은 카랑카랑한 목소리가 물 먹인 한지처럼 가라앉은 고막을 뚫고 테오의 귓가에 꽂혔다. 그제야 테오는 정신을 차리고 주변을 돌아보았다. 고희와 명석은 테오를 부둥켜안고 울고 있었다. 분명 안심이 되어야 하는데, 테오는 다시 한번 가슴이 철렁 내려앉았다. 그때 차고 안에서 형체를 가늠하기 힘든 시체 하나가 실려 나왔다. 덮어 놓은 담요 사이로 검게 탄 체크무늬 셔츠가 보였다. 테오가 태성에게 사 줬던 체크무늬 셔츠였다. 테오는 순간 가슴속에 묻어 두었던 또 다른 폭탄 하나가 터지는 기분이 들었다. 가슴에 단단히 박혀 떨어져 나가지 않았던 돌덩이가 그 폭탄으로 인해 산산이 부서져 내렸다. 테오는 폭탄과도 같은 그 감정이 분노였다는 사실을 한참이 지나고 나서야 깨달았다.

19.
은신처

연석동 2번지 폭발물 사고로 1명 사망

    취재 내용도 없이 연석동 주택가 폭발 사고라는 헤드라인으로 속보 기사가 속속 올라오고 있었다. 임서라는 고 비서가 운전하는 자동차 안에서 아쉬운 한숨을 내쉬며 후속 기사들을 검색하고 있었다. 무엇보다 아쉬웠던 것은 사망자가 한 명이라는 사실이었다. 그런데 사망한 한 명은 누구일까? 현장 수습이 늦어지고 있는지 후속 기사는 더는 올라오지 않았다. 자동차는 서울을 무사히 빠져나가고 있었다.

    "많이 불편하십니까?"

    "괜찮아."

    "곧 도착할 겁니다."

고 비서가 백미러로 임서라의 미간이 찡그러진 것을 보고 물었다. 평소 타던 자동차가 아니라 급하게 구한 대포차였기 때문에 임서라는 생경하고 불편했다. 어디서부터 잘못된 걸까? 임서라는 자신이 드라마에서나 나올 법한 연쇄 살인범이 되어 버렸다는 사실이 믿어지지 않았다. 무엇보다 자신이 정말 그렇게 나쁜 짓을 저질렀는지 의심스러웠다. 사실 임서라 역시 테오처럼 아주 민감하고 예민한 사람이었다. 테오에게 자신과 많이 닮은 것 같다고 한 말은 진심이었다. 한때 임서라는 테오와 어떤 교감이 있기를 기대한 적도 있었다. 하지만, 테오와 임서라는 닮은 만큼 또 달랐다. 테오는 자신에게 쏟아지는 과도한 스트레스를 피하기 위해 고립을 선택했지만, 임서라는 과도한 스트레스를 발산하기 위해 눈에 거슬리는 사람을 죽이기 시작했다.

테오가 예상했던 대로 임서라가 처음 죽인 사람은 아버지였다. 처음부터 계획했던 일은 아니었다. 성인이 되면 권위적인 아버지의 간섭에서 벗어날 수 있을 거란 막연한 생각에 영혼 없는 청소년기를 보냈지만, 성인이 된 후에도 아버지는 임서라에게 아주 사소한 것들까지 강요했다. 임서라의 아버지는 고혈압과 고지혈증 약을 복용하고 있었는데, 약사 시험을 준비하던 임서라는 어렵지 않게 아버지에게 가장 치명적인 약의 배합을 찾아낼 수 있었다. 어떻게 보면 시작이 너무 쉬웠다. 물리적인 가해를 하지 않고 약물을 이용한 방법이라 죄책감도 별로 들지 않았다. 임서라는 그저 자신이 아버지를 좀 더 편하게 보내 드렸다고 생각했다. 하지만, 어머니의 생각은 달랐다. 어떻게 알게 되었는지는 모르겠지만, 어머니는 임서라가 저지른 일을 눈치챘다. 물론 어머니는 아무 말도 하지 못했다. 하지만 임서라에겐 그게 더 못 견디는 일이었다. 어머니는 왜 아무런 반응도 보이지 않았을까? 임서라는 어머니의 침묵이 암묵적인 동의라고 마음대로 생각해 버렸지만, 임서라를 바라보는 어머니의 표정은 예전과 완전히 달라져 있었다. 임서라는 어머니의 그런 태도가 점점 마음에 들지 않았다. 암묵적인 동의를 해 놓고 이제 와 자신을 두려움과 질책의 눈초리로 쳐다보는 어머니를 이해할 수 없었다. 결국 임서라는 어머니를 위한 치명적인 선물을 준비했고 어머니 역시 아버지처럼 조용히 돌아가셨다. 임서라의 나이 스물다섯이었다. 부모님의 장례를 차례로 치르고 나자 임서라는 세상이 달라 보였다. 주변 사람들은 홀로 남은 임서라를 걱정하고 위로해 주었지만, 임서라는 한없이 홀가분한 기분이었다. 이제 자신이 원하는 대로 살 수 있다는 생각에 설레는 마음까지 들었다. 상속 문제가 정리되자마자 임서라는 아버지가 세웠던 집을 모조리 부수고 그 자리에 자신이 원하던 집을 짓기 시작했다. 아무도 모를 비밀 공간을 가지고 싶어서 집 뒤의 암벽을 뚫어 비밀 연구실도 만들었다. 예전에는 그렇게 하기 싫었는데, 아버지가 운영하던 부동산 업체를 물려받아 나름의 신념으로 키웠다. 부동산이야말로 적성에 딱 맞는 직업이었다. 커다란 지도를 펼쳐 놓고 원하는 지역을 사고팔면서 수익을 챙기고, 낡고 허물어진 집들을 밀어 버리고 새로운 집을 만들어 비싼 값에 파는 일 또한 재밌었다. 커다란 지도에 땅따먹기를 하듯 영역을 확장하다 보니, 이상하게 손에 들어오지 않는 집들이 불규칙하게 발생했다. 땅값이 오르기 전에 빨리 그 집을 팔아 버리고 싶은 마음에 집주인의 약점을 잡겠다는 생각으로 직접 찾아가 집주인에 대한 정보들을 수집했다. 혼자 지지리 궁상으로 살아가는 사람들을 지켜보다 보니 그 집을 차지할 방법이 어렵지 않게 떠올랐다. 결국 임서라는 자신의 비밀 연구소를 가동하기 시작했고, 주인이 없어진 빈집들을 경매로 손쉽게 사들일 수 있었다.

"어떤 집을 좋아하세요?"

언젠가 테오가 임서라에게 무심코 던진 질문이었다. 임서라는 순간 말문이 막혔다. 한 번도 들어 본 적도 생각해 본 적도 없는 질문이었다. 임서라에게 집은 그냥 집일 뿐이다. 좋아하는 대상도 아니고 집에 감정을 이입할 필요도 없었다. 때문에 임서라는 어떤 집에서 살고 싶은지에 대해 물은 적은 있어도, 어떤 집을 좋아하냐고 물은 적은 없다. 테오의 각진 예민함과 서늘한 내향성이 자신과 닮았다고 생각했던 임서라는 그제야 테오가 자신과 결이 다른 사람이라는 사실을 깨닫고 테오를 경계하기 시작했다. 특별히 달라진 태도나 행동은 없었지만, 그때부터 임서라는 테오의 시선이 이상하게 거슬렸다. 그러다 문득 테오의 눈빛이 죽은 어머니의 눈빛과 많이 닮아 있다는 사실을 깨달았다. 집안 사정은 대충 알았지만 언제나 말이 많았던 고희와 달리 테오는 말 한 마디 제대로 나눠 본 사이가 아니었다. 그저 오며 가며 몇 번 본 게 다였다. 그런 테오가 왜 나를 원망하고 경계하던 어머니의 눈빛을 하고 있는 걸까? 임서라는 이해할 수가 없었다. 아니 이해하고 싶지 않았다. 더구나 하얀 집 폭발 사고 이후 경찰 측에서도 사망 사건에 대해 예전과 다른 대응을 하기 시작했다. 이성적으로는 몸을 사려야 하는 상황이었지만, 공을 들였던 황린 사제 폭탄 사건으로 관심을 받게 되자 임서라는 이제 더 이상 아무도 모르게 누군가의 목숨을 빼앗는 일이 즐겁지 않았다.

"그런데 왜 봉사 활동을 하는 건가요?"

임서라가 봉사 활동을 제안했을 때 테오는 다시 곤란한 질문을 던졌다. 사실 봉사 활동은 임서라가 집을 빼앗거나 가지고 놀기 쉬운 대상자를 찾으면서 자신의 이미지를 포장하기 위해 시작한 일이었다. 그런데 이번에도 테오는 마치 그런 속마음을 알고 있다는 것처럼 무심하게 물었다. 이제 더 이상 테오를 지켜만 볼 수 없다고 판단한 임서라는 테오에게 가장 큰 치욕을 안겨 주는 일이 무엇일까 고민했다. 다른 대상자들처럼 테오를 아무도 모르게 죽이는 일은 번거롭기만 할 뿐 아무런 만족감도 주지 못할 것 같았다. 테오는 예민하고 자기 검열이 지나친 사람이니 자기 자신에 대한 절망감을 안겨 주면 누구보다 쉽게 무너질 것 같았다. 결국 임서라는 테오를 이용해 자신의 모든 범죄 행위를 뒤집어씌울 계획을 세웠다. 물론 그 과정이 유쾌하지는 않았다. 직접 나서서 노숙자를 섭외하고 직접적인 가해 행위까지 하며 누군가가 죽어가는 모습을 지켜보는 기분은 생각보다 더러웠다. 테오 때문에 경험하지 않아도 될 일을 경험하게 된 것 같아 기분은 더 좋지 않았다.

"어머, 그날 테오 씨가 집수리 때문에 그 집에 방문한다고 했었는데."

참고인 조사 때 시나리오대로 완벽하게 연기를 끝냈다고 생각했다. 경찰이 테오를 용의자로 특정했을 때만 해도 그렇게 일단락이 될 거라고 믿었다. 하지만 테오는 이틀 만에 풀려나더니 자신의 집으로 당돌하게 찾아왔다. 그제야 임서라는 테오가 처음부터 자신을 의심하고 있었다는 사실을 깨달았다. 그날 처음으로 임서라는 후회라는 것을 해 봤다. 그리고 지금 이 순간까지 꾸준히 후회를 하고 있었다. 한 번의 실패도 없이 완벽하고 깔끔하게 해결되고 있던 일들이 테오라는 이물질 하나 때문에 모두 엉망진창이 되어 버렸다. 자신의 요새와도 같은 거대한 성이 함락되고 나자 임서라는 더이상 이성적으로 생각할 여유가 없었다. 쫓기는 상황이었지만 테오에게 엿같은 마지막 선물을 제대로 전해 주고 싶었는데, 그마저도 실패한 것 같았다. 아직 사망자 명단이 나오진 않았지만, 한 명이 죽었다면 아마도 미끼로 썼던 노숙자일 확률이 높았다. 테오에게 가장 큰 고통을 줄 수 있는 마지막 기회를 놓쳤다는 생각에 임서라는 평정심을 잃었다. 손바닥에 올라온 벌레 한 마리를 내내 가지고 놀았다고 생각했는데, 그 벌레가 자신을 가지고 놀았을지도 모른다는 생각이 들자 정신을 차릴 수가 없었다. 견고하고 단단하게 쌓아 올렸다고 믿었던 임서라의 커리어가 테오라는 우스운 변수 하나로 완벽하게 붕괴되고 있었지만, 임서라는 그 사실을 좀처럼 받아들이기 힘들었다.

*

"이게 혹시 임서라 소유 부동산 리스트인가요?"
"깜짝이야! 여긴 어떻게 들어왔어요?"
"참고인 조사받고 오는 길이에요."
대답을 하면서도 테오는 임서라 관련 서류에서 눈을 떼

지 못했다. 제영은 서류를 얼른 가렸다. 파트너 재욱이 자신을 무시하고 용의자였던 테오와 함께 수사를 했다는 사실을 알고 난 뒤, 제영에게 점잖은 경고를 한 직후였다.

"이따가 저녁때 차고로 갈게요."

"네. 근데 지금은 차고가 엉망이라."

"아, 죄송해요. 제가 깜빡했어요. 아무래도 제정신이 아닌가 봐요."

"집으로 오세요. 거실에 임시 본부가 생겼거든요."

제영의 소심한 태도에 분위기를 눈치챈 테오가 바로 인사만 하고 경찰서를 나섰다. 제영은 순순히 경찰서를 나서는 테오의 뒷모습이 왠지 모르게 달라 보였다. 한동안 테오를 미행했던 터라 테오의 뒷모습이 익숙했는데 오늘은 평소와는 다른 에너지로 가득 차 있는 것 같았다. 임서라가 종적을 감추고 테오의 차고를 사제 폭탄으로 날려 버렸을 때 고희와 명석은 사업자등록증을 신청하러 관할 세무서에 간 덕분에 다행히도 사고를 면할 수 있었다. 하지만, 평생 집 같은 집에서 살아 보지 못했던 태성은 결국 집이 아닌 차고에서 죽었다. 태성의 사정을 누구보다 잘 알았던 테오는 슬픔보다 분노에 가득 찬 눈빛으로 주변 사람들을 긴장하게 만들었다. 태성의 죽음을 자신의 탓이라고 여겼다. 그런데 오늘 테오의 모습은 이상할 정도로 당당하고 거침없어 보였다. 제영은 그런 테오가 예전의 테오보다 더 불안해 보였다.

"뭐 해? 빨리 가자!"

재욱이 제영의 어깨를 두드렸다. 제영은 임서라의 부동산 소유 목록을 가지고 경찰서를 나섰다. 제영은 임서라가 숨어 있을 만한 장소를 찾고 있었다. 오늘도 그중 여러 곳을 재욱과 나눠서 살펴볼 예정이었다. 피해자들의 집은 대부분 임서라가 경매로 인수한 상태였고, 연석동 재개발 추진 역시 적극적으로 나섰던 상황이어서 임서라의 부동산은 대부분 연석동 주변에 몰려 있었다. 제영은 그중 빈집들을 우선적으로 수색했는데, 수색을 하다 보니 임서라가 이런 곳을 은신처로 삼지는 않았을 거란 생각이 들었다. 더구나 임서라는 휴대폰과 자신의 자동차를 두고 대포차를 이용해 사라진 상황이었다.

*

"누가 온다고?"

"형사님!"

"왜?"

"임서라 잡아야지!"

"그러니까. 임서라는 경찰에서 잡아야 하는 건데 형사가 왜 여길 오냐고!"

고희의 다그침에 테오는 입을 다물고 고희를 노려봤다.

고희는 테오답지 않은 태도에 또 한번 놀랐다. 폭발 사고가 났던 그날, 고희는 테오가 울분에 못 이겨 우는 모습을 처음 보았다. 어떤 일에도 흔들리지 않으려고 평생을 노력해 왔던 테오였다. 그런 테오가 지금 영혼이 바뀐 사람처럼 다른 태도를 보이고 있었다. 고희는 그런 테오가 낯설었고, 슬슬 걱정이 되었다. 테오의 변화를 누구보다 환영했었지만, 이런 식의 변화는 위험하고 위태로워 보였다.

"여기가 새로운 아지트인가요?"

"네. 당분간은. 그보다 수사는 어떻게 진행되고 있는지 여쭤봐도 될까요?"

제영은 테오의 표정과 태도가 테오네 거실만큼 낯설었다. 어디선가 여전히 그을린 냄새가 나는 것 같기도 했다. 불안한 표정으로 테오를 쳐다보는 고희의 표정을 보니 고희 역시 제영과 같은 생각을 하고 있는 것 같았다. 명석만이 테오를 여전히 선망하는 눈빛으로 쳐다보고 있었다. 제영은 임서라의 부동산 내역이 적힌 서류를 말없이 건넸다. 테오는 미간을 찌푸리며 서류를 훑어보더니 고개를 갸우뚱거렸다.

"왜요?"

"이거 가지고는 찾기 힘들겠는데요?"

"네, 그래서 고 비서 내역까지 찾아봤는데, 의외로 깨끗하더군요. 가족도 없고."

"두 사람 출국 이력도 살펴보셨나요?"

"네, 바로 출국 정지가 돼서 밖으로 나가진 못했을 거예요."

"그렇군요."

"뭔가 석연찮은 구석이 있나요?"

"임서라는 왜 차고를 노렸을까요?"

"복수심 같은 거 아닐까요?"

"임서라는 그때 제가 자신의 집에 있다는 것을 알고 있었어요."

"어쩌면 테오 씨를 괴롭히고 싶어서 차고를 폭파시켰을지도 몰라요."

"그렇다고 해도 고희나 명석이 아니라 굳이 태성 씨를 이용했다는 건 또 다른 이유가 있지 않을까요?"

"저도 이상하긴 했어요. 타다 남은 손난로 상자에 태성 씨 이름이 쓰여 있었으니까요."

"임서라가 태성 씨 신분증을 가져갔다고 했었죠?"

"그렇다면 혹시 명의 도용?"

제영의 말에 테오는 고개를 끄덕였다. 제영은 그제야 이해했다. 압수 수색을 하던 날 임서라의 사무실에서 주인을 알 수 없는 신분증들이 수십 장 발견되었다. 대부분 거취가 분명하지 않아 주인에게 전달조차 되지 못한 노숙자들의 신분증이었다. 아마도 임서라는 노숙자들의 신분증을 빼앗아 자신의 재산을 숨기는 데 사용했을 것이다.

"압수 수색 때 발견된 신분증들로 찾아보면 되겠네요!"

"저도 수사에 참여하면 안 될까요?"

"아시다시피 그건 좀 곤란해요."

"압니다. 그런데 이 일은 저와 무관하지 않은 일이에요."

제영은 잠시 고민했다. 파트너 재욱의 얼굴이 잠시 스쳐지나가긴 했지만, 테오의 간절하고 단호한 얼굴 또한 무시할수 없었다. 테오는 이번 사건과 밀접한 관계가 있는 인물이기도 했지만, 이번 사건의 실마리를 제공한 인물이기도 했다. 증거도 없이 테오를 범인으로 의심했던 자신의 실수에 대한미안함 역시 테오의 부탁을 거절할 수 없게 만들었다. 결국제영은 수사팀에 정식으로 제안해 보겠다는 말을 남기고 테오의 집을 나섰다. 집으로 돌아가는 길, 제영은 오늘따라 집이 멀게 느껴졌다. 흉측하게 변해 버린 차고의 그을음이 그림자처럼 길게 늘어져 자신을 따라붙는 것 같았다.

*

임서라가 도착한 곳은 수도권 외곽의 대규모 타운하우스 단지였다. 이제 막 입주가 시작되었는지 타운하우스 내엔사람도 자동차도 많지 않았다. 단지 깊숙이 들어와서야 고비서는 차를 세웠다. 임서라는 마음만큼 몸도 무거웠는지 꼼짝도 하지 않았다. 고 비서가 차를 세우고 밖으로 나와 임서라의 차 문을 열어 주었지만 임서라는 자동차 뒷좌석에 그대로 앉아 있었다.

"청소를 한번 해야 하지 않을까?"

임서라가 눈을 감은 채 말하자, 고 비서는 그대로 차 문을 닫았다. 입주 청소는 이미 되어 있었지만, 고 비서는 관리사무소에 가서 청소 도구를 빌려 와 다시 청소를 했다. 한 시간 넘게 차 안에 앉아 있던 임서라는 고 비서가 청소를 끝내고 나오자 그제야 몸을 추스르며 집 안으로 들어갔다. 고 비서는 임서라가 집 안으로 들어가는 것을 보고 다시 차에 올라탔다. 당장 필요한 생활용품과 저녁거리를 사 오기 위해서였다. 임서라는 소파 위에 먼지가 있는지 다시 한번 확인하고 어색하게 앉았다. 이 집은 노숙자 명의로 구입한 견본 주택이었기 때문에 기본 가구와 인테리어는 거의 구비되어 있었다. 모든 범행 사실이 발각된 뒤라 이제 남은 것은 노숙자들의 명의로 취득한 집과 비상금으로 챙겨 두었던 현금 가방밖에 없었다.

"경찰이 눈치채기 전에 바로 처분 가능한 집들은 처분하고, 이걸로는 새로운 신분증 하나 만들어 줘. 신분증 거의 다두고 와서 여기서도 얼마 버티지 못할 거야."

"알겠습니다. 우선 저녁 식사부터 하시죠."

고 비서가 식사를 준비하자 임서라는 함께 식사를 하자고 말했다. 처음 있는 일이었다. 지난 몇 년 동안 고 비서는 임서라와 함께 식사를 한 적이 한 번도 없었다. 그만큼 임서라는 현재 불안했고, 평정심을 잃어버린 상태였다. 임서라는 식사는 제대로 하지 않고 계속 술을 마셨다. 처음엔 고 비서에게도 권했지만, 고 비서는 술을 입에도 대지 않았다. 임서라는 금세 눈이 풀리고 자세가 흐트러졌다. 켜져 있던 TV에서 임서라의 범죄 행각을 전하는 뉴스가 방영되고 있었다. 뉴스 말미에 임서라의 얼굴이 뜨며 지명 수배가 내려진 화면이 흘러나오자 임서라는 TV를 끄고 리모컨을 집어 던졌다.

"도대체 내가 뭘 잘못한 거지? 죽으나 사나 별 차이 없는 불쌍한 인간들 위해서 편하게 쉴 수 있는 무덤 하나 만들어준 것뿐인데."

"피곤하실 겁니다. 오늘은 그만 들어가서 쉬시죠."

다음 날 고 비서는 현금 일부를 가지고 외출했다. 처분이 가능한 부동산은 급매로 돌려 최대한 현금을 확보하고 해외로 출국할 때 사용할 신분증을 부탁하기 위해서였다. 고 비서가 여러 가지 이유로 동분서주하는 사이, 임서라는 집안에 머물며 하루 종일 술만 마셨다. 잠시나마 제정신을 차릴 때는 테오에게 어떻게 제대로 된 복수를 할지 생각했다.

"고 비서! 내가 나쁘지 않은 제안을 하나 할까 하는데."

"말씀하시죠."

"나 대신 고 비서가 자수 좀 해 주면 안 될까? 오늘 고 비서가 현금으로 바꿔 온 저거 다 고 비서 줄게. 고 비서가 자수하면 내가 엄청 일 잘하는 변호사도 붙여 줄게. 나는 진짜 감옥 같은 데 가느니 그냥 확 죽어 버리는 게 나을 것 같아. 절대 가고 싶지 않아. 아니 못 가. 근데 고 비서는 감옥이랑 비슷한 곳에서 자라서 괜찮지 않을까? 어쩌면 적응도 잘할 거야. 안 그래?"

고 비서의 얼굴빛이 변하더니 탄식과도 같은 한숨을 뱉었다. 임서라는 점점 더 이성을 잃어 가고 있었다. 고 비서는 굳은 얼굴로 임서라를 빤히 쳐다보다가 벌떡 일어섰다. 그러고는 품에서 주사기를 꺼내 임서라의 목덜미에 찔렀다. 예기치 못한 공격에 임서라는 놀라기보다 어이가 없는 표정이었다. 어떻게 너 따위가 감히. 차마 말을 할 순 없었지만, 임서라는 목을 잡고 고 비서를 노려봤다. 고 비서는 그런 임서라를 보니 헛웃음이 났다. 세상 무서울 것 하나 없어 보였던 임서라를 이렇게 한 번에 제압할 수 있다는 사실이 새삼 놀라웠다.

처음 임서라를 만났을 때 고 비서는 보육원 퇴소를 얼마 남겨 두지 않은 상태였다. 고 비서의 눈에는 임서라가 하늘에 있다고 추측되는 하나님보다 더 능력 있고 굉장한 사람으로 보였다. 그래서 어떻게든 임서라의 눈에 들기 위해 노력했다. 그리고 몇 년 뒤 고 비서는 말 그대로 임서라의 수족이 되었다. 고 비서는 임서라가 하는 일에 한 번도 의문을 품지 않았다. 임서라가 마음먹은 일을 해내지 못하는 것을 본 적이 없었다. 테오라는 인간이 끼어들기 전까지 임서라는 고 비서에게 절대적인 존재 그 이상이었다. 그런데 어느 날 갑자기 테오라는 인간이 나타나면서 임서라는 변하기 시작했다. 완벽해 보이던 임서라가 의도하지 않았던 실수를 저지르고 감정에 휘둘리는 것을 보게 되자 고 비서는 의문을 품기 시작했다. 한번 의문이 터지자 고 비서는 지금껏 묵묵히 해 왔던 모든 일들에 의문이 들었다. 결국 아슬아슬해 보이던 임서라는 어이없이 무너져 버렸다. 임서라에게 대포폰과 대포차를 준비하라는 말을 들었을 때만 해도 고 비서는 임서라가 이 정도로 무너질 거라고 생각하지 못했다. 그렇게 선망하던 이가 그저 타고난 운이 좋아서 세상 무서운 줄 모르고 살았던 부잣집 외동딸 그 이상도 이하도 아니었다는 사실이 고 비서는 믿기지 않았다. 그럼에도 고 비서는 임서라를 끝까지 버리지 않으려고 했다. 부모에게조차 버림받았던 자신을 처음 거두어 준 사람에 대한 일말의 의리였다. 하지만 임서라는 이제 자기밖에 모르는 어린아이가 되어 고 비서를 완전히 실망시켰다. 이런 일이 있을 거라 예상했던 건 아니었지만, 고 비서는 언젠가부터 임서라가 직접 조제한 약물 주사기를 휴대폰처럼 가슴에 품고 다녔다. 예기치 못한 상황에 대처하기 위한 일종의 대비였다. 지금 이 순간 고 비서는 마지막 대비책을 꺼내 쓴 것뿐이었다. 목에 주사기를 꽂은 채 발버둥 치고 있는 임서라를 보는 것이 역겨웠던 고 비서는 얼른 옷매무시를 가다듬고 임서라의 방으로 들어가 현금 가방을 꺼냈다. 고 비서가 현금 가방을 들고 나오는 동안 임서라는 탁자 아래 떨어진 휴대폰을 잡으려고 안간힘을 쓰고 있었다. 분노와 공포가 뒤섞인 처절한 몸부림이었다. 고 비서는 가뿐하게 탁자 밑에 떨어져 있는 휴대폰을 주워서 자신의 주머니 속에 넣었다.

"이제 편히 쉬세요. 이 정도 집이면 꽤 근사한 무덤이 될 겁니다."

고 비서는 평소와 다름없이 정중하게 인사를 하고 임서라에게서 물러났다. 고 비서의 손에 현금 가방이 들려 있는 것을 본 임서라는 다시 눈이 뒤집혔다. 자신이 만든 거미줄에 걸려 버린 거미처럼 임서라는 자신이 만든 약물로 인해 서서히 몸이 굳어 갔다. 고 비서가 유유히 현관문을 열고 집을 나서려는 순간 저 멀리서 아득하게 경찰차의 사이렌이 들렸다. 고 비서는 현금 가방을 어깨에 둘러메고 혼잣말처럼 중얼거렸다.

"끝까지 운이 좋은 여자네."

*

    테오의 예상대로 노숙자들의 신분증을 이용해 구입했던 부동산과 계좌들이 줄줄이 나왔다. 제영은 임서라의 수완에 놀라면서도 어느 곳을 먼저 가야 할지 몰라 고민하고 있었다. 그러는 사이 테오는 제영이 조사한 부동산 목록들을 훑어보며 불안한 기색을 드러냈다.

    "임서라가 두고 간 신분증들은 이미 명의 도용을 끝낸 신분증일 거예요. 문제는 임서라가 가지고 간 신분증으로 신분을 세탁할 경우예요."

    "그럼 서둘러야겠네요."

    "네, 그런 의미에서 순차적으로 가는 것보다 한 번에 출동하는 게 나을 것 같네요."

    "한 번에?"

    "임서라 측에서 우리가 명의 도용된 부동산을 찾아냈다는 사실을 알게 되면 안 되니까요."

    "하긴, 이번에 숨으면 찾기 힘들어지겠죠. 최대한 팀을 나누는 게 좋겠어요."

    테오와 제영의 말에 재욱은 기가 막히면서도 반박할 수가 없어 한숨을 쉬었다. 제영은 그런 재욱을 다독이며 지원팀과 함께 팀을 최대한 나눌 수 있도록 설득했다. 출동해서 확인해야 할 부동산은 총 13개. 팀을 나누어 보니 최대 10개

팀으로 나눌 수 있었다. 다행히 부동산 위치와 동선을 고려하면 충분히 커버할 수 있는 상황이었다.

"이 중에 가장 확률이 높은 곳은 어디일 것 같아요?"

"여기요."

"고민도 없이 그렇게 단번에? 여긴 외진 곳도 아니고, 임서라 입장에선 위험하다고 생각할 수도 있지 않나요?"

"임서라 같은 결벽증 환자가 머물 수 있는 곳은 바로 입주할 수 있는 새 집밖에 없을 거예요. 거기다 도망칠 자금을 마련하고 신변을 정리하기 편하려면 아무래도 수도권이 좋겠죠. 해외로 빠져나가기도 쉽고."

"그럼 우리가 이쪽으로 가 보죠."

*

임서라는 바닥에 엎드린 채 고 비서가 현금 가방을 들고 유유히 빠져나가는 것을 지켜볼 수밖에 없었다. 그제야 임서라는 아무런 의심 없이 고 비서에게 모든 것을 맡겼던 자신을 원망했다. 후회도 원망도 모두 자신과 어울리지 않는 감정이라고 생각했던 임서라는 아직도 자신이 이런 상황에 놓여 있다는 사실이 믿기지 않았다. 결국 실패라는 것 역시 질량보존의 법칙이 존재하는 걸까? 나락으로 떨어진 사람들의 인생을 지켜보는 일이 신기하고 재밌었던 임서라는 결국 자신의 인생이 나락으로 떨어지는 모습까지 지켜봐야 하는 신세가 되었다. 한 번의 잘못된 판단으로 견고하고 안전하다 믿었던 인생이 도미노처럼 빠르게 무너져 내리고 있었다. 더구나 임서라는 주사약의 효과를 누구보다 잘 알고 있었다. 약물이 주입되면 제일 먼저 손발이 굳고 혀가 말리다가 결국에는 모든 근육이 마비되어 심장까지 멎게 된다. 이대로 심장이 멎어 버리기 전에 누군가에게 도움을 청해야 했다. 하지만 마비가 시작된 손과 다리로 임서라는 계속 버둥거리기만 했다. 불지옥에 빠진 죄 많은 영혼처럼. 결국 임서라는 목에 꽂혀 있는 주사기를 가까스로 뽑아 버렸다. 그때, 저 멀리서 경찰차 소리가 아득하게 들렸다. 임서라는 그 소리가 마치 구원의 목소리처럼 들렸다. 어떻게든 현관문까지만 기어갈 수 있으면 살 수 있을지도 몰랐다. 오직 살고자 하는 마음으로 손에 주사기를 꼭 쥔 채, 임서라는 현관문을 목표로 필사적으로 기어갔다. 이미 손과 발은 뒤틀렸고, 입술과 혀가 말을 듣지 않아 침이 자꾸만 새어 나왔지만 포기할 수 없었다. 이러다 정말 돌처럼 굳어 버리지 않을까 두려워지던 순간, 천국 문과도 같았던 현관문이 거짓말처럼 열렸다. 죽이고 싶었던 테오가 구세주처럼 그 앞에 서 있었다.

'살려 줘!'

최선을 다해 움켜쥐고 있던 주사기를 흔들며 외쳤지만, 임서라의 입에서 나오는 소리는 말이 아니라 신음이었다.

*

테오의 빠른 판단과 대처로 임서라는 목숨을 건질 수 있었다. 제영과 경찰들은 임서라가 주사기로 고 비서를 죽였다고 판단하고 고 비서를 먼저 찾았지만, 테오는 임서라의 목덜미를 보고 상황이 그 반대라는 사실을 알아차렸다. 덕분에 임서라는 바로 응급실로 실려 갔고, 손에 꼭 쥐고 있던 주사기 덕분에 빠르게 응급 처치를 받을 수 있었다.

"사람을 죽인 건 내가 아니에요. 모두 그 자식이 한 짓이에요! 보세요. 그 자식이 내 목에 이렇게 주사기를 꽂았잖아요!"

의식이 돌아온 임서라는 범행을 극구 부인하며 자신을 이런 꼴로 만들고 달아난 고 비서 혼자 사람들을 모두 죽인 거라고 주장했다. 하지만 그 말을 믿어 주는 사람은 아무도 없었다. 임서라는 태성의 증언과 집에서 찾아낸 증거물 덕분에 정식으로 기소될 수 있었다. 다만 현금 가방을 들고 사라진 고 비서의 행방은 묘연했다. 아마도 고 비서는 임서라에게 배운 대로 노숙자의 신분증을 가지고 신분 세탁을 한 뒤, 아무도 모르게 어딘가로 숨어들었을 것이다.

20.
탐정의 집

고희와 명석은 폭파되었던 차고를 복구하는 데 온 신경을 쏟았다. 제영은 임서라를 잡은 데 테오의 공이 크다는 이유를 들어 지명수배 상금을 테오에게 지급했다. 덕분에 고희와 명석은 차고를 제법 그럴듯한 사무실로 만들 수 있었다. 임서라는 예상했던 대로 구치소 생활에 적응하지 못하고 자살을 시도하거나 정신 이상 증세를 호소해 어떻게든 형량을 줄이려고 노력했지만, 워낙에 많은 범죄를 저지른 탓에 감형을 받기는 힘들었다. 사건 대부분이 검찰로 넘어가고 나서야 여유가 생긴 제영은 문득 테오가 궁금해졌다. 임서라가 잡힌 이후로 테오를 도통 볼 수 없었기 때문이다.

　　"테오 씨는 도대체 어딜 간 걸까요?"

"저희도 몰라요. 어디를 그렇게 싸돌아다니는지."

"어렸을 때부터 한 번도 집을 떠나 본 적 없다고 하지 않았어요?"

"네, 아마도 그래서 더 오래 걸리나 봐요."

"설마 안 돌아오는 건 아니겠죠?"

"설마요. 우리 집돌이가. 분명 돌아올 거예요."

불안해하는 제영을 데리고 고희는 차고 위에 다시 만들어진 텃밭으로 갔다. 차고가 폭발하면서 일부 유실되었던 마당도 복구되었고, 텃밭 역시 제 모습을 다시 갖추었다.

"이것 좀 보세요."

"설마 이거 한정숙 씨 집에서 가져왔다던 토마토 모종이 이렇게 큰 건가요?"

"맞아요. 폭탄이 터지고 텃밭도 엉망이 되었는데, 어느 날 보니까 토마토 나무에 꽃이 피고 아주 조그맣게 열매도 열렸어요."

"신기하네요. 제대로 크지 않는다고 걱정했던 것 같은데."

"고양이 할머니가 그랬대요. 식물들 중에는 시련을 좀 당해야 더 잘 크는 놈들이 있다고. 벌레도 없고 비바람도 없는 곳에선 꼼짝도 안 하던 녀석이 폭탄이 터지고 비바람까지 다 맞고 나니까 이렇게 쑥쑥 자라고 있잖아요. 어쩌면 테오도 그러지 않을까요?"

고희는 웃으면서 토마토 이파리를 만지작거렸다. 제영은 고희의 말에 공감하며 고개를 끄덕였다. 테오는 어두운 차고에 갇혀 살다가 세상 밖으로 나오자마자 예상치 못한 사람들을 만나고, 예상치 못한 경험들을 하게 되었다. 독기를 품고 임서라를 기어코 잡아냈지만, 돌아가신 분들이 다시 돌아오지 않는다는 사실을 확인할 때마다 테오는 무거운 죄책감을 느꼈다. 결국 임서라가 정식 기소되었다는 소식을 들은 테오는 30년 만에 처음으로 집을 떠났다. 그렇게 한 달이 지났고, 두 달이 지나고 있었다. 고희는 애써 괜찮은 척 웃어 보였지만 시간이 갈수록 불안한 마음은 어쩔 수 없었다. 명석도 마찬가지였다. 명석이 직접 테오를 찾아 나서겠다고 우겼지만, 고희가 단호하게 말렸다. 테오가 돌아올 때까지 자신들이 이곳을 지키고 있어야 한다고. 고희는 굳게 믿었다. 테오의 방황은 다시 시작하기 위한 하나의 과정일 뿐이라고.

*

연고자가 없다는 이유로 정숙과 태성은 바다 장례식을 치르고 인천의 어느 앞바다에 뿌려졌다. 그날 테오는 태어나 처음 바다를 보았다. 동영상으로 봤던 바다는 모든 걸 품어줄 것 같았는데, 실제로 마주한 바다는 무엇이라도 삼켜 버릴 것처럼 두렵고 냉혹한 존재였다. 흔들리는 배 위에서 테오는 두 사람의 영혼을 바람과 함께 날려 보냈다. 출렁이는 파도처럼 테오의 마음도 출렁거렸다. 위태로워 보였던 임서라의 기행을 방관하지 않았다면 두 사람은 살 수 있었을까? 테오는 매 순간 누구보다 자신을 원망하고 자책했다. 그리고 그 질문에 답을 얻기 위해 그날 그 길로 집을 떠났다.

테오는 바람처럼 돌아다녔다. 연석동을 벗어나자 모든 것들이 새롭게 다가왔다. 머릿속에만 존재하던 가상의 공간들이 불쑥불쑥 현실로 튀어나오듯이 모든 것들이 비현실적으로 여겨졌다. 생전 타 보지 않았던 기차를 타고, 버스를 타고, 배를 타고, 비행기를 타며 어디든 머물지 않기 위해 테오는 쉬지 않고 돌아다녔다. 테오는 자신을 가두고 살았던 집이라는 갑옷을 벗어 던지고 외면하고 싶었던 세상을 직시하고 싶었다. 그렇게 바람처럼 떠돌다가 몇 가구 살지 않는 산골 오지에 다다랐다. 테오는 그곳에서 주인의 흔적마저 잃어버린 흉가를 발견했다. 잘 곳이 없어서 어쩔 수 없이 그곳에서 하룻밤을 머물게 되었는데, 달빛밖에 존재하지 않는 흉가에서 테오는 두려움보다 허망한 슬픔을 느꼈다. 사람에 의해 지어지고 사람들을 위해 쓰임당하다가 사람의 흔적 없이 무너져 가고 있는 이곳이 집의 무덤 같다는 생각이 들었다. 그러다 테오는 달빛 창가 아래 누군가가 무심코 써 놓은 낙서하나를 발견했다.

나도 집에 가고 싶다.

테오는 잠시 혼란스러웠다. 그 낙서가 혹시 자신이 써 놓은 글이 아닌지 착각이 들었기 때문이다. 평생 집 없이 살다가 집과 함께 떠난 태성을 떠올리던 테오는 문득 자신이 할 수 있는 일, 아니 해야만 하는 일이 남아 있다는 생각이 들었다. 이제야 집에 갈 수밖에 없는 명분을 찾은 것 같았다.

*

"탐정의 집이라니!"

지금은 꽤 번듯해 보이는 사무실이 되어 버린 차고 앞 간판에 '탐정의 집'이라는 명조체 글씨가 쓰여 있었다. 테오는 기가 막혔지만, 피식 웃음도 났다. 어떻게 알았는지 명석이 튀어나와 웃고 있는 테오를 와락 껴안았다. 테오는 그런 명석이 부담스러웠지만, 예전처럼 불편하진 않았다. 명석의 극진한 마중을 받으며 사무실로 들어온 테오는 재가 되어 버린 자신의 가죽 소파 대신 자리 잡고 있는 또 다른 소파를 발견했다. 잠시 머뭇거리던 테오는 그 소파에 털썩 주저앉고 나서야 만족의 미소를 지었다.

"왜 이렇게 늦게 왔어? 덕분에 우리만 죽어라 바빴잖아."

"도대체 여기서 뭘 하려는 건데?"

고희가 조금은 건방진 미소를 보이며 테오에게 사업자등록증을 보여 줬다. 사업자등록증에는 부동산업과 함께 탐정업이 추가로 적혀 있었다.

"공인중개사 자격증만 딴 줄 알았는데, 민간 탐정 자격증도 있더라? 은근히 부지런해."

"그래서 그거 믿고 이걸 다 해 보겠다는 거야?"

"그럼 능력이 있는데 써먹어야지. 계속 그렇게 아무것도 안 하고 이기적으로 살 거야?"

"이기적이라고?"

"능력 있는 거 알았으면 이제 하고 싶은 일을 할 때가 아니라 해야 할 일을 할 때라고!"

고희는 테오의 등짝을 살짝 때리며 그동안 계획했던 사업 방향에 대해 설명했다. 대외적으로는 공인중개사로서의 역할을 하겠지만, 부동산 사기로 피해를 당하거나 집에서 일어날 수 있는 미스터리한 사건을 경험한 고객들의 문제를 해결할 수 있는 탐정의 역할도 하는 거라며 테오의 호기심을 자극했다. 물론 테오가 하기 어려운 영업이나 고객 상담 그리고 사무실 운영은 고희가, 홍보와 마케팅 및 각종 데이터 관련 업무는 명석이 맡았다. 자칭 연구팀장인 명석은 이미 모바일 사건 의뢰 애플리케이션을 제작해 놓은 상태였다. 테오의 귀환으로 '탐정의 집' 사무소는 마지막 퍼즐 조각이 맞추어진 셈이었다. 하지만 '탐정의 집'이라는 모호한 작명 때문에 사무실은 꽤 오랜 시간 동안 손님의 발길이 닿지 않았다. 명석이 다른 루트로 부동산 사기 사건들을 대신 처리해 주겠다고 홍보를 하면서, 관련된 일들이 쏟아지던 참이었다. 때문에 부동산 관련 전문 지식이 부족했던 고희와 명석은 테오가 오기만을 눈이 빠지게 기다리고 있었다. 테오가 얼른 그런 사건들을 해결해 주기를 바라는 고희와 명석의 마음과는 다르게 테오는 푹신한 소파 위에 늘어져 여유를 만끽하기에 바빴다. 그때, 잿빛 얼굴을 한 청년 하나가 '탐정의 집' 사무소 문을 두드렸다.

　

"경찰에 갈 수도 없고, 집 계약을 취소할 수도 없어서 이렇게 찾아왔어요."

"네, 잘 오셨어요. 무슨 문제가 있는지 조금 더 구체적으로 말해 주시겠어요?"

"얼마 전에 새로 이사를 왔는데, 집에서 이상한 소리가 나요."

"무슨 소린데요?"

"아주 소름 끼치는 소린데, 한 번도 들어 본 적 없는 소리예요."

"혹시 몇 층에 사시나요?"

"반지하 방인데 위층에 사람이 없을 때도 그 소리가 나는 걸 들었어요."

"그럼 층간 소음이 아니라는 거네요?"

"네, 분명 사람이 내는 소리가 아니에요."

"주로 언제 소리가 나나요?"

"시도 때도 없이 나는 편인데, 특히 제가 잠을 자려고 누우면 그 소리가 더 크게 들려요."

"제가 한번 고객님 집에 직접 가 봐도 될까요?"

소파에 누워만 있던 테오가 벌떡 일어나 청년에게 물었다. 고희와 명석은 고개를 절레절레 저었지만, 울상을 짓고 있던 청년은 그제야 안도하는 표정이었다. 핏기도 의욕도 없던 테오의 얼굴에 생기가 도는 것을 보고 고희는 드디어 '탐정의 집'의 첫 번째 사건이 탄생했음을 직감했다.

작가의 말

"집 보러 왔습니다!"

언젠가 이사할 집을 찾기 위해 낯선 사람들의 집을 보러 간 경험이 있다. 성인이라면 아마도 한 번쯤은 그런 경험이 있을 것이다. 이 이야기의 시작은 어쩌면 남의 집을 처음 봤을 때 느꼈던 강렬한 인상에서 출발했을지도 모르겠다. 특히 새집이 아닌 누군가 살고 있던 집을 보게 되는 경우 참으로 생경하고 충격적인 상황에 놓이기 쉽다. 어떤 집은 내가 살고 있는 집보다 너무 깔끔하고 정리 정돈이 잘되어 있어 놀라기도 하지만, 또 어떤 집은 너무 있는 그대로의 모습을 보여 줘서 마치 누군가의 속살을 들여다본 것처럼 민망해지기도 한다. 어떻게 자신의 사적인 공간을 저렇게 무방비 상태로 보여 줄 수 있을까 의문이 들다가도, 다르게 생각해 보면 한 번 보고 다시 볼 일이 없는 사람이니 신경을 쓸 필요가 없었던 것이다. 하지만, 그런 안일한 생각의 틈을 비집고 다른 무언가를 알아차리는 사람이 있다면 어떤 일이 벌어질까? 집 보는 남자 테오처럼.

집은 그 어떤 곳보다 우리의 본모습을 온전히 드러낼 수 있는 공간이며, 세상으로부터 우리 자신을 숨길 수 있는 안전한 공간이다. 하지만 현재 우리들의 집은 여러 가지 의미로 위태로운 공간이 되어 가고 있다. 집의 값어치가 손에 닿기도 어려울 정도로 커져서 그 무게에 평생 짓눌리거나, 집에 대한 탐욕으로 사기를 치고 당하면서 또 누군가는 인생의 나락을 경험하기도 한다. 집이 나인지 내가 집인지 모를 정도로 우리가 집이라는 곳의 가치를 혼동하고 있는 요즘, 어쩌면 나는 점점 더 위태로워지고 있는 우리들의 집을 조금 다른 시선으로 바라볼 수 있는 누군가를 찾고 있었는지도 모르겠다.

"(그럼에도 불구하고) 집을 보고 싶습니다."

집 보는 남자 테오는 늘 이렇게 말하며 낯선 사람들의 집을 보러 다녔다. 마치 모리스 마테를링크의 동화 《파랑새》에서 파랑새를 찾아다니던 주인공 틸틸(Tyltyl)과 미틸(Mytyl)처럼. 세상과 벽을 쌓고 집이라는 공간에 갇혀 살아가던 테오는 다른 사람들의 집을 통해 그들과 소통하고, 협력하고, 반목하며 자신의 억압되고 뒤틀린 정체성을 조금씩 찾아가는 인물이다. 테오라는 인물을 통해 나는 익숙하지만 낯설고 안전해 보이지만 살벌할 수 있는 우리들의 집을 독자들이 좀더 따뜻한 시선으로 바라봐 주기를 희망하며 가장 작은 나의 우주, 나의 집에서 이 글의 마침표를 찍어 본다.

영화 〈기생충〉에서도 잘 보여졌다시피, 한국에는 '이상한 집'이 꽤 많습니다. 인구 밀도가 높은 서울에는 특히요. 입주할 사람은 많고 자투리 공간이라도 활용하여 집을 만들다 보니 거실 벽이 육각형이거나, 화장실 변기가 공중에 떠 있다시피 위치해 있거나, 방 하나가 밖으로 분리되어 있거나…… 2~4평짜리 공간의 '집'도 있지요.

그렇다 보니 남들에게 멀쩡히 보여 줄 수 있는 '내 집' 한 채 갖는 것은 부러움의 상징이 되었습니다. 한국인에게 집이란 무엇일까요? 흔히들 '내 집 마련의 꿈'이라고 이야기하지만, 정작 '본인이 원하는 집'은 무엇인지 디테일하게 물어보기 시작하면 '일단 무조건 큰 집' 외의 요소에 대해서 시원스레 대답하는 사람은 드뭅니다.

소설 《집 보는 남자》의 주인공인 테오는 남들의 기준에서 봤을 땐 꽤나 '특이한 사람'으로 분류됩니다. 꼭 필요한 때가 아니면 남들과 어울리려 하지 않고, 좋아하는 음식은 토마토뿐인 극도로 예민한 사람이죠. 그런 테오의 가장 큰 취미는 '집을 보는 일'입니다. 집을 보면 굳이 사람과 대화를 나누지 않아도 그 사람의 정체성을 파악할 수 있는 신묘한 능력을 지녔고요.

테오는 다양한 집을 보면서 명탐정처럼 사건을 추리해 나갑니다. 그러면서 점점 그의 주변에 소중한 사람들이 생겨나고, 마지막에는 테오 '본인이 원했던 집'을 어렴풋이나마 얻게 되지요. 저는 프로듀서로서, 이것이 소설 《집 보는 남자》의 가장 빛나는 지점이 아닐까 합니다. 테오가 그토록 꼼꼼하게 재 보았던 '좋은 집'의 체크 리스트와는 관계없이, 역시 소중한 사람들과 함께인 집이야말로 '나의 집'처럼 느껴지는 것이겠지요.

집을 둘러싼 사건도 흥미진진하지만, 테오와 그 주변인들과의 케미를 중점적으로 작가님과 소설 속 캐릭터를 구축해 나갔던 지점이 가장 기억에 남은 것도 이러한 연유이리라 생각합니다.

안전가옥과 처음 작업해 주심에도 불구하고, 항상 스토리 PD들의 피드백을 잘 따라와 주시고 테오라는 매력적인 '집 보는 남자'를 만들어 주신 조경아 작가님께 깊은 감사의 말씀을 드립니다. 테오가 '탐정의 집'에서 본인이 원하는 집이 무엇인지 좀 더 알아 가는 모습을 보고 싶다는 바람을 마지막으로 남기며, 독자분들도 부디 '나만의 좋은 집'을 찾으시길 바라겠습니다.

안전가옥 스토리 PD 임미나 드림

집
보는
남자

1판 1쇄 발행   2023년 8월 31일

지은이   조경아

기획   안전가옥
콘텐츠 총괄   이지향
프로듀서   고혜원, 임미나
            김보희, 신지민, 이수인
            이은진, 윤성훈, 황찬주
퍼블리싱   박혜신, 임수빈
편집   김유진
디자인   이경민
일러스트   임나운
서비스 디자인   김보영
비즈니스   이기훈
경영지원   홍연화

펴낸이   김홍익
펴낸곳   안전가옥
출판등록   제2018-000005호
주소   04779 서울특별시 성동구 뚝섬로1나길 5,
        헤이그라운드 성수 시작점 201호
대표전화   (02) 461-0601
전자우편   marketing@safehouse.kr
홈페이지   safehouse.kr

ISBN   979-11-93024-24-9 (03810)
값   16,000원